포주 이야기

김태용은 1974년 서울에서 태어났다. 2005년 『세계의 문학』에 「오른쪽에서 세번째 집」을 발표하며 작품 활동을 시작했다. 소설집 『풀밭 위의 돼지』와 장편소설 『숨김없이 남김없이』를 출간했다. 2008년 한국일보문학상을 수상했고, 현재 텍스트 실험집단 '루' 동인으로 활동 중이다.

김태용 소설집
포주 이야기

펴낸날 2012년 1월 31일

지은이 김태용
펴낸이 홍정선
펴낸곳 (주)문학과지성사
등록번호 제10-918호(1993. 12. 16)
주소 121-840 서울 마포구 서교동 395-2
전화 02) 338-7224
팩스 02) 323-4180(편집), 02) 338-7221(영업)
전자우편 moonji@moonji.com
홈페이지 www.moonji.com

ISBN 978-89-320-2276-5

* 지은이는 서울문화재단 2010년 문학창작활성화지원사업기금을 수혜했습니다.

포주 이야기

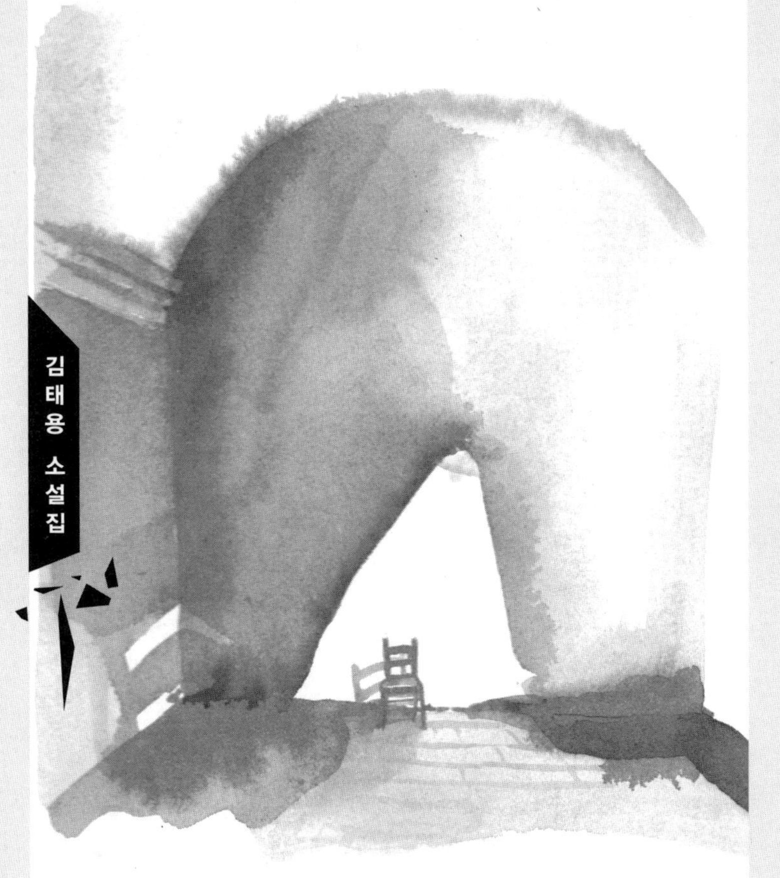

김태용 소설집

문학과지성사
2012

이 책을 정확히 반으로 잘라도 무게는 다를 것이다.

—줄리 한신, 『음악 이전의 책』

차례

포주 이야기

나는 포주였다. 이것이 첫 문장이다. 여전히 마음에 들지 않는다. 처음이자 마지막으로 글을 써본다. 이 글은 누가 읽게 될 것인가. 이것은 오로지 나를 위한 글이 될 것이다. 나에서 시작되어 나로 끝나는 이야기. 나는 포주였다. 다음 문장은 떠오르지 않는다. 벌써 몇 달째 이러고 있다. 매일 같은 시간 같은 자리에 앉아서. 책상에는 백지와 볼펜 한 자루. 그리고 한 시간 느린 분홍색 손목시계. 언제부터 시계가 느려지기 시작했나. 태엽을 앞으로 감아도 시계는 잠시 후 다시금 느려진다. 한 시간에서 더 이상 느려지지 않는다. 시곗바늘이 언제 정확히 한 시간 느려지는지 알 수 없다. 손목시계를 뚫어져라 쳐다보면서 시간이 느려지는 지점을 찾아내려고 한 적도 있다. 소용없었다. 인간은 스물네 시간 동안 시계를 쳐다볼 수 없다는 것을 스물네 시간 동안 시계를 쳐다보려는 시도를 하고 나서 깨달았다. 채 두 시간도 버티지 못하고 나가떨어졌다. 눈이 벌겋게 충혈되어 있었다. 소금물로 눈을 씻고 시계를 쳐다보자 한 시간 느려져 있었다. 116으로 전화를 걸어 표준 시간을 확인했다. 정확히 58분 24초가 느렸다.

나는 포주였다. 시간은 곧 돈이다, 라는 직업윤리를 강조하며 시계가 절실히 필요한 삶을 살아왔다. 이제 더 이상 시계가 필요하지 않다. 솔직하게 말하면, 지금에 와서야 비로소 시계가 필요한 삶을 살게 된 것이다. 나는 죽음을 앞두고 있다. 태어나자마자 죽음을 향해 가는 것이 인간의 삶이라는 단순한 진리를 요즘 뼈저리게 느끼고 있다. 결국 죽음 말고는 생각할 것이 없다. 도서관에서 우연히 발견한 책의 문장에 눈으로 밑줄을 긋곤 놀람을 감출 수 없어 자결하듯 나를 향해 중얼거렸다. 나란 인간은 죽음 말고는 생각해서는 안 돼. 브래지어가 불필요한 창녀들처럼 시계는 나에게 어울리지 않는다. 체념인가. 한 시간 느린 시계를 애써 버리지 못하는 것은. 그동안 저지른 죄에 대한 신의 축복이자 저주다. 한 시간 느린 시계를 찰 수밖에 없는 운명. 내 인생의 마지막 기회라고 생각해도 좋다. 남들보다 한 시간을 더 살아보라는. 예정된 죽음을 한 시간 연장시켜주겠다는 신의 야비한 장난. 나는 선고된 죽음보다 한 시간 늦게 죽을 것이다.

나는 포주였다. 오늘도 여기서 끝내고 말 것인가. 어제와 마찬가지로 첫 문장이 마지막 문장이 될 것이라는 불길한 예감이 든다. 사실 그렇다. 나는 포주였다, 말고 더 이상 무슨 말을 할 수 있을까. 나는 포주였다,로 시작해서 나는 포주였다,로 끝나는 글을 쓰기 위해 쇠약한 육체를 딱딱한 의자에 앉혀놓고 있다. 누가 글을 쓰라고 했던가. 아무도 나에게 쓰라고 하지 않았다. 어쩌면 나는 포주였다,라고 고백하지 못했던 지난 삶에 대한 앙갚음을 이렇게 대신하려는지 모른다. 글을 모르고 살았던 세월에 대한 한풀이를 죽기 전에 하고 싶은지도. 불과 일 년 전까지만 해도 나는 포주였다,라고 쓸 수 없었다. 나이 일흔이 넘어서야 글을 배웠다. 지금 와서 후회해봤자 소용없지만 글을 배운 것은 아무리 생각해도 잘못한 일이다. 평생 글을 멀리하고 더러운 몸뚱이를 굴리며 육체의 삶을 살았던 나는 한순간 글이라는 달콤한 유혹에 넘어가버렸다. 이브가 따 먹은 선악과. 내게 있어 글이란 그런 것이다. 그렇다면 나에게 글을 가르쳐준, 내 인생의 종반부를 완전히 파국으로 만들어버릴 작정으로 언어의 독에 빠져들게 한 아이에게 따져야 마땅할 것이다. 아이가 어디에 있는지 모른다. 언젠가 자신이 다니는 학교를 말해준 것 같은데 기억이 가물거린다. 구청을 통하면 알아볼 수 있을 것이다. 그럴 수 없다. 용기가 부족하다. 한창때는 혼자서 네댓 명을 가볍게 쓰러뜨리고, 입만 열면 욕설이 쏟아져 모두 쥐구멍이라도 찾는 심정으로 나를 두려워했는데, 이제 작은 일에도 감정 기복이 심하고 매사에 무기력하고 자신이 없다. 어쩌면 글 때문인지 모른다. 글을 배울수록 육체가 쇠약해지고 정신은 황폐해져만 갔다. 언어란 인간을 한없이 나약하게 만드는 요물 같은 것이라고 깨달았을 때는 이미 언어의 늪에 빠져 허우적거리고 있었다. 물론 나이 탓도 있을 것이다. 이제 나는 죽음만 생각해야 하는 인간이니까.

나는 포주였다. 젊었을 땐 무슨 일을 하셨어요, 라고 아이가 언젠가 물은 적이 있다. 내가 아무 말 없이 가만히 있자 재차 물었다. 아이에게는 솔직하게 고백해도 좋을 것 같은 마음이 들어 들릴 듯 말 듯 말했다. 나는 포주였다. 아이는 네, 포도주요, 하고 반문한 뒤 말을 이었다. 아, 포도주를 만드셨군요. 그럼 와인 제조 공장에서. 언제나처럼 과장된 감탄사를 연발하며 제멋대로 상상하는 아이를 내버려둘 수밖에 없었다. 저는 술은 잘 못하지만 포도주는 조금 마셔요. 언제 제가 포도주 사올게요. 마침 프랑스에 사는 이모가 보내온 치즈도 집에 있으니까. 포도주에는 치즈가 최고예요. 아이는 소풍 계획을 세운 것처럼 들떠 치열이 드러날 정도로 활짝 웃었다. 아이의 미소가 빈속에 소주 한 잔을 부운 것만 같아 시간이 다 됐으니 어서 가라고 다그쳤다. 문을 열고 나서면서도 아이는 포도주 만드는 것, 아, 정말 멋진 일 같아요, 라고 거듭 말했다. 문이 닫히자 틀니를 딱딱 부딪혀가며 흐릿한 거울을 향해 말했다. 나는 포주였다. 나는 포도주였다. 아이에게 다시금 나는 포주였다, 라고 말했다면 어떻게 되었을까. 이제 죽는 일만 남은 늙은이이니까 포주였건 남창

(男娼)이었건 별로 중요하지 않을 것이다. 아이는 요즘 아이들답게 그게 뭐 어때서요, 라고 대꾸했을지 모른다. 그래, 그게 뭐 어떻단 말인가.

나는 포주였다. 지금은 구청에 등록된 독거노인이다. 아이는 대학교의 사회봉사 학점을 이수하기 위해 구청을 통해 나를 소개받았다. 독거노인 보살피기, 라는 명목으로 석 달 동안 일주일에 한 번씩 찾아와 두 시간 정도 있다가 가곤 했다. 아이는 말동무가 되려고 하고, 빨래나 청소를 하려고 했지만 나는 그 어느 것도 허락하지 않았다. 아이는 내 말을 듣지 않았다. 사회봉사 기록부에 도장을 찍어줄 테니 그냥 가라고 다그쳐도 막무가내였다. 하얀 쌀밥 위에 까만 콩 몇 개를 짓눌러놓은 것만 같은 특징 없는 얼굴을 가진 것과 달리 아이의 선량한 고집은 투정과 불만으로 점철된 나의 인상으로도 당해내기 힘들었다. 할 수 없이 될 대로 되라는 식으로 내버려두었다. 아이는 두 달 동안 한 번도 거르지 않고 나를 찾아왔다. 세상의 더러운 것을 모두 쓸어버리려는 각오를 했는지 집 안을 뒤져 밀린 빨래를 하고 세간들을 정리했다. 아이가 계집애라 그나마 다행이었다. 사내라면 나의 옷을 발가벗겨 밀린 때를 씻겨주었을지 모른다. 아이는 자신이 정리해놓고 간 집 안이 다음에 와서 엉망이 되어 있는 것을 볼 때면 잔소리를 퍼붓곤, 할아버지는 조금도 내 마음을 생각해주지 않는군요. 평생 돼지우리 같은 집에서 사세요, 라는 뜻이 담긴 차가운 눈빛을 보냈다. 아이가 그럴 때마다 너는 어쩌려고 나를 이렇게 괴롭히냐, 라고 내 마음속에서는 정체를 알 수 없는 분노와 아쉬움이 동시에 부글부글 끓어올랐다. 아이에게 나는 포주였고, 너를 창녀로 만들어버릴 수도 있으니 썩 꺼져버려라, 라고 저주와 욕설을 퍼부었어야 했는지 모른다. 애초에 아이의 등짝을 후려치고 엉덩이를 걷어차 쫓아냈다면 지금의 처지가 되지 않았을 것이다. 축축하고 허름한 방에서 비릿한 추억의 냄새를 맡아가며 천천히 죽어가는 게 마지막 남은 희망이던 시절이 있었다. 처음부터 지상에 존재하지 않았던 것처럼, 존재라는 단어조차 내 삶에 존재하지 않은 채, 언어의 백치 상태 그대로 침묵 속에서 딱딱한 주검이 될 때까지 기다렸어야 했다. 글을 배우지 않았다면 나는 포주였다, 라고 시작하는 이따위 글을 쓸 생각도 하지 않았을 것이다.

나는 포주였다. 까막눈이 포주였다. 아이에게 내가 문맹이라는 것을 들킨 것은 아주 우연한 일이었다. 굳이 숨기려고 한 것은 아니지만 문맹이라고 고백하는 것도 자랑할 일은 못 되었다. 어느 날 아이와 나는 텔레비전을 보고 있었다. 텔레비전은 몇 년 전 어느 연말, 자선단체에서 보내준 것이다. 평소 텔레비전을 즐겨 보지 않았지만 아이가 찾아오는 날에는 좁은 공간에 함께 있는 것이 어색해 부러 소리를 크게 틀어놓곤 했다. 아이는 대개의 노인들이 그러하듯 나의 청력이 약하다고 생각했는지 제법 큰 소리에도 딱히 뭐라 하지 않았다. 그날은 아이와 함께 자막 처리가 된 외화(外畵)를 보고 있었다. 아이는 오래전 극장에서 보고 싶었던 영화라며 호들갑을 떨었다. 남녀가 주둥아리를 사정없이 맞추고 있는 장면에 집중하고 있는 아이의 뒤통수를 쳐다보면서 갓난아이 시절 아이의 어머니가 아이를 너무나 반듯하게만 눕혀놔 뒤통수가 납작해졌구나, 라는 엉뚱한 생각을 하고 있었다. 영화의 대사는 알아들을 수 없지만 내용은 남녀가 만나서 사소한 오해로 헤어지고 우여곡절 끝에 다시 만나게 되는 과정을 그린 것 같았다. 약속한 시간이 지나 아이와 헤어져도 다시 만날 수 있을까. 머리를 긁적이며 마음에도 없는 생각에 빠졌다. 손톱에 허옇게 비듬이 묻어났다. 어디서 전화가 왔는지 아이는 핸드폰을 들고 밖으로 나갔다. 아이가 나갔다 돌아온 사이 영화 속 남자가 여자의 귓속에 뭐라고 중얼거리자 여자가 눈물을 흘리기 시작했다. 아이는 아, 저 장면이 중요한데, 라고 말하며 남자가 여자의 귀에 속삭인 말이 무엇인지 물었다. 영화를 보고 있지 않았다고 말해도 아이는 거짓말하지 말라며 다그쳤다. 마치 그것을 알지 못하면 자신의 인생이 송두리째 엉망이 될 것처럼 집요하게 추궁했다. 나는 글을 읽을 줄도 쓸 줄도 모른다. 나의 고백에 아이는 설마요, 하는 표정을 지어 보였다. 다음에 찾아왔을 때 아이의 손에는 유아용 한글 학습 교재가 들려 있었다.

나는 포주였다. 포주에게 이름은 필요 없다. 내 이름은 잊은 지 오래다. 나는 몇 가지 우스꽝스러우면서도 섬뜩한 별명들을 갖고 있었다. 내 별명을 가지고 장난을 치던 창녀들의 머리채를 잡고 흔들며 발로 걷어찬 적도 있다. 지금에 와서는 별명으로 불리던 시절이 가끔 그립기까지 하다. 누구도 내 이름을 불러준 적이 없다. 구청에 등록된 이름은 이병춘이다. 나는 여전히 이병춘이라는 이름이 낯설다. 내가 이병춘임을 증명할 수 있는 것은 호적에 기록된 이름 석 자뿐이다. 이병춘이라니. 나는 이병춘이다. 나는 이병춘이 아니다. 이병춘이라는 이름으로 살아왔다면 내 인생이 지금과 달라졌을까. 이병춘의 삶은 상상도 가지 않는다. 이병춘도 이병춘을 모른다. 이병춘이라는 이름을 되찾기 위해 이렇게 죽지 않고 살아 있는 것일까. 여전히 내게는 이름 따위가 필요 없다. 설마 내가 이병춘이었을 리 만무하다. 앞으로도 나는 이병춘이 아닌 삶을 살아가고 싶을 뿐이다. 새삼스럽게 지금에 와서 이름이 무슨 소용이 있단 말인가. 아이는 손에 볼펜을 쥐여주며 이름을 써보라고 했다. 머뭇거리자 내 손을 잡고 이병춘이라고 크게 쓰려고 시도했다. 이병춘이란 이름 참 착하게 들려요. 아이의 어처구니없는 말에 질려버렸다. 착하게 들리는 이름이라니. 더구나 이병춘이란 이름이. 이름 공부가 끝나자 아이는 사물들의 이름을 종이에 써 붙이기 시작했다. 텔레비전, 창문, 밥상, 옷장, 구두 등의 단어를 써 각각의 사물에 붙였다. 다음에 와서 시험볼 거예요. 방 안에 덕지덕지 붙어 있는 이름표들을 보면서 내 삶이 점점 이상한 빛깔로 물들어가고 있는 것만 같다는 생각에 빠졌다. 그것은 종국에 암흑보다 더 어둡고 축축한 빛깔로 남으리라. 아이는 그렇다 치고 아이의 행동을 만류하지 못하고 질질 끌려가기만 했던 나의 태도는 무엇인지 지금에 와서도 잘 모르겠다. 심히 무료하기에 될 대로 되라는 식으로 아이를 따른 것일까. 아니면 오래전부터 글을 깨치고 싶었던 바람이 충족되어가는 것에 희열을 느끼고 있던 것일까. 나는 문맹이라는 열등감을 극복할 수 없어 오래전 창녀들이 골방에서 책을 읽고 있는 것에 불만을 터뜨린 것이 아닐까. 너희 같은 더러운 인간들이 책은 읽어서 뭐해. 흉포한 말과 폭력으로 모든 것을 해결하려고 했던 지나온 삶에 대한 보상으로 글에 매달리고 있는가. 우습게도 아이 앞에서는 시큰둥했지만 아이가 돌아가고 나면 틈틈이 글공부를 했다. 장롱 깊숙이 숨겨둔 사탕을 몰래 꺼내 먹는 어린아이처럼 언어들을 조금씩 핥고 깨물어 삼켰다. 채 소화되지 못한 언어들이 배 속에서 제멋대로 결합하거나 형태를 뒤틀었다. 몇 가지 언어 법칙으로 무수한 문장들이 탄생하는 것을 보고 있으면 일종의 황홀경에 빠지는 듯했다. 나는 언어의 포주가 되어가고 있었다. 지금에 와서 그것이 언어의 포로가 되게 할 줄은 몰랐다. 아이에게는 아주 더디게 학습 효과를 보이는 것처럼 행동했지만 얼마 지나지 않아 한글을 뗄 수 있게 되었다. 어째서 아이에게 그 사실을 고백하지 못했을까. 부끄러움일까. 함께 뭔가를 이루고 즐거워할 수 있었을 텐데. 지나온 삶이 실패와 후회의 연속이었던 것처럼 아이와 보낸 시간들도 마땅히 그러해야 한다는 생각에 빠져 있었는지 모른다. 지금에 와서야 역시 후회한다. 아이에게 아이의 이름표를 붙여주지 못한 것을. 나는 한 번도 아이의 이름을 불러준 적이 없다.

나는 포주였다. 당연한 말이지만 처음부터 포주가 될 생각은 없었다. 포주라는 직업이 있다는 것도 포주가 되고 나서야 알았다. 포주가 되기 전에도 무엇이 되어야겠다는 생각은 한 번도 해본 적이 없었다. 무엇이 되어야겠다는 생각을 할 만큼 여유로운 삶을 산 적이 없다. 넌 커서 뭐가 될래, 하고 어릴 적 누군가 물어왔다면 학교에 가고 싶다고 말했을 것이다. 소학교에 들어갈 나이가 지났는데도 나는 산골에 처박혀 어딘가 조금 모자란 어머니에게 이 썩을 놈아,로 시작하는 욕설을 먹어가며 집안일을 해야만 했다. 일 년만 더 지나면 학교에 보내준다는 말을 삼 년째 듣고 있었다. 모서리마다 거미줄이 잔뜩 쳐 있는 방 안에 누워 주기적으로 피를 토하며 시름시름 앓던 아버지는 하루 종일 멍하니 천장을 바라보다가 가끔 알아들을 수 없는 발음으로 뭐라고 중얼거리곤 했다. 후에 나름대로 추측한 중얼거림의 정체는 이러했다. '결국 죽음 말고는 생각할 것이 없다.' 아버지와 함께 생활하기 시작한 것은 이제 겨우 두 달째였다. 그동안 어디서 무엇을 하고 다녔는지 아버지는 죽음 직전에 집에 돌아온 것이다. 아버지는 한 번도 내 이름을 불러주지 않았고 나 역시 아버지라고 부르는 것이 어색해 내일은 꼭 아버지라고 불러봐야지, 하고 계속 미뤄두고 있었다. 아버지의 머리맡에는 낡은 책이 놓여 있었다. 아버지가 중얼거리는 말이 그 책과 관련이 있을 것만 같았지만 아버지가 책을 읽는 것은 한 번도 본 적이 없다. 어머니가 가끔 책을 냄비받침으로 쓸 때면 아버지는 잠시 미간을 찌푸리며 인상을 쓸 뿐 아무 말도 하지 못했다. 글을 가르쳐주세요. 어느 날 용기를 내 아버지에게 말했다. 아버지는 끙, 이라고 짧은 신음 소리를 낸 뒤 아무 말도 하지 않았다. 다음 날 아버지는 사마귀를 잡아 다리를 하나씩 떼어내고 있던 나에게 기어오다시피 다가와 거칠게 숨을 토해내며 말했다. 나는 너의 아버지가 아니다. 너의 아버지를 찾아 이 집을 떠나라. 내가 아버지라고 부르기도 전에 아버지는 이미 아버지임을 거부하고 있었다. 입 밖으로 아버지라는 말이 빠져나올 것 같아 어금니에 힘을 주어 입을 꾹 다물었다. 손에서 달아난 사마귀가 몸뚱이를 질질 끌며 숲으로 달아났다. 며칠 뒤 거짓말처럼 아버지는 한 바가지의 피를 쏟고 눈을 감았다. 무슨 생각에서였는지 나는 아버지가 보던 책을 어머니 몰래 땅을 파 숨겨놓았다. 가끔 아버지를 찾아 집을 떠나라는 아버지의 유언 같은 말이 생각날 때마다 책을 들고 해독불능의 문자들을 제멋대로 읽다가 덮어두곤 했다. 전쟁이 일어났다는 흉흉한 소문이 먼 곳에서 들려왔다. 어느 날 밤 서둘러 짐을 싸 어머니의 손에 이끌려 산을 내려오고 있을 때 나는 잊은 것이 있다며 다시 집으로 향했다. 이 썩을 놈아, 돌아와 어서, 라고 외치는 어머니의 숨넘어갈 듯한 목소리를 뒤로하고 아버지의 책을 찾기 위해 집으로 달려갔던 것이다. 손톱이 빠질 정도로 빠르게 흙을 파내 책을 꺼내들고 산길을 뛰어 내려오는 나의 눈에서는 어느새 눈물이 흘러내리고 있었다. 어머니가 있어야 할 곳에는 어머니가 없었다. 어쩌면 어머니가 있어야 할 곳을 찾지 못한 것인지도 몰랐다.

나는 포주였다. 그도 역시 포주였다. 그가 포주가 아니었다면 나 역시 포주가 되지 않았을 것이다. 가업을 이어받듯 나도 그처럼 포주가 되고 결국엔 거리에서 비참하게 죽게 될 운명이었다. 그는 나의 아버지였다. 그는 자신을 아버지라고 부르라 하지 않았다. 나 역시 그를 아버지라고 불러본 적은 없지만 마음속에서는 나의 아버지라고 굳게 믿고 있었다. 졸지에 고아가 된 나는 전쟁의 포화 속에서 피난 행렬에 떠밀려 어디론가 흘러가고 있었다. 신체가 절단된 시체 더미를 밟고 아이들이 해골을 가지고 축구를 하는 공터를 지나 구더기가 섞여 있는 가루 우유를 물에 타 마시고 애를 업은 채 몸을 파는 여자들의 밤을 엿본 뒤 결국 욕설과 폭력과 환각으로 뒤덮인 폐허의 뒷골목 세계로 진입하게 되었다. 그는 밥을 먹여주는 대가로 허기와 추위에 지쳐 어둠 속에 웅크리고 있는 나를 깨워 데리고 갔다. 창고 같은 곳에 나를 떠민 다음 옷을 전부 벗으라고 했다. 옷 속에 있던 이들이 여기저기로 튀어 올랐다. 그는 내가 품에 안고 있던 아버지의 책을 뺏어 들고 페이지를 넘겨 보았다. 이런 개 같은 것은 이제 너에게 어울리지 않는다. 그는 책을 갈기갈기 찢어버렸다. 그의 광포한 손놀림을 지켜보면서 나는 이전과 다른 세계 속에서 살아야 함을 예감했다. 처음에 느꼈던 두려움과 공포가 알 수 없는 기대와 희열로 점점 뒤바뀌었다. 어쩌면 애초에 내가 찾아야 할 아버지가 그인지도 몰랐다. 아버지의 말대로 집을 떠나서 아버지를 찾게 된 것이다. 그는 할 수 있겠냐고 물었다. 나는 해보겠다고 말했다. 만약 잘 해낸다면 자신의 아들이 될 수 있다고 했다. 그에게는 아들이 많았다. 아들들과 함께 여러 일을 하고 있었다. 주요 업무는 깡패, 매매춘, 아편 밀매였다. 그가 시키는 대로 정해진 장소에서 아무렇지도 않게 누군가에게 아편 한 봉지를 건네주고 나서 나는 그의 가장 어린 아들이자 마지막 아들이 되었다. 생각보다 민첩하고 대담한 놈인걸, 하면서 그는 나의 사타구니를 한 번 움켜줬다 놓았다. 오늘 한 번 이놈을 제대로 써봐라. 그의 지시로 아들들이 나를 골방에 밀어 넣었다. 참기 힘든 역한 냄새가 풍겼지만 이상하게도 그 냄새를 더 맡아보고 싶었다. 피골이 상접하고 하얀 쌀밥 위에 까만 콩 몇 개를 짓눌러놓은 것만 같은 얼굴을 한 여자가 배시시 웃으며 가랑이를 벌린 채 나에게 손가락질을 하고 있었다. 긴장한 나머지 내가 오줌을 싸도 여자는 배시시 웃기만 했다. 얼마 뒤 여자가 아편 중독자라는 것을 알았다. 그는 나를 아편 제비라고 불렀다. 소풍을 가는 소년처럼 나는 륙색에 아편을 넣고 공원에서 약속된 사람들에게 건네주고 휘파람을 불며 돌아오곤 했다. 아편 밀매를 하면서도 그는 내가 몰래 아편을 피우는 것을 발견하자 사정없이 발로 짓밟아버리곤 한 번만 더 손을 대면 손모가지를 잘라놓겠다고 소리쳤다. 나를 인간적으로 아껴서였는지, 아편이 아까워서였는지, 내가 아편에 중독되면 자신의 일에 지장을 초래할까 봐 그래서였는지는 알 수 없었다. 정작 아편 중독자가 된 것은 그였다. 그는 정치깡패로 몰려 몇 년 동안 감옥에 있다 나왔다. 그 사이 그의 아들들이 그가 맡았던 일을 각자 나눠 갖고 나는 몇 명의 여자와 골방에 살림을 차렸다가 때려치우기를 반복했다. 감옥에서 무슨 일이 있었는지 그의 몸은 완전히 만신창이가 되었고 정신도 반쯤 넋이 나가 있었다. 아들들도 처음에는 그에게 아버지로서의 예우를 하다가 점점 귀찮아하기 시작했다. 나이 어린 양아치들한테까지 얻어맞고 창녀들의 비웃음거리가 된 그를 놓고 아들들은 상의를 하기 시작했다. 그는 더 이상 아편 심부름을 하지 않는 나를 잡고 하나만 구해달라고 사정했다. 아들들 몰래 그에게 아편을 구해주고 나서 이게 마지막이에요, 한 번만 더 달라고 하면 손목을 잘라버릴 거예요,라고 말하고 있는 내 자신에 스스로 놀라고 말았다. 그는 결국 누군가의 칼에 맞아 객사하고 말았다. 그 누군가는 아들들의 막내인 내가 될 수밖에 없었다. 피 묻은 손으로 내 옷을 잡아당기며 그는 알아듣기 힘든 발음으로 중얼거렸다. 아주 오랜 시간이 흘러 중얼거림의 의미를 추측할 수 있었다. 결국 죽음 말고는 생각할 것이 없다,라고 결코 나의 아버지가 될 수 없었던 그는 말했을 것이다. 나는 포주였다. 아들들의 배려로 어린 나이에 작지만 일정 구역의 포주가 된 것이다. 더 이상 아버지에 대한 미련은 없었다. 포주에게 아버지는 거추장스러운 존재일 뿐이었다.

나는 포주였다. 십대 소녀부터 육십대 할멈까지 수많은 여자들을 만나고 품에 안고 등쳐 먹었다. 포주 생활을 할수록 점점 여자에 대한 흥미를 잃어갔다. 쉰도 되기 전에 성욕을 완전히 잃었다. 여자들은 돈벌이의 수단이자 사업 파트너일 뿐이었다. 포주를 그만두고 싶었을 때도 많았다. 언젠가 포주를 그만둬야지, 하는 생각으로 버티며 포주 생활을 지속했다. 정작 포주를 그만두면 무엇을 할지 막막해 그만둘 수도 없었다. 포주 생활에 종지부를 찍게 만든 것은 정권이 바뀐 뒤 도시정비사업의 일환으로 무허가 창녀촌들이 강제로 헐리게 되었을 때다. 나는 악덕 포주로 몰려 금고에 모아놓은 재산을 몰수당하고 수갑을 차게 되었다. 예고된 운명이 드디어 나를 옭아맨 것이다. 부도덕하지만 악덕까지는 아니었던 나를 변호해줄 창녀는 없었다. 그 아이들 역시 또 다른 삶의 터전을 찾아 서둘러 자리를 떠나기 바빴다. 당시 사회 분위기가 매매춘 근절에 집중되어 나의 죄는 점점 가중되었다. 수갑을 차고 수감 절차를 밟을 때에야 비로소 오래전 잊어버렸던 나의 이름이 이병춘이라는 것을 알았다. 이병춘 씨, 이병춘 놈, 이병춘 새끼,라고 부르는 소리가 낯설어 나도 모르게 반응을 하지 않았다. 대답을 하지 않는다고 욕설을 듣고 발로 걷어차였다. 감옥 안에서도 가장 더러운 죄질로 분류되어 같은 수감자들에게 개, 돼지만도 못한 냉대와 멸시를 받았다. 교도관에게 독방을 달라고 사정했다. 아무런 반응이 없어

오랫동안 쓰지 않았던 주먹을 쓰고 말았다. 독방의 냄새는 내가 처음 들어간 아편 중독자 창녀의 방에서 풍기던 냄새와 흡사했다. 수감 생활을 끝내고 나오자 내가 포주로 있던 창녀촌에는 거대한 주상복합 아파트가 들어서 있었다. 그곳 아파트 경비원이라도 하고 싶어 사방으로 알아봤으나 어림도 없었다. 신원 조회를 통해 이력이 드러난 내가 할 수 있는 일은 아무것도 없었다. 그 이후의 삶은 노숙과 날품팔이 노동의 반복과 연속이었다. 나의 아버지들처럼 피를 토하거나 등에 칼이 꽂혀 비참하게 죽게 되리라는 두려움에 시달렸다. 이전처럼 어렵지 않게 아편을 구할 수 있었다면 아마도 나는 아편 중독자가 되었을 것이다. 다른 환각 물질들의 유혹에 끊임없이 시달렸지만 오래전 길들여진 아편 냄새만큼 나를 자극시키지 못했다.

나는 포주였다. 과연 나는 포주였다,라고밖에 쓸 수 없는가. 처음부터 다시 써야 한다. 나는 포주였다,라고 쓰기 이전부터. 글은 얼마든지 다시 고쳐 쓸 수 있다. 인생은 다시 고쳐 쓸 수 없다. 글 역시 다시 고쳐 쓸 수 없다. 다시 고친다고 해도 나는 포주였다,라고 시작하는 글이 되고 말 것이다. 나는 포주였다. 어둠과 패악으로 물들어 있는 지난 시절을 왜 글로 옮기려 하는가. 글을 통해 나의 죄를 고해하려고 하는가. 어리석은 생각이다. 글을 쓸수록 나의 죄는 점점 부풀려지고 가중되어가는 것만 같다. 글 속에 은폐된 더 고약한 죄의 이력이 나를 괴롭힌다. 이상하게도 멈출 수가 없다. 기억을 불러내어 글을 쓸수록 기억에서 멀어지는 것만 같다. 지난 시절은 모두 거짓이라고 증명하기 위해 최대한 사실에 가까운 기억을 불러내야만 한다. 기억을 지우기 위해선 우선 기억을 해야만 하는 것이다. 기억하는 것을 글로 옮기는 그 찰나의 시간 동안 기억들은 휘발되거나 뒤엉켜버린다. 완벽한 기억의 복원으로서의 글쓰기. 그것이 불가능하다는 것을 알면서도 점자책을 읽는 맹인처럼 더듬거리며 시간을 자꾸만 뒤로 돌리려 애쓰고 있다. 글이란 오묘하다. 몇십 년 동안의 이야기를 몇 문장으로 요약할 수 있다니. 아니 단 한 문장이면 족할지 모른다. 나는 포주였다. 이 글을 끝마치기 전 죽게 된다면 어떻게 될까. 죽기 전 완성해야만 하는 글. 나는 지금 유서를 쓰고 있다.

나는 포주였다. 아이가 갑작스럽게 떠나지 않았다면 나는 포주였다,로 시작하는 유서를 쓰게 되는 일이 가능하기나 했을까. 칠십 년을 넘게 살아오면서 깨달은 것 중의 하나는 인생의 중요한 전환점은 모두 아슬아슬한 우연에서 비롯한다는 것이다. 우연으로 뒤바뀐 인생에 시간을 내맡기고 나면 어느새 우연이 필연으로 바뀌고 애초에 그렇게 될 일은 그렇게 될 수밖에 없었다는 생각에까지 다다르게 된다. 내가 나는 포주였다,로 시작하는 글을 쓰게 하려고 아이는 그날 밤 그렇게 나를 찾아왔던 것이다. 아이는 겨자색 코트를 입고 있었다. 무슨 연유에서인지 비에 홀딱 젖어 있었다. 입에서 들큼한 술 냄새가 났다. 술을 잘 마시지 못한다던 아이의 말이 떠올랐다. 아이의 제법 심각한 모습에 엉뚱하게도 물냉면에 풀어진 겨자가 생각났다. 마침 눅눅한 바닥에 누워 빗소리를 들으며 오래전 어느 날 밤 창녀들과 옹기종기 모여 먹던 물냉면을 생각하고 있었다. 누가 만들었는지 기억나지 않지만 냉면과 육수와 겨자만으로도 입에 착착 감기는 잊을 수 없는 맛이었다. 냉면을 먹는 순간 포주 따위는 그만두고 이 계집애들을 데리고 작은 봉제 공장이라도 차리면 어떨까 잠시 생각에 빠지기도 했었다. 그 생각은 갑자기 들이닥친 단체손님으로 산산조각 나고 말았지만. 아이는 수건으로 대충 머리를 말리고 코트를 입은 채 구석에 쪼그려 앉았다. 내가 멍하니 바라보고 있자 아무것도 묻지 마세요, 한 시간만 있다 갈게요, 라고 말했다. 순간 아무것도 하지 않고 잠깐 마주 앉았다 가는 건 얼마요, 라고 묻던 사내들의 말투가 생각났다. 아이의 자세는 점점 흐트러지더니 옆으로 쓰러지고 말았다. 뭐라고 중얼거렸는데 사람의 이름 같았다. 중얼거림의 끝에서 보고 싶다, 보고 싶다, 를 연발했다. 뒤늦게 내가 아이에 대해 아는 것이 아무것도 없다는 것을, 아무것도 알려고 하지 않았다는 것을 깨달았다. 잠이 들었는지 울음을 삼키는 듯한 아이의 숨소리만 주기적으로 들려왔다. 한 시간이 지났음을 확인한 나는 아이를 흔들어 깨웠다. 잠들어 있지 않았다. 아이는 제발 내버려두라고 소리를 질렀다. 시간이 다 됐으니 어서 가라고 하자 금방이라도 눈물을 흘릴 것만 같은 얼굴로 손목시계를 풀어 시계태엽을 뒤로 한 바퀴 돌렸다. 자, 이제 됐지요. 한 시간 더 남은 거예요.

아이는 미안한 생각이 들었는지 잠시 후 한없이 맥 빠진 음성으로 나에게 보고 싶은 사람이 있냐고 물었다. 저 아이를 어떡하면 좋단 말인가, 하고 속으로 단념하고 있으면서도 대답을 요구하는 질문이 아닌 것 같아 가만히 있었다. 예상대로 아이는 더 이상 묻지 않았다. 모로 누워 몸을 비틀던 아이는 정말로 잠이 들어버렸다. 과장된 발랄함보다 주체할 수 없는 침울한 모습이 아이의 진정한 면모일지 모르겠다고 생각했다. 아이의 손목시계를 만지작거렸다. 한 시간을 되돌린 시간마저 다 흘렀지만 아이를 깨울 수는 없었다. 아이에게 손을 뻗어 얼굴에 더러운 손자국을 남기고 입술과 목덜미를 혀로 핥은 뒤 셔츠 속으로 손을 쑥 집어넣어 발육이 덜 된 유방을 포악스럽게 주물러대고 싶다는 순간적인 충동에 왼손으로 오른쪽 손목을 꽉 움켜잡고 있어야 했다. 아이에게 진정으로 내가 원한 것은 무엇일까. 죽기 전 마지막으로 신이 준 기회일지 모른다. 나를 시험하고 있는가. 아이의 육체를 더럽혀 치명적인 병균을 옮긴 뒤 거리에 내다버릴 수도 있다. 그동안 잊고 있던 나의 더러운 손버릇이 되살아날 것이다. 얘야, 나는 포주였다. 자수를 하는 죄인의 심정으로 중얼거렸다. 쾨쾨한 냄새가 나는 이불을 아이의 몸에 덮어주었다. 언제 잠이 들었는지 다음 날 눈을 떴을 때 아이가 누워 있던 자리에는 이불만 덩그러니 놓여 있고 바닥에는 아이의 분홍색 손목시계가 해웃값처럼 던져져 있었다. 손목시계를 들고 한참을 들여다보았다. 한 시간이 느려 있었다. 다시 원래대로 되돌려놓으려다가 그만두었다. 아이는 오지 않았다. 약속된 기간이 아직 한 달이나 남아 있는데. 거의 하루 종일 누워 지냈다. 최소한의 끼니로 허기를 해결하고 바닥에 누워 아이의 손목시계를 만지작거렸다. 아이는 예고 없이 찾아와 나의 삶을 잠시 흔들어놓고 다시 예고 없이 가버린 것이다. 오랫동안 굳어져 있던 감정이 누군가 건드린 괘종시계의 불알처럼 심하게 흔들렸다. 다시 오면 너를 여기서 데리고 나갈게,라고 약속하고 오지 않는 사내를 기다리던 창녀의 심정이 이러했을까. 아이가 말한 대로 언젠가 포도주와 치즈를 가져오면 한글을 다 깨쳤노라고, 이제 외국영화의 자막도 무리 없이 읽어낼 수 있다고 말할 날을 기다리다가 내 몸은 점점 더 쇠약해져만 갔다. 얼마의 시간이 흐른 것일까. 남들보다 한 시간 더 늦게 살고 있는 나는 문득 이렇게 죽고 마는 것이구나,라는 생각에 점점 빠져들어갔다. 그날 밤 잠결에 아이를 범했을지 모른다는 망상에까지 시달리게 되었다. 망상이 아닐지도 모른다. 망상이 실제 기억으로 고착되어버리자 다음과 같이 중얼거리는 자신을 발견하기에 이르렀다. 결국 죽음 말고는 생각할 것이 없다.

나는 포주였다. 죽음 말고는 생각할 것이 없는 인간이다. 아이에 대한 미련과 자신에 대한 모멸이 뒤섞인 감정을 극복하기 위해 오래전 떠올린 발상을 실현시키기로 작정했다. 이제 글을 읽을 수 있으니 어릴 적 아버지의 머리맡에 있던 책을 찾기로 결심한 것이다. 아이가 더 이상 오지 않겠구나, 체념하고 있을 때 누군가 내 옆에 누워 있는 것을 발견했다. 낡은 책을 베고 누운 그는 나의 아버지가 아니라고 부정했던 아버지였다. 말없이 천장을 바라보고 있는 아버지는 입을 반쯤 벌려 연기를 내뿜었다. 아편 연기가 피어올랐다. 순간 아버지는 내가 칼을 꽂은 아버지로 변했다. 아버지의 등에서 시뻘건 피가 바닥으로 번져 나오고 있었다. 책이 피에 젖어 들어갔다. 피로 물든 책을 들고 나는 얼마나 울었던가. 아버지들의 환영이 나를 미친 사람처럼 중얼거리게 만들었다. 결국 죽음 말고는 생각할 것이 없다. 꿈인지 현실인지 모를 몽롱한 상태에서 다음 날 도서관이라는 곳을 찾았다. 사창가를 처음 찾은 수줍은 청년처럼 머뭇거리다가 될 대로 되라는 식으로 들어갔다. 아버지 머리맡에 있던 책의 제목을 기억하고 있다. 그러나 문자로서가 아니라 읽어낼 수 없는 그림 같은 것으로 알고 있다. 그 책과 모양이 같은 제목의 책을 발견해야만 그 책이 그 책인 줄 알 수 있는 것이다. 거의 일 년이 지나서야 아버지의 머리맡에 놓여 있을 만한 부류의 책들을 살펴볼 수 있었다. 죽음, 관념, 허용, 자살, 존재, 의식, 허구, 금기, 원리, 실험, 파국, 공허,라는 형태의 단어들이 내 삶을 지배하게 되었다. 단어와 단어가 관계를 맺어 만들어내는 문장들의 의미는 여전히 파악할 수 없지만 시간이 갈수록 여자의 특정 부위만 탐닉하는 변태들처럼 특정 언어 도착(倒錯)자가 되어가고 있었다. 아버지의 책은 찾을 수 없었다. 다만 아버지의 책에 있어야 마땅했을 것만 같은 문장을 어느 책에서 찾은 것이다. 결국 죽음 말고는 생각할 것이 없다. 그 문장은 책을 읽기 전 마음속에 칼처럼 품고 있던, 내가 창조해낸 문장과 같은 것이었다. 그 문장을 만났을 때 이제 죽을 수 있겠구나, 생각했다. 평생 죽음의 철학에 매달린 저자와 평생 밑바닥 삶을 전전해온 나의 삶의 결론이 같다는 것에 묘한 동질감을 느꼈다. 이제야 비로소 아버지를 찾은 것만 같은 생각마저 들었다. 결국 죽음 말고는 생각할 것이 없다. 그것은 내가 찾아야만 했던 아버지의 문장, 아버지의 유언이라 해도 좋다. 저자의 유일한 책의 마지막 구절에는 다음과 같이 쓰여 있다. 그렇다면 모든 글은 유서가 아닌가. 나는 처음이자 마지막으로 글을 쓰기로 마음먹었고 그 글은 유서가 될 것이다.

나는 포주였다. 이것이 내 유서의 첫 문장이다. 매일매일 자신의 사망신고서를 작성하듯 나는 포주였다, 라고 쓴다. 나는 포주였다, 만 남긴 채 나머지 문장들은 모두 볼펜으로 지웠다가 종이를 구겨버리는 작업을 몇 달째 계속하고 있다. 나는 포주였다, 는 나에게 아편 같은 문장이 되었다. 첫 문장을 쓰기 위해 오늘도 도서관에 왔다. 도서관 사서가 알은체를 한다. 내가 부탁하자 복사기 옆의 이면지를 마음대로 가져다 쓰라고 배려해줬다. 사서는 가끔 커피를 책상에 놓아주며 내 앞에 놓인 백지를 힐끔 쳐다보고 간다. 나는 포주였다, 라는 문장을 봤어도 내가 정말 포주였다고는 믿지 않을 것이다. 아무리 사실을 고백한다고 해도 남들은 사실로 믿지 않고, 반대로 애써 거짓을 말해도 사실이라고 믿을 것이다. 나의 유서는 어느 쪽일까. 이제 내가 쓰고자 하는 이야기가 사실인지 거짓인지조차 혼란스럽다. 이것은 유서가 맞는가.

나는 포주였다. 한 시간 느린 시계를 소유하고 있다. 몇 번이나 시계를 버리려고 했다. 시계를 버리면 나의 삶이 제자리로 돌아올지도 모르겠다는 생각을 했고, 아이에 대한 헛된 기대와 기억도 접을 수 있을 거라고 믿었다. 아이는 왜 시계를 찾으러 오지 않을까. 시계를 버리지 못했다. 대신 시계를 끊임없이 쳐다보며 한 시간 느린 나의 삶을 스스로에게 각인시켰다. 나에게 주어진 한 시간 안에 유서를 끝내야 할 것이다. 이미 한 시간 전에 죽었어야 할 나는 축복인지 저주인지 모를 잉여 시간 동안 지난 인생을 글로 정리해야만 한다. 처음이자 마지막으로 자신의 삶을 스스로 설계하고 꾸려나가려는 각오로 몇 번이고 다짐했다. 유서가 완성되면 아이에게 보낼 것이다. 너 때문에 나는 이렇게 죽게 되었다고, 글이 나를 죽게 만들었다고. 일 년이 지났지만 자신의 인생을 망친 첫 남자를 기억하는 창녀처럼 아이의 모습이 눈앞에 생생하게 남아 있다. 아이와 비슷하게 생긴 또래의 아이들이 내 주변에 앉았다 가곤 한다. 아이가 입었던 겨자색 외투와 같은 옷을 입은 여자애를 본 적도 있다. 순간 여자애의 외투를 미친 듯 벗겨내고 싶을 정도로 마음이 심하게 동요되었지만 백지를 손으로 구기며 참아냈다.

나는 포주였다. 지나온 삶을 후회한다. 유서를 쓰고 있는 지금의 모습조차 곧 후회하게 될 것이다. 나는 포주였다, 라고 쓰는 게 다 무슨 소용이란 말인가. 포주에 대한 기억을 지우기 위해 포주라는 단어를 끊임없이 써야만 하는 것이 내 유서의 운명이다. 벗어날 수 있을까. 마지막 문장에 도달하기 전까지 벗어날 수 없다. 이제 겨우 첫 문장을 완성했을 뿐이다. 갑자기 어디선가 한기가 몰려오는지 뼛속까지 휑한 바람이 파고들어온다. 손이 바들바들 떨린다. 떨리는 손에 힘을 주어 겨우겨우 쓴다. 나는 포주였다. 볼펜을 내려놓는다. 시간을 확인한다. 시계를 한 시간 앞으로 돌렸다가 다시 뒤로 돌려놓는다. 시계태엽을 돌리는 사이 지난 세월들이 뒤섞여 기억의 형태와 의미가 점점 흐릿해진다. 엎드린다. 나는 포주였다, 라는 문장이 이마를 콕콕 찌른다. 눈을 쑤신다. 코를 비튼다. 귓구멍에 침을 뱉는다. 혀를 잘근잘근 씹는다. 목덜미를 긁는다. 등에 칼을 꽂는다. 아편 연기 가득한 퀴퀴한 골방의 냄새가 풍긴다. 모든 기억들이 아편 연기처럼 공기 중으로 휘발되고 있다. 보고 싶은 사람이 있냐는, 아이의 말이 문득 떠오른다. 잠시 후 웅크린 몸뚱이 위로 이불이 툭 떨어진다. 축축하다. 등이 아프다. 무겁다. 눈이 감긴다. 나는 나를 용서하지 못할 것이다.

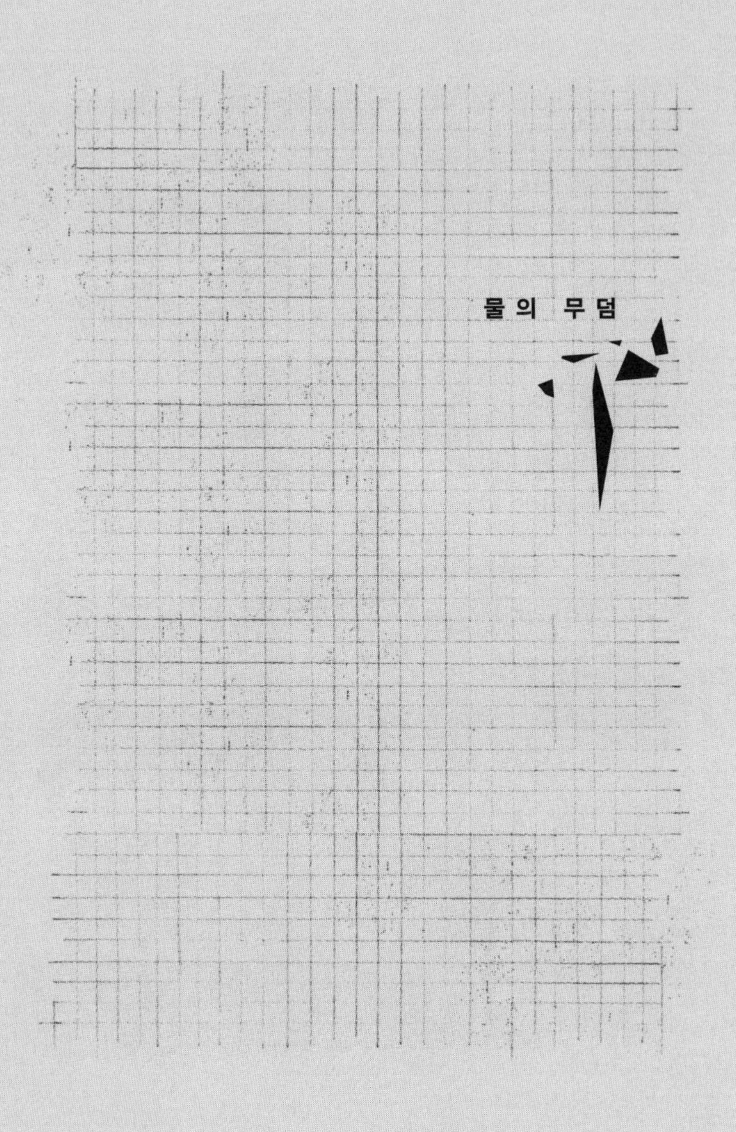

물의 무덤

살다 보면 아무도 모르는 곳에서 인생을 다시 시작하고 싶을 때가 있다. 그때 비로소 인간은 죽음이 뭔지 알게 된다. 꿈자리가 뒤숭숭해 잠을 설친 그는 어머니의 방에 들어가 문안 인사를 드렸다. 문안 인사라기보다는 어머니가 밤새 죽지 않았나 하는 확인이었다. 정신이 오락가락하는 어머니는 그를 보고 기차는 언제 오나요, 역장님, 하고 물었다. 그는 냉이된장국과 물 말은 밥을 먹고 싶어요, 엄마, 하고 대답했다. 어머니의 방에서 요강을 들고 나왔다. 이제 막 잠에서 깬 아내가 하품을 늘어지게 하며 자기가 치우겠다고 하는데 그는 아무 말 없이 화장실로 들어가버렸다. 어느 날부터 어머니는 욕실 변기 대신 요강을 사용하고 있었다. 변기에 일을 보고 내리지 않는 것보단 차라리 요강이 나은지도 몰랐다. 요강에 든 것을 변기 안에 버리고 바지를 내렸다. 아랫배에 힘을 주며 그는 어머니의 배설물과 자신의 배설물이 섞이는 것에 이상한 쾌감을 느꼈다.

양치질을 하다가 이가 하나 빠졌다. 사랑니였다. 나이 마흔이 넘어 사랑니가 났다. 통증도 없고 혀끝에 걸리는 느낌이 나쁘지 않아 내버려두다가 잊고 있었는데 갑자기 빠진 것이다. 이렇게 쉽게 이가 빠질 수도 있다는 것을 그는 처음 알았다. 혀로 구멍 난 잇몸을 건드려보았다. 그제야 경미하게 통증이 느껴졌다. 빠질 거라면 왜 하필 이여야 했을까. 어느 날 자고 일어나 보니 머리가 사라져버린 주인공 이야기라면 좀더 흥미롭지 않았을까, 하는 어설픈 생각에 거울을 보며 쓴웃음을 지었다. 이를 물로 헹구어 주머니에 넣었다. 화장실에서 나온 그를 보고 아내가 턱에 피가 묻어 있다고, 면도 좀 잘하라고 말해주었다. 그는 손으로 턱을 훔쳤다. 아무것도 묻어나는 것이 없었다.

식탁 의자에 앉아 토스트에 포도잼을 발라 먹으며 그는 아파트 베란다 유리를 통해 밖을 내다보았다. 안개가 대기를 뒤덮고 있었다. 바로 앞 동 아파트의 형체가 희미하게 보였다. 뿌옇고 흐릿한 배경을 뚫고 뭔가가 이쪽으로 달려오는 것이 시야에 들어왔다. 아내가 심각한 표정을 지으며 말했다. 여보, 나 요즘 거기가 아파. 안개 때문인지 가시거리 때문인지 물체의 정체는 쉽게 파악되지 않았다. 아프고 간지럽고 막 그러네. 물체는 점점 가까이 왔다. 혹시 당신 나 몰래 이상한 곳에서. 말끝을 흐리며 아내가 그를 흘겨보았다. 검은 말 한 마리가 베란다 창으로 돌진해오고 있는 것을 목격했다. 바짝 탄 토스트를 한 입 깨물었다. 농담이야. 당신이 그럴 사람은 아니지. 낮에 병원에 가볼게. 나도 벌써 갱년기인가. 아내가 미소를 지으며 말한 뒤 하품을 했다. 아내의 입에서 단내가 풍겼다. 검은 말은 베란다 창 안으로 머리를 쑥 들이밀었다. 고개를 좌우로 돌리며 집 안을 훑어보곤 이내 사라졌다.

오후에 중요한 거래처 사람과 미팅이 있어 그는 평소보다 말끔하게 옷을 입었다. 아내가 홈쇼핑에서 산 럭셔리 삼종 와이셔츠 중 하나를 골라 입고 사은품으로 받은 커프스단추를 채웠다. 구두에 침을 뱉곤 솔질을 두어 번 했다. 현관문을 나서기 전 그는 신발장을 열어 자신의 신발들을 확인했다. 이 신발들은 참 심심하겠어. 아내는 그의 말을 듣지 못했다. 중학교에 다니는 아들이 뒤늦게 일어나 머리를 긁적이며 잘 다녀오라는 뜻으로 꾸벅 인사를 했다. 아들의 코밑은 이제 막 수염이 돋아나기 시작해 몹시 지저분해 보였다. 누군가 장난으로 칠을 해놓은 것만 같았다. 그는 아들에게 면도 좀 하라고 말했다. 아들은 누런 이를 보이며 웃을 뿐 별다른 대꾸가 없었다. 그는 무뚝뚝한 아들이 싫지 않았지만 그렇다고 달리 애정을 가진 것도 아니었다. 중학생 정도 되면 몸의 호르몬 분비가 왕성해져서 짐승의 냄새를 피우게 된다고 그는 생각했다. 아들은 이제 막 짐승이 되는 첫발을 내딛은 것이다. 그는 지금의 아들 나이 때 자신의 몸에서 이상한 냄새가 나는 것을 두고 몸에서 돋아나는 털들 때문이라고 생각했다. 그는 아버지의 면도기를 훔쳐 온몸의 털을 제거하려고 시도한 적이 있었다. 새 옷을 갈아입듯 피부를 벗겨내 뒤집어 입고 싶었다. 아들이 자신과 비슷한 생각을 하지 말아주었으면 하고 그는 바랐다. 그래봤자 소용없다는 것을 그는 이미 오래전부터 알고 있었다. 털이라니. 짐승이라니.

비가 올지도 모르니 우산을 챙겨가라는 아내의 말을 무시하고 그는 현관문을 열고 나갔다. 엘리베이터를 타자마자 그는 다시 내렸다. 집으로 들어갔다. 거 봐. 비 오지? 우산 거기 있어. 아내가 화장실 문을 열어둔 채 양치질을 하며 말했다. 그는 안방으로 들어가 추리닝 바지 주머니에 든 자신의 이를 챙겼다. 어머니가 거실 소파에 앉아 리모컨을 누르며 텔레비전을 보고 있었다. 리모컨을 누르는 것은 어머니가 집착하는 일 중의 하나다. 아내는 어머니 때문에 드라마 하나도 제대로 볼 수 없다고 푸념을 하곤 했다. 리모컨을 누르던 어머니가 마치 드라마의 한 장면을 보듯 말했다. 저, 죽일 년. 아들은 식탁에 앉아 토스트에 포도잼을 발라 먹고 있었다. 그는 문득 베란다의 창을 바라보았다. 검은 말의 입김 같은 안개가 창에 묻어 있었다.

엘리베이터 안에서 그는 영이 엄마를 만났다. 눈인사를 했다. 밤새 울다 잠들었는지 눈두덩이 보기 흉할 정도로 부은 영이 엄마는 검은색 브래지어를 차고 있었다. 속이 내비치는 얇은 셔츠를 입고 있던 것이다. 영이 엄마의 검은색 브래지어를 바라보면서 어째서 아내는 한 번도 검은색 브래지어를 하지 않았는지 그는 의아해했다. 영이 엄마의 목에는 붉은 반점이 자리 잡고 있었다. 그는 단번에 그것이 사랑의 행위 도중에 생긴 것이라고 생각했다. 아마도 영이 엄마의 몸 위에 올라탄 영이 엄마의 남편은 절정의 꼭대기에서 영이 엄마의 목을 미친 듯 빨았을 것이다. 그러나 영이 엄마에게는 남편이 없다. 그는 아내한테서 영이 엄마의 남편이 사업차 캐나다에 가 있다는 말과 더불어 사실은 남편이 바람이 나 이혼을 했다는 이야기를 들은 적이 있다. 어느 것이 사실인지 알 수 없었지만 아내는 은근히 후자가 맞을 거라고, 맞아야 할 것처럼 억양에 힘을 주어 말했다. 중요한 것은 영이 엄마에게 남편이 없다는 사실이다. 그러면 도대체 누가 영이 엄마의 목을 빨았을까. 그는 자신이 영이 엄마의 목을 빠는 상상을 했다. 어째서 상상은 불가능한 것에만 기대어 출발하는 것인지 그는 잠시 생각했다. 좀더 생각을 진전시켜보고 싶었지만 엘리베이터가 지상에 도착하고 말았다. 엘리베이터 문이 열리자 영이 엄마가 목례를 하곤 먼저 나갔다. 그는 영이 엄마를 뒤따라갔다. 왜 자꾸 절 따라오시는 거예요, 하고 영이 엄마가 말해주기를 기다렸지만 듣지 못했다.

자동차 왼쪽 백미러가 박살 나 너덜거리고 있었다. 그는 경비실을 찾아갔다. 경비를 불러 이게 도대체 어떻게 된 일이냐고, 물었다. 경비는 새벽에 근무 교대를 해서 전날 밤 일에 대해서는 자신이 아는 게 없다고 말했다. CCTV를 확인해보겠다며 관제 시스템을 살펴보았다. CCTV에는 전날 밤 주차장 장면이 녹화되어 있지 않았다. 당장 전날 근무자에게 전화를 걸어보라고 그는 다그쳤다. 경비는 전화를 몇 번 걸어보더니 받지 않는다며 포기했다. 경비는 같은 경비원으로서 책임을 통감한다며 다시는 이런 일이 일어나지 않도록 야간 근무에 만전을 기하겠다고 말했다. 제발 관리소장에게는 말하지 말아달라고 덧붙였다. 녹색 테이프를 건네주며 경비는 모자를 벗고 연신 머리를 조아렸다. 그는 너무나 경비다운 경비의 행동에 환멸을 느꼈다.

백미러에 녹색 테이프를 감아 고정시켰다. 시간이 없어 서둘러 감은 것치고는 모양새가 괜찮았다. 그는 자신이 한 일에 결과 이상으로 만족하는 사람처럼 기분이 좋아져 차에 올랐다. 차 안에 앉아 창문을 열고 깨진 백미러로 얼굴을 쳐다보았다. 턱에 핏자국 같은 것이 묻어 있었다. 손가락에 침을 묻혀 지워봤지만 지워지지 않았다. 그것은 어릴 적 생긴 상처였다. 영이 엄마의 목에 있는 반점처럼 누구나 지울 수 없는 흔적 같은 것을 하나씩 달고 살아간다고 그는 체념했다. 룸미러를 최대한 왼쪽 방향으로 고정시키고 시동을 걸었다. 시동이 걸리지 않았다. 이런 또 내가 잊고 있었군. 그는 오토기어의 위치를 P에서 N으로 바꾸고 키를 돌렸다. 그제야 시동이 걸렸다. 언제부턴가 기어의 중립 상태에서 시동이 걸리곤 했다. 카센터에 갔지만 수리 비용과 시간이 만만치 않게 든다고 해 수리를 미루고 있었다. 정비사 말로는 운행을 하는 데는 아무런 지장이 없다고 했다. 그는 조심스럽게 핸들을 돌리며 아파트 단지를 빠져나왔다. 라디오를 켰다. 아무 소리도 들리지 않았다. 아니 정확히 말하면 잡음 가득한 소리가 들려왔다. 몇 번이고 주파수를 맞춰보았지만 이상하게도 제대로 들리는 방송이 없었다. 안테나의 문제인가 해서 룸미러를 통해 뒤를 힐끔 쳐다보았다. 역시 라디오 버튼을 누르는 동시에 자동으로 위로 솟아오르게 되어 있는 안테나가 보이지 않았다. 그는 라디오 버튼을 눌러 껐다. 몇 번 켰다 껐다 했지만 소용없었다. 출근길에 듣는 공미영의 「행복한 이 아침」을 듣지 못해 그는 다소 실망했다.

평소 같으면 병목현상으로 차가 막혀야 할 지역에서 차가 막히지 않아 그는 할 수 없이 회사에 일찍 도착하고 말았다. 회사 건물의 지하 주차장으로 들어가자 마땅히 주차할 곳이 없었다. 지하 2층까지 내려갔지만 이른 시간인데도 이상하게 빈 공간 없이 차가 가득 차 있었다. 그는 몇 바퀴를 돌다가 다른 차 앞에 주차를 시켰다. 핸드브레이크를 풀고 기어를 중립 상태에 놓았다. 주차장 한쪽에 있는 출구를 향해 걸어갔다. 문 위에는 초록색 비상구 등이 명멸하고 있었다. 아마도 안에 든 전등의 수명이 다한 것 같았다. 출구 앞에 서서 비상구 등을 잠시 동안 바라보았다. 곧 전등이 꺼질 것만 같았다. 그는 건물 관리실에 가서 이 사실을 알려주어야겠다고 생각했다. 출구 옆의 계단을 밟고 올라가고 있는데 계단 한 귀퉁이에 남녀가 키스하는 광경이 보였다. 그들의 키스는 다소 격렬했다. 남자가 여자의 머리채를 움켜잡아 여자의 목을 뒤로 꺾고 있었고, 여자의 손이 남자의 사타구니께를 더듬고 있었다. 도대체 아침부터 무슨 짓들을 하고 있는 거지, 라고 생각하던 찰나 그는 여자가 다름 아닌 같은 사무실에 근무하는 추자영 씨라는 것을 알았다. 남자의 얼굴은 특성이 없었다. 인간의 얼굴에 눈, 코, 입이 달려 있다는 게 새삼스럽게 느껴졌다. 둘은 인기척을 느꼈으면서도 동작을 멈추지 않았다. 오히려 민망해진 그가 조심스럽게, 최대한 둘 곁에서 떨어져 계단을 올라갔다. 계단 위로 올라가 그는 아래를 내려다보았다. 몸이 엉킨 남녀의 머리에 침을 뱉는 상상을 하는 순간 추자영 씨가 고개를 들어 올렸다. 눈이 마주쳤다. 경멸과 애정이 뒤섞인 눈빛이었다. 반쯤 벌어진 입에서는 금방이라도 욕설이 터져 나올 것만 같았다. 그가 추자영 씨를 알고 나서 한 번도 본 적이 없는 표정을 추자영 씨는 짓고 있었다. 가끔 머리를 쓸어 올릴 때 봐줄 만한 정도지만 그것 빼고는 별로 매력이 없는 평범한 여직원이었다. 그는 놀라 고개를 돌리고 빠르게 계단을 올라갔다. 추자영 씨의 웃음소리가 들리는 듯했다.

그는 건물 관리실을 찾아가면서 한 번도 관리실에 들러본 적도 담당자를 만난 적도 없다는 생각을 뒤늦게 했다. 관리실 문을 열고 들어가 지하 2층 주차장의 비상구 등에 문제가 있다고 알려주었다. 담당자인지 아닌지 몰라도 관리실을 지키고 있던 남자는 알았다고 대답했다. 관리실의 한편에는 컵라면이 가득 쌓여 있었다. 갑자기 컵라면을 먹고 싶다는 충동이 일었다. 컵라면 하나만 주면 안 되냐고 그는 물었다. 남자는 알아들을 수 없는 말로 중얼거리며 컵라면 하나를 꺼내 그에게 주었다. 그가 고맙다고 인사를 하자 천 원을 달라고 말했다. 그는 돈을 주고 살 생각은 아니었다고 말했다. 그럼 없던 일로 하자며, 남자가 도로 컵라면을 뺏었다. 그는 알았다며, 주머니에서 지갑을 꺼냈다. 지갑에는 만 원권 지폐밖에 없었다. 그가 지금 잔돈이 없으니 나중에 주겠다고 하자 남자는 그럴 수는 없다며 천 원을 내든지, 그냥 없던 일로 하든지 결정하라고 말했다. 아니면 자신도 천 원권 지폐가 없으니 만 원을 주면 자신이 요 앞 편의점에 가서 천 원권 지폐로 바꿔다 주겠다고 덧붙였다. 그는 자신의 사무실 위치와 직함 그리고 이름을 말하며 곧 사무실에 올라가 천 원을 꿔서 가져다 주겠다고 했다. 남자는 지금 당장 거래가 성사되지 않으면 모든 것을 없던 일로 하겠다고 끝까지 고집을 피웠다. 할 수 없이 그는 지갑에서 만 원권 지폐를 꺼내 남자에게 주었다. 남자는 만 원을 들고 밖으로 나갔다. 그는 컵라면을 손에 들고 자신이 왜 이 지경에 처했는지 의아해했다. 자신이 직접 편의점에 가서 컵라면을 사올 수도 있었다. 더구나 그곳에서 바로 뜨거운 물을 부어 먹을 수도 있는 문제였다.

와야 할 시간이 지났는데도 남자는 오지 않았다. 벽에 걸린 시계는 정각 아홉 시를 알렸다. 사무실로 올라가야 할 시간이었다. 그는 어떻게 해야 할까 망설였다. 남자를 괘씸하게 생각한 그는 컵라면 두 개를 들고 관리실을 나왔다. 편의점을 찾아가 남자의 행방을 알아볼 생각을 하던 그 앞에 부장이 나타났다.

부장은 이제 막 출근을 하는 길이었다. 자네 어디를 가나, 그리고 손에 든 건 뭔가. 부장의 물음에 그는 사실대로 말했다. 쓸데없는 소리 말고 시간 없으니 바로 사무실로 올라가세. 부장이 그의 팔을 잡아끌었다. 그는 회사 건물의 유리창을 통해 건너편 편의점을 바라보았다. 좀 전의 남자 같기도 하고 아닌 것 같기도 한 남자가 편의점 안을 서성이는 것이 보였다. 그는 편의점이 들어서 있는 건너편이 영영 닿을 수 없는 세계처럼 멀게만 느껴졌다.

부장은 어깨를 으쓱거리며 어제 오랜만에 때를 벗겼더니 온몸이 뻐근하다고 말했다. 그는 부장의 말뜻을 알면서도 모른 척했다. 때를 벗겼다는 말은 돈을 주고 오입을 했다는 말이다. 두 번이나 눌러주었다니까. 아침인데도 부장의 입에서는 마늘 냄새 비슷한 것이 풍겼다. 자네 오늘 공장에 좀 다녀와야겠어. 부장이 말했다. 공장에 문제가 생긴 모양이야. 자네가 직접 가서 확인하고 조사해봐. 무슨 문제냐고 그는 부장에게 물었다. 그걸 알면 내가 왜 자네를 보내겠나. 오늘 거래처 사람들과 미팅은 어떻게 하냐고 묻자 부장은 인상을 찡그렸다. 자, 어서 가서 챙길 거 있으면 챙겨서 바로 떠나게.

사무실에 들어가자 추자영 씨는 자리에 앉아 이제 막 컴퓨터를 켜고 있었다. 추자영 씨의 머리와 옷매무새는 아무 일도 없었다는 듯 단정하기만 했다. 그는 컵라면 두 개를 책상에 놓았다. 컴퓨터를 켜고 메일을 확인했다. 특별한 메일은 없었다. 잠시 후 한 통의 메일이 도착했다. 추자영 씨에게서 온 것이었다. 그는 메일을 열어 내용을 확인했다. 긴히 할 말이 있으니 점심시간에 그 장소에서 만나자고 하는 것이 내용의 요지였다. 그는 머리를 들어 추자영 씨의 자리를 쳐다보았다. 추자영 씨는 모르는 척 모니터를 뚫어지게 쳐다보고만 있었다. 그는 곧바로 답장 메일을 보냈다. 갑자기 공장으로 내려가라는 부장의 지시로 인해 오늘은 곤란하다고 썼다. 전송 확인을 누를 때 부장이 다가와 지금 뭐하는 거냐고, 어서 챙길 거 있으면 챙겨서 빨리 공장으로 가라고 말했다.

부장은 추자영 씨를 시켜 그에게 회사 법인카드를 지급하게 했다. 그는 추자영 씨에게서 카드를 건네받았다. 추자영 씨의 손톱에는 카키색 매니큐어가 칠해져 있었다. 그는 지하 주차장에서 본 추자영 씨의 손톱에도 같은 색깔의 매니큐어가 칠해져 있었는지 떠올렸지만 잘 기억이 나지 않았다. 그는 형식적인 서류들을 몇 가지 챙겨 가방에 넣었다. 그 사이 추자영 씨로부터 한 통의 메일이 더 도착했다. 그럼 좀 전 약속은 없던 일로 해요. 문장에 왠지 차가운 감정이 실려 있는 것 같았다. 그는 부장에게 다시 한 번 인사를 하고 사무실을 빠져나왔다.

지하 주차장으로 내려가기 전 그는 관리실을 다시 찾았다. 좀 전과 다른 남자가 앉아서 신문을 보고 있었다. 그는 자신의 일을 설명했다. 남자는 그 사람은 이 빌딩의 청소부인데 자신과는 아주 막역한 사이여서 잠시 자리를 비운 사이 관리실을 맡아

달라고 부탁했었다고 말했다. 그리고 그 사람은 남의 돈을 가지고 도망을 칠 사람이 아니라고 덧붙였다. 그 사람이 지금 어디 있는지, 아니면 연락처라도 알 수 없겠냐고 묻자 남자는 그런 것은 가르쳐줄 수 없다고 잘라 말했다. 아무리 비천한 일을 하는 사람이라도 개인 신상을 남에게 마음대로 폭로하는 것은 인권 국가에서 용납할 수 없는 일이라고 목에 핏대를 세우며 설명했다. 그는 남자가 자신의 직업에 대한 열등감을 드러내기 위해 호시탐탐 기회를 노리고 있다가 마침 때를 만났다는 듯 지나친 과장과 비약으로 주장을 펼치고 있다고 생각했지만 달리 응수할 말도 떠오르지 않아 관리실을 빠져나올 수밖에 없었다.

지하 주차장으로 내려가는 계단에서 그는 잠시 멈췄다. 추자영 씨와 남자가 격렬하게 키스를 하던 계단에 주저앉았다. 발밑에 검은 기름 같은 것이 묻어 있었다. 손가락으로 그것을 찍어 보았다. 미지근하고 끈적끈적했다. 냄새를 맡아보았다. 들큰한 막걸리 냄새와 흡사했다. 혀를 내밀어 맛을 보았다. 역시 들큰한 막걸리 맛과 흡사했다. 그는 반사적으로 위를 올려다보았다. 아무것도 없었다. 구두를 바닥에 비벼댔다. 일어나 지하 주차장으로 내려갔다. 그의 차는 그새 누군가 밀어놓았는지 저만치 가 있었다. 먼지가 쌓인 유리창에 손가락 글씨가 쓰여 있었다. 죽어버려. 차를 몰고 주차장을 빠져나가려 할 때 그는 출구의 비상구 등이 정상적으로 켜져 있는 것을 보았다.

회사 건물을 나와 첫번째 사거리에서 유턴을 했다. 편의점

앞에 차를 세우고 안으로 들어갔다. 여자 점원은 무료하게 앉아 모니터 화면을 바라보고 있었다. 그는 남자의 외양을 설명하며 만 원권 지폐를 천 원짜리로 바꿔 간 남자가 있었냐고 물었다. 점원은 귀찮다는 듯이 모르겠다고 고개를 흔들었다. 채 삼십 분도 지나지 않았는데 어떻게 사람을 잊어먹을 수 있느냐고, 그리고 지금 이 시간에는 손님도 뜸하니 조금만 기억을 더듬으면 생각이 날 거라고, 그는 다그쳤다. 점원은 손에 잡고 있던 마우스를 팽개치며 일어나 자신은 출입국 관리사무소 직원이 아니라, 일개 편의점 알바일 뿐이라고 항변했다. 제가 원하는 건 사람들의 얼굴이 아니라 그들이 내민 돈뿐이에요. 오히려 얼굴보다는 사람들의 손을 더 잘 기억한단 말예요. 그는 남자의 손 생김새가 어땠는지 기억하려 했지만 헛수고였다. 그는 자신의 부주의를 책망했다. 점원에게 미안한 마음이 들어 컵라면을 사서 구석에 있는 온수통 앞으로 갔다. 용기에 반쯤 물이 차자 더 이상 온수가 나오지 않았다. 온수통을 잡고 흔들어 물을 좀더 부었지만 여전히 부족했다. 컵라면을 들고 카운터로 가려다 말고 그 상태로 먹어보기로 했다. 언제든 먹을 수 있는 컵라면이기에 한 번쯤은 물이 부족한 상태에서 먹어보는 것도 나쁘지 않다고 생각했다. 그는 컵라면을 두 젓가락만 먹고 쓰레기통에 버렸다. 대신 생수를 한 통 사서 밖으로 나왔다. 점원은 그에게 안녕히 가세요, 또 오세요,라는 말도 하지 않았다. 차에 앉아 시동을 걸려던 찰나 그는 편의점 안에 검은 말이 있는 것을 보았다. 검은 말은 쓰레기통을 뒤져 그가 먹다 버린 컵라면을 먹고 있었다. 말의 코에서는 뜨거운 증기 같은 것이 뿜어져 나왔다. 그는 고개를 흔들었다. 생수를 한 모금 마시고 즉시 자리를 떠났다.

서울을 빠져나올 무렵 먹구름이 낀 하늘을 올려다보다가 그는 집으로 전화를 걸었다. 아무도 받지 않았다. 아내의 핸드폰으로 전화를 걸었다. 역시 받지 않았다. 음성사서함에 급하게 공장으로 내려가고 있다고, 자세한 이야기는 나중에 전화로 알려주겠다고 메시지를 남겼다. 핸드폰을 애처롭게 쳐다보면서 추자영 씨에게 전화를 걸어볼까 하다가 그만두었다. 우린 이미 끝난 사이가 아닌가. 차라리, 죽어버려요. 추자영 씨의 목소리가 환청처럼 귓속을 울렸다. 얼마 지나지 않아 그는 한 통의 전화를 받았다. 공장 책임자였다. 다급한 목소리가 들렸다. 언제 오십니까. 언제 오십니까. 지금 내려가고 있다고, 무슨 일이냐고 그는 물었다. 책임자는 빨리 와달라는, 같은 말만 반복할 뿐이었다. 뒤미처 수화기 너머로 고함과 함께 무언가 부서지는 소리가 들렸다. 난동이에요. 여긴 전쟁입니다. 전쟁. 전쟁이라고요. 아. 야, 이 씨발 새끼들이. 갑자기 전화가 끊어졌다. 질 것이 분명한 상대의 멱살을 힘없이 움켜쥐듯 전화기를 손에 쥔 채 그는 인상을 구겼다. 전쟁이라니. 뒷좌석으로 전화기를 집어 던졌다. 운전을 하면서 양복 상의를 벗었다.

주유소로 진입하자 카고 바지에 빨간 셔츠, 빨간 모자를 쓴 여자아이가 다가와 웃으며 인사를 했다. 그는 만땅이라고, 말했다. 아이는 만땅이라고, 크게 소리쳤다. 주유를 할 동안 그는 화장실로 들어갔다. 장기 매매 스티커가 붙어 있었다. 누군가 벗겨내려다가 포기한 듯 모서리 부분이 지저분하게 뜯겨져 있었다. 그는 스티커를 손톱으로 벗겨내려 애썼다. 생각보다 쉽지가 않았다. 주머니에서 집 열쇠를 꺼내 스티커를 긁어댔다. 종이 가루가 지저분하게 일어났다. 손바닥으로 털어냈다. 이전보다 더 지저분해졌다. 그는 와이셔츠의 커프스단추를 빼고 소매를 걷었다.

돈을 받은 여자아이는 크리넥스 한 통을 주유 사은품으로 주었다. 그는 그것을 받았다. 아이는 또 오시라고, 말했다. 녹색 테이프로 감아놓은 백미러가 아이의 가슴을 가리켰다. 오늘 비가 올까요? 그의 물음에 아이가 잠시 망설이다가 하늘을 올려다보았다. 네? 올 것 같은데요. 안 왔으면 좋겠는데. 그는 자신의 마음도 그렇다는 뜻으로 아이에게 고개를 끄덕여 보이곤 핸들을 돌렸다. 라디오가 고장 나 운전이 무척 무료하게 느껴졌다. 그는 차창 밖으로 한 팔을 걸친 채, 사랑한다고 내 마음을 다 주는 건 아니야,라는 가사의 노래를 읊조리다가 그만두었다.

국도로 접어들자 졸음이 밀려왔다. 갓길에 차를 세웠다. 시동을 끄고 의자를 뒤로 젖혔다. 그의 몸도 따라서 젖혀졌다. 구두를 벗고 허리띠를 풀었다. 양손은 배꼽 부분에 놓고 눈을 감았다. 그는 잠이 든 것도 그렇다고 깨어 있는 것도 아닌 몽롱한 상태로 잠시 동안 있었다. 이상한 감각이 느껴져 눈을 떴다. 자지가 커져 있었다. 이런 일은 정말 오랜만이라고 생각했다. 그는 지퍼를 내리고 자지를 끄집어냈다. 너처럼 한심하고 볼품없는 것은 처음 본다는 듯 내려다보았다. 손으로 귀두 주위를 만졌다. 손가락으로 퉁겨 때려보기도 하고 살짝 비틀어보기도 했다. 자신의 자지가 자신과 무관한 별개의 사물로만 여겨졌다. 엄지와 검지로 원을 만들어 귀두를 감싼 채 손을 움직이기 시작했다. 추자영 씨의 몸을 떠올리려 했지만 자신도 모르게 빨간 모자, 빨간 모자,라고 중얼거렸다. 이것은 정말 무의미한 운동이다,라고 생각할 때쯤 정액이 쏟아졌다. 정액이 흘러 그의 손은 물론이고 바지에도 묻었다. 그는 크리넥스를 뜯어 티슈를 사정없이 뽑아 자지와 그 주변을 닦았다. 그는 자신의 의식을 잠재우기 위해 손과 자지가 결탁해서 일을 꾸민 것이라고 생각했다. 그렇다면 자신은 결과에 승복할 수밖에 없다며 다시 눈을 감았다. 아주 오랫동안 깊은 잠에 빠졌었다고 생각하며 눈을 떴지만 불과 십 분밖에 지나지 않았다. 그는 이마의 땀을 닦아내며 멍한 의식 상태를 좀더 멍하게 만들어도 좋겠다는 생각으로 간밤의 뒤숭숭한 꿈을 기억하려 애썼다.

그는 누군가의 무덤 앞에 있었다. 무덤은 관리를 전혀 하지 않았는지 잡초와 들꽃들이 가득 피어 있었다. 그는 소주를 마시며 오징어 다리를 씹었다. 취기가 오른 그는 무덤에 엎드려 울기 시작했다. 잡초를 손으로 움켜쥐며 서럽게 울어댔다. 울다 지친 그는 스르르 잠이 들었다. 뭔가 축축한 훈김이 얼굴을 뒤덮었다. 눈을 떴다. 검은 말 한 마리가 그의 얼굴을 핥으려 하고 있었다. 그는 놀라 뒤로 물러섰다. 말은 커다란 눈을 끔뻑이며 그를 쳐다보고 있었다. 말의 눈에 갇힌 그의 모습이 보였다. 잠시 후 말은 무덤을 파먹기 시작했다. 붉은빛의 황토를 우적우적 씹어 먹었다. 무덤이 반쯤 파헤쳐질 동안 그는 그 자리에 꼼짝없이 앉아 있었다. 등줄기로 흐르던 식은땀도 어느새 말라버렸다. 말은 허기를 채웠는지 목을 길게 빼고 울더니 무덤 아래로 내려가기 시작했다. 뒤를 돌아보는 법 없이 아주 천천히 내려갔다. 말이 사라질 때까지 시선을 놓치지 않았다. 그는 말이 폐허로 만든 무덤을 쳐다보았다. 흙을 손에 담았다. 축축했다. 냄새를 맡아보았다. 들큰한 막걸리 냄새가 났다. 말처럼 흙을 씹어 먹었다. 들큰한 막걸리 맛이 나면서 씹을수록 한 번도 맛본 적 없는 살덩이를 씹는 것만 같았다. 치아 사이사이에 흙이 끼었다. 그는 흉하게 벌거벗은 무덤을 바라보다 누군가의 죽음을 조롱하듯 비웃었다. 지렁이 몇 마리가 꿈틀거리며 황토를 뚫고 나오려고 했다. 무덤에서 내려와 계곡으로 갔다. 물을 마셨다. 달고 맛이 좋았다. 옷을 벗고 계곡 물속으로 들어갔다. 물은 몹시 차가웠지만 어떤 안락감이 느껴졌다. 물속에서 수음을 했다. 방사를 할 때 그는 길게 말 울음소리를 냈다. 허연 정액들이 물 위를 떠다니다 물에 흡수되어버렸다. 그는 물이 잉태할 자신의 자손들을 떠올렸다. 물속으로 잠수해 들어갔다. 잠수를 한 채로 헤엄쳐 나갔다. 무언가 그의 발목을 잡아당기는 것이 있었다. 그는 벗어나려고 발버둥을 쳤지만 소용없었다. 그럴수록 자신의 몸이 점점 가라앉는다고 느껴졌다. 몸 안에 물이 가득 찼다. 그는 일개의 물방울에 불과했다. 누군가 손을 대면 더 작은 물방울로 살아남으리라. 그는 물을 움켜쥐었다. 물의 가시들이 그의 피부를 깊숙이 찌르고 들어왔다. 그의 몸이 한없이 팽창되었다가 서서히 물에 녹아내렸다. 그는 물, 하고 소리를 질렀다. 그는 자신이 아무 소리도 들을 수 없고, 아무 말도 할 수 없다는 것을 알았다. 오로지 매캐한 향냄새만 코를 자극했다. 그는 발가벗은 채 불당에 누워 있었다. 주위에는 비구니들이 모여 있었다. 눈을 뜨자 비구니들이 오오, 하고 감탄을 했다. 이빨이 다 빠진 노승 비구니가 그의 오른쪽 팔을 들어 올렸다. 왼쪽 팔을 들어 올렸다. 오른쪽 다리를 들어 올렸다. 왼쪽 다리를 들어 올렸다. 머리를 들어 올렸다. 상체를 들어 올렸다. 그때마다 비구니들이 오오, 하고 같은 반응을 보였다. 그는 잠시 일어나 주위를 둘러보았다. 사방이 벽으로 되어 있고, 창과 문은 어디에도 보이지 않았다. 벽은 물론이고 천장에도 기이한 불화들이 그려져 있었다. 그중 그의 시선을 잡아끄는 것이 있었다. 말의 무덤이었다. 무덤 밖으로 말 머리가 나와 있었다. 남루한 옷차림의 부처가 검은 말을 억지로 말의 무덤가로 끌고 있었다. 그는 경악하며 팔을 들어 그림을 가리켰다. 비구니가 그의 이마를 딱 때렸다. 그대로 뒤로 자빠졌다. 의식이 있지만 몸을 움직일 수가 없었다. 비구니들이 그의 머리카락은 물론 그의 몸에 난 털을 다 깎아버렸다. 심지어 발가락과 손가락에 난 솜털까지 깎았다. 비구니들은 양파와 마늘 냄새가 뒤섞인 이상한 약초 즙을 그의 몸에 발랐다. 끈적끈적한 점액질로 그의 몸이 뒤덮였다. 그는 자신이 삶과 죽음의 어느 경계에 있는지 가늠할 수 없었다. 이곳이 극락인지 지옥인지도 알 수 없었다. 어쩌면 그는 너무나 현실적인 어느 풍경 속에 갇혀 있는지 몰랐다. 비구니들이 사라졌다. 불당 안의 촛불이 바람에 흔들리고 있다. 촛불의 그림자가 길게 늘어났다가 줄어들었다. 몸을 움직일 수 없었다. 숲을 지키는 고목처럼 완전히 굳어버렸다. 장면이 바뀌어 바람에 대숲이 흔들리는 소리가 들렸다. 그는 산사의 풍경 소리를 들으며 낙엽을 쓸고 있었다. 낙엽을 쓸다가 문득 하늘을 올려다보았다. 한 방울의 빗물이 이마에 떨어졌다. 그는 죽었구나, 라고 중얼거렸다.

그는 자신이 실제 그런 꿈을 꿨는지 알 수 없었다. 꿈을 기억하려고 들면 꿈은 전혀 이상한 방향으로 바뀌고 장면이 전환되었다. 추자영 씨의 말이 문득 떠올랐다. 난 당신을 만난 뒤로 한 번도 꿈을 꾼 적이 없어요. 이게 뭘 의미하는지 알아요. 그는 고개를 흔들었다. 그때처럼 그는 다시 고개를 흔들었다. 꿈 따위가 나를 괴롭히다니. 어디 한번 괴롭혀봐. 괴롭혀봐. 충분히 괴롭힘을 당해줄 테니까. 현실이 얼마나 더 꿈 같은데. 꿈 따위가 현실을 조롱하다니. 그는 자기 자신에게만 고집을 부리는 사람처럼 얼굴을 찌푸렸다. 이 정도면 충분히 멍한 상태를 즐겼다는 듯 차의 시동을 걸었다.

공장이 있는 지방 도시로 접어들자 비가 내리기 시작했다. 열려진 창문을 닫으려고 했지만 윈도 버튼이 작동하지 않았다. 몇 번이고 눌러보았지만 소용없었다. 한두 방울 떨어지던 비는 불과 몇 분 만에 폭우로 변했다. 창밖으로부터 들이닥친 비에 몸이 젖어 들어갔다. 반은 젖고 반은 젖어가는 상태였다. 빗물에 앞이 잘 보이지 않았다. 와이퍼를 3단으로 내렸지만 빗물이 쌓이는 속도를 따를 수가 없었다. 뒷좌석에 놓여 있는 핸드폰이 울리기 시작했다. 맞은편에서 오는 차들이 그의 차에 빗물을 튀기며 지나갔다. 기대한 파도가 아가리를 벌리고 그의 차를 집어삼키려 하고 있었다. 그의 몸은 점점 물에 침식당했다. 이렇게 당하고 있을 수만은 없다. 속력을 내 마주 오는 차들에게 빗물을 튀겨보려 했지만 쉽지 않았다. 그럴수록 오히려 그의 차 쪽으로 빗물이 튀기는 것만 같았다. 그는 순간 자신의 삶에 환멸을 느꼈다. 이기려 하면 할수록 지고 마는 꼴을 살아오면서 수없이 겪었다고 생각했다. 어느 순간부터 이기지 못하니 지는 척하고 사는 것이었다. 지는 것은 결코 이기는 것이 아닌데도, 패배의 미덕을 자신의 삶의 목표로 삼아 살아가고 있던 것이다. 핸드폰이 저 혼자 요동치며 미친 듯 울어댔다. 그는 차를 세워야 한다고 마음을 먹으면서도 그럴수록 좀더 속력을 내고 핸들을 좌우로 돌렸다. 빗물에 바퀴가 미끄러졌다. 순간 차가 인도로 뛰어들었다. 브레이크를 밟았다. 주변에서 경적 소리가 요란하게 들려왔다. 자동차는 전신주를 박고 멈췄다. 어떻게 된 상황인지 판단이 잘 서지 않았다. 차를 뒤로 빼려고 했지만 말을 듣지 않았다. 문을 열고 나왔다. 옆을 지나가던 차가 그의 전신에 빗물을 튀겼다. 구두 속은 이미 물로 질척거렸고 발목까지 물이 차 있었다. 차에 핸드폰을 놓고 내린 것을 알았지만 그는 길을 나섰다가 갑자기 비를 맞게 된 사람처럼 빠르게 걸어갔다.

그는 어느새 무언가에 쫓기는 사람처럼 달리고 있었다. 몇 개의 모퉁이를 돌아 더 이상 참을 수 없다는 듯 부영장,이라는 낡은 간판이 걸린 여관의 문을 열고 들어갔다. 어디선가 낮익은 괘종 소리가 들렸다. 계단 옆에 있는 쪽문을 열고 중년의 여자가 얼굴을 내밀었다. 말상에다가 눈 밑은 서늘할 정도로 검었고, 입술에는 핏기가 없었다. 쪽문 사이로 보이는 방 안에는 소주병과 화투장들이 나뒹굴고 있었다. 여자는 슬리퍼를 신고 밖으로 나왔다. 아랫도리까지 다 젖었네요. 여자가 서늘하게 웃으며 그를 위아래로 훑어보았다. 그는 칫솔과 수건이 담긴 쟁반을 들고 있는 여자의 뒤를 따라 쥐색 카펫이 깔린 계단을 밟아 올라갔다. 여자는 신발을 안에 두라고 당부한 뒤 돈을 건네받고 내려갔다. 그는 우선 옷을 벗었다. 와이셔츠와 바지, 속옷을 길게 펼쳐 바닥에 깔았다. 욕실로 들어가 뜨거운 물로 샤워를 했다. 물에 젖은 몸을 물로 씻어내고 있는 자신의 모습을 거울로 보면서 그는 쓴웃음을 지었다. 모든 것이 항상 이런 식이었다. 물은 물로 씻고, 불을 불로 끄고, 기억은 기억으로 되돌리고,

꿈을 꿈으로 설명하고, 전쟁은 전쟁으로 끝내고. 수건으로 몸의 물기를 닦아내고 드라이어를 켜 몸의 구석구석을 말렸다. 겨드랑이와 사타구니의 털이 빠짝 말라 고기 타는 냄새를 피울 때까지 드라이어를 대고 있었다. '커피공주'라는 스티커가 붙은 소형 냉장고를 열고 생수병을 꺼내 마셨다. 반쯤 마시고 나서야 병 밑에 앙금이 가라앉아 있는 것을 확인했다. 바닥에 깔린 담요 위에 몸을 눕힌 뒤 머리 위까지 이불을 뒤집어쓴 그는 옷들이 마를 때까지 이곳에서 나가지 않겠다고 생각했다.

옷이 다 말랐어도 그는 밖으로 나가지 않았다. 며칠이 지나도록 비는 멈추지 않았다. 텔레비전에서는 그가 있는 지역의 수해에 대해 집중 보도를 하고 있었다. 칠 년 만의 최악의 물난리라고 했다. 그의 차가 물 위에 떠 있는 장면이 카메라에 잡히기도 했다. 화면 자막에 보이는 사망 실종자 명단을 유심히 살폈지만 자신의 이름은 보이지 않았다. 그는 크게 실망했지만 곧 평정을 되찾았다. 그는 하루에 한 번 여관 주인이 올려 보내주는 식사를 했다. 인근 식당에 배달을 시키려 했지만 수해 때문에 불가능했다. 그는 매일 같은 국과 반찬으로 끼니를 때웠다. 된장국과 오이지뿐이었다. 그래도 불평 한 번 하지 않고 물 말은 밥과 곁들여 맛있게 먹었다.

어느 날 여관 주인이 쟁반에 소주와 오징어를 담아 올라왔다. 그는 술은 마시지 않는다고 단호히 거절했다. 여관 주인은 자신만 마실 테니 같이 있어주면 안 되겠냐고 사정했다. 여자는 소주를 병째로 마셨다. 여자의 권유에 못 이겨 그는 오징어 다리를 씹었다. 소금에 절인 나무껍질을 씹는 것처럼 오로지 짠맛만 혀에 감길 뿐이었다. 여자의 눈이 조금씩 풀리고 있었다. 당신은 뭐하는 사람이야. 여자가 갑자기 삿대질을 하며 큰 소리로 물었다. 여자의 셔츠가 어깨 밑으로 흘러내려 브래지어 끈이 보였다. 브래지어는 검은색이었다. 그는 잠시 생각하다가 글을 쓰는 사람이라고 대답했다. 글을 쓰는 사람이라면 종종 이렇게 여관에 처박혀도 별다른 의심을 받지 않을 거라고 생각했다. 여자가 자신을 더 궁지에 몰아넣기를 은근히 바라고 있었지만 여자는 모든 걸 이해한다는 듯 더 묻지 않았다. 만약 여자가 글 쓰는 사람이 왜 노트북은커녕 종이 한 장, 연필 한 자루 없냐고 따져 묻는다면 자신의 말을 번복하고 모든 것을 사실대로 털어놓을 생각이었다. 그러나 어디서부터가 사실이고, 어떻게 사실을 설명해야 하는가, 하는 난감함에 빠졌다. 요강에 앉아 변을 보는 사람처럼 그는 어색한 표정을 지었다.

소주병을 비운 여자는 옆으로 다가왔다. 여자는 춥다고 말했다. 비가 오는 날이면 너무 추워요. 그는 이불로 여자를 덮어주었다. 여자는 곧 쓰러질 것처럼 위태로운 자세로 앉아 부정확한 발음으로 자신의 속사정을 이야기했다. 칠 년 전 그녀는 수해로 아들을 잃었다고 했다. 남편과는 이미 사별한 뒤여서 여자한테 믿을 것은 하나밖에 없는 아들뿐이었다. 지금처럼 비가 내리는 날 실종된 아들은 며칠 뒤 비가 그치고 나서야 찾을 수 있었다.

고통에 몸부림치던 여자는 점집 무당의 제안으로 아들의 시체를 발견한 곳에 식당을 차렸고, 장사가 잘돼 오 년 뒤 건물을 올려 여관으로 업종을 바꿨다. 그런데 이상하게도 몇 달에 한 번씩 여관에서 사람이 죽어 나가기 시작하더니 외지에서 온 사람 말고는 아무도 여관을 찾는 사람이 없게 되었다. 여자는 서늘하게 웃으며 소리쳤다. 당신도 죽겠지. 죽어버려. 다 죽어버려. 부영아, 부영아, 불쌍한 우리 부영이.

그는 자신이 글을 쓰는 사람이라고 거짓말을 했듯이, 여자도 자신에게 거짓말을 하고 있는지도 모른다는 생각이 들었다. 그는 자신이 진정 글을 쓰는 사람이라면 여자의 삶을 글의 소재로 삼아도 좋은가, 그렇지 않은가 하고 따져보았다. 아무 흥미를 느끼지 못할 진부한 이야기가 지지부진하게 펼쳐질 것이다. 누구도 펼쳐 보지 않는 책의 등장인물처럼 여자는 울고 있었다. 그는 당장 자리에서 일어나 나가고 싶었지만 자신이 죽어야만 여기를 빠져나가게 될 것이라는 예감에 휩싸였다. 예감을 실현시키기 위해 좀더 두고 보기로 했다. 여자가 그에게 쓰러졌다. 추워요, 너무 추워요. 절 좀 안아주세요. 여자가 그의 품속으로 파고들었다. 그는 자포자기의 심정으로 여자를 안았다. 여자의 머리에서는 들큰한 막걸리 냄새 같은 것이 났다. 거칠게 숨을 내쉬던 여자는 손을 더듬어 그의 바지 지퍼를 내렸다. 여자의 손이 안으로 들어와 자지를 움켜쥐었다. 여자의 몸이 물에 녹듯 밑으로 내려가더니 입을 벌려 그의 자지를 빨기 시작했다. 그는 축축한 공포감을 느꼈다. 여자의 혀가 감길 때마다 자지는 점점 오그라들었다. 오그라든 자지 속으로 그의 이전 삶이 말려들어 가는 것만 같았다. 없냐, 없냐. 여자는 소리를 내며 계속 그의 자지를 빨았다. 그는 자신의 의지와 무관하게 요도를 타고 뭔가가 빠져나가는 느낌을 받았다.

여자는 어느새 잠들어버렸다. 여자의 입은 여전히 그의 자지를 물고 있었다. 그는 슬며시 몸을 뒤로 뺐다. 여자의 입에서 누렇고 끈적끈적한 타액이 옆으로 흘러내렸다. 그는 말의 목을 부둥켜안듯이 여자의 머리를 감싸 쥐었다. 입을 벌려 여자의 머리를 깨물었다. 두 손으로 여자의 목을 움켜잡았다가 놓았다. 잊고 있었다는 듯 바지 주머니를 뒤져 이를 꺼냈다. 여자의 입을 억지로 벌려 이를 밀어 넣었다. 일어나 창문으로 갔다. 창을 열자 얼굴로 비바람이 확 몰아쳤다. 고개를 내밀어 바닥을 내려다보았다. 거리에는 차도 사람도 보이지 않았다. 오로지 지상을 뒤덮은 흙탕물만이 어디론가 흘러가고 있었다. 물살의 속도는 빨랐다. 저 물은 어디서 와서 어디로 흘러가고 있는가. 문득 그런 생각을 하는 사이 그의 시야 속으로 물속에 빠진 검은 말의 모습이 들어왔다. 말은 허우적거리며 급류에 저항하려고 애썼지만 역부족이었다. 검은 말이 길게 목을 빼고 울었다. 빗소리에 검은 말의 울음소리가 서서히 잠겼다. 말의 모습은 점점 멀어지고 있었다. 좇아라. 구하라. 좇아라. 구하라. 분노한 빗방울이 소리치며 방바닥으로 떨어졌다. 그는 서둘러 문을 열고 계단을 밟고 내려갔다. 맨발이었다. 일층 바닥에는 이미 물이 새어 들어오고 있었다. 여관 문 앞으로 가 문을 밀어 젖히려고 했다. 열리지 않았다. 문이 잠겨 있었다. 걸쇠를 풀고 힘껏 문을 열었다. 어디선가 낯익은 괘종시계 소리가 들렸다. 문틈으로 스며들던 물이 넘쳐 들어왔다. 순식간에 하체가 물에 잠겼다. 물을 헤치며 앞으로 나아갔다. 저 멀리 검은색의 물체가 꿈틀대며 사라지고 있는 것이 보였다. 그것이 검은 말인지, 아닌지 그는 확신할 수 없었다. 불확실한 확신 속에서 그의 몸은 점점 물에 잠기고, 무력해져만 갔다. 그럴수록 정신이 또렷해지고 눈앞의 모든 것이 선명하게 드러났다. 거대한 물기둥이 곳곳에서 소용돌이치며 그를 막고 있었다. 그는 언젠가 꿈에서 이런 비슷한 상황을 겪었다고 생각했지만 그것이 언제였는지 도무지 기억이 나지 않았다. 기억이 나지 않는 것은 애써 기억하지 말아야 한다. 그는 일체의 생각을 중단했다. 지금 할 수 있는 일이란 오로지 흘러가는 물살에 몸을 맡기는 동시에 물을 뚫고 가는 것뿐이었다. 그는 처음으로 자신이 살아 있음을 느꼈다.

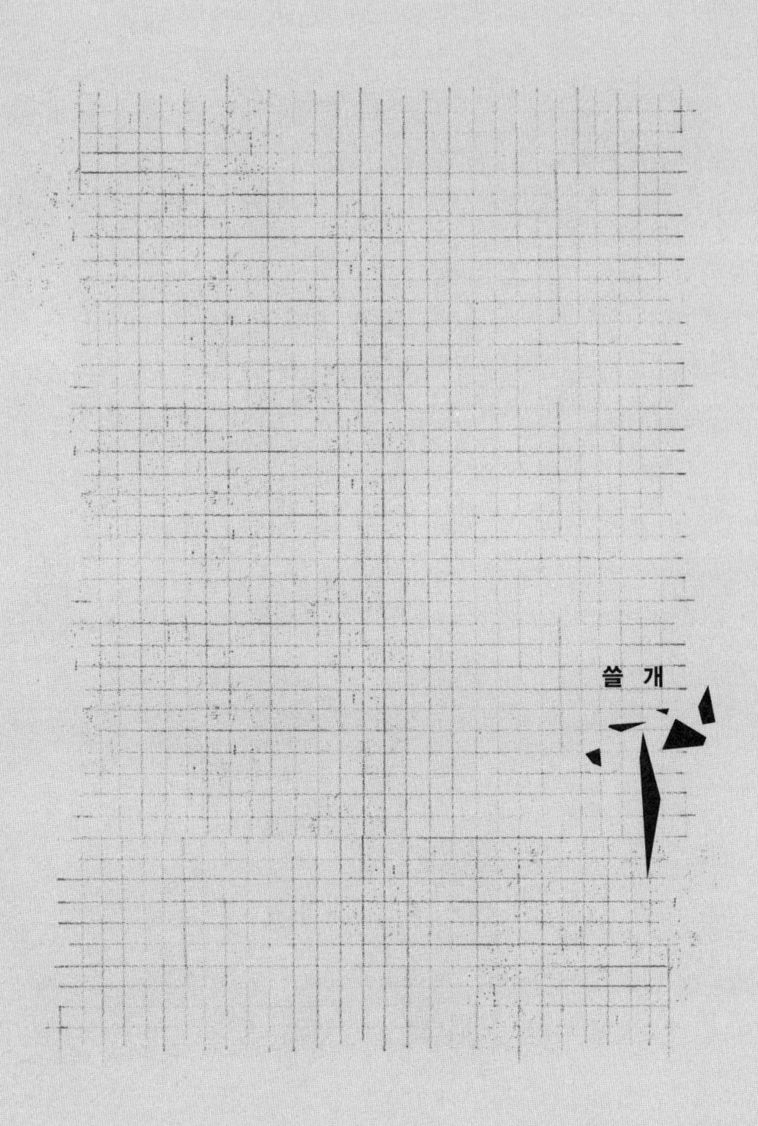

쓸개

쓸개를 잘랐다. 의사는 기름진 음식을 당분간, 때에 따라서는 영원히 금해야 할지도 모른다고 말했다. 애초에 기름진 음식을 좋아하지도 않았다고 말하려다가 그만두었다. 신열이 나고 배가 아파 찾아간 병원에서 담석 판단을 받은 뒤 수술 동의서에 사인을 하고 마취 후 깨어나 보니 쓸개가 잘려져 있었다. 물론 의사의 말을 듣기 전에는 쓸개가 잘려나갔는지 몰랐다. 쓸개가 없어도 살 수 있다는 것을 처음 알았다. 잘려나간 쓸개는 어떻게 되었나요, 하고 수술 후 통증 속에서도 의사의 손목을 잡고 묻고 싶었다. 의사는 쓸개 없이도 잘 사는 사람들이 얼마나 많은지 아세요, 라며 나의 어깨를 한 번 움켜쥐었다가 놓았다. 무표정한 얼굴에서 이상하게 웃음이 엿보였다. 안면 근육을 움직이지 않고도 슬픔과 기쁨을 노출할 수 있는 직업이 의사라는 것을 새삼 깨달았다. 수술한 부위의 회복을 기다리며 무료하게 침대에 누워 있던 어느 날 수면인지 각성인지 모를 상태에서 꿈을 꾸었다.

나는 누군가의 집을 찾아가고 있었다. 누군가에게 초대를 받고 가는 길이었다. 초대장에 그려진 조악한 약도를 따라 도시의 변두리 골목으로 접어들었다. 인적이 없는 거리는 미명의 푸른 안개에 휩싸여 있었다. 그렇다고 곧 날이 밝아올 것 같지는 않았다. 습한 기운이 온몸을 감쌌다. 조바심을 갖고 약도와 주변을 대조해보며 앞으로 나아갔다. 구두 속에 돌이 들어갔는지 걸을 때마다 발이 아팠지만 구두를 벗는 것이 속옷을 벗는 것처럼 부끄럽고 거추장스러워 참고 걸었다. 누군가의 집은 쉽게 찾아지지 않았다. 뒤늦게 약도를 거꾸로 들고 있음을 알아차렸다. 마치 내가 오기를 기다렸다는 듯 문은 열려 있었다. 마당이 있는 한옥이었다. 문을 밀고 안으로 들어가자 털이 수북한 개 한 마리가 먼저 눈에 띄었다. 목줄에 묶여 있던 개는 나를 보자마자 달려들려고 했다. 개는 아무 소리도 내지 않았다. 성대 수술을 했는지 침을 질질 흘리며 맹견에 가까운 표정을 보이면서도 소리를 내지 못했다. 짖을 수 없는 신체적 한계를 알고도 짖으려고 애를 쓰는 개의 모습이 측은해 보이기까지 했다. 그렇다 해도 다가갈 엄두를 내지는 못했다. 마당의 평상에는 술판이 벌어진 흔적이 역력히 남아 있었다. 술병과 술잔들, 찌그러진 통조림 캔, 말라비틀어진 오이와 당근 조각들, 양념이 지저분하게 묻어 있는 나무젓가락들이 질펀했던 술자리를 연상케 했다. 휴대용 가스버너 위의 불판에는 허연 기름 덩이가 덕지덕지 엉긴 고기 살점들이 달라붙어 있었다. 집에는 사람이 없었다. 초대장에 쓰여 있는 누군가의 이름을 부르고 방 안을 뒤져보아도 인기척이 없었다. 사람을 찾다 지친 나는 몹시 허기가 졌다. 너무도 당연하게 언제 먹다 두었는지 모를 불판 위의 고기 살점들을 떼어내 먹기 시작했다. 허겁지겁 고기를 씹어 삼키는 나를 보고 개가 미친 듯이 발길질을 해댔다. 입술과 손가락에 번들거리는 기름을 묻힌 나는 개에게 진정하라고 손짓을 했다. 그럴수록 개는 더 약이 올라 달려들려고 몸부림을 쳤다. 그때였다. 순식간에 목줄이 끊어진 개가 나에게 달려들었다. 뒤로 벌렁 나자빠진 나의 복부를 개는 사정없이 물어뜯었다. 개가 배 속에서 내장을 꺼내 씹었다. 숨이 끊기지 않은 나는 비명을 질렀지만 입 밖으로 소리가 나오지 않았다. 소리가 나오지 않는 신체적 한계에도 불구하고 소리를 내려고 애쓰던 나는 결국 포기하고 개에게 모든 것을 맡겼다. 피와 침과 지방과 고기 살점들로 얼굴이 더럽혀진 개는 나의 내장 일부를 씹고 있었다. 개가 쓸개를 씹고 있구나,라고 나는 아무렇지도 않게 중얼거렸다. 개가 쓸개를 씹고 있구나.

개가 쓸개를 씹고 있구나. 수면에서 각성으로 이동하는 순간에도 그 문장을 우물우물 씹었다. 잠이 깨고 나서 멍한 시선으로 천장을 바라보면서 초대를 받은 것은 내가 아니라 나의 쓸개라는 것을 깨달았다. 쓸개가 있던 복부를 더듬어보았지만 어디인지 정확히 알 수 없었다. 그러자 그 어떤 인간도 자신의 몸속을 들여다볼 수 없다는 당연한 사실이 새삼 낯설게 느껴지면서 인간의 최대 약점을 발견한 것만 같은 뿌듯함에 정신이 어지러웠다.

퇴원을 해도 좋다는 말을 듣고도 통증을 호소하며 몇 주간 더 병원에 머물렀다. 진료비 문제가 해결되자 병원 측에서는 더 이상 권고를 하지 않았다. 병원에 누워 있는 것이 참을 수 없을 만큼 무료했지만 이 무료함을 견디는 시간들이 왠지 보람 있는 삶처럼 느껴졌고, 환자복을 입고 퀭한 눈으로 잠들면 쓸개를 씹는 개가 등장하는 꿈을 다시 꾸거나 혹은 쓸개를 씹는 개가 등장하지 않더라도 깨어난 후 그것과 유사한 혼란스러운 상태를 다시금 경험하고 싶었고, 뭔가 인생의 한 막을 끝내고 또 다른 막을 시작할 시기가 왔다는 것을 자신에게 설득시킬 필요가 있다는 생각에 좀더 머물러 있었다. 시간이 지나자 무료함이 일상이 되고, 꿈도 꾸지 못하고 설사 꿈을 꿨다고 해도 기억하지 못하고, 인생은 연극처럼 막의 단위로 이루어져 있지 않고 단지 끊임없이 비슷한 상태를 반복하는 것에 불과하다는 결론을 내린 뒤 퇴원을 결정했다.

퇴원 전 의사는 작은 플라스틱 용기를 내게 주었다. 용기 안에는 엄지손가락만 한 돌덩이가 들어 있었고 배설물 같은 황색의 액체가 묻어 있었다. 쓸개를 제거하고 주변에 딱딱하게 굳어 있던 돌덩이를 기념으로 준 것이다. 항상 이것을 부적처럼 갖고 다니면서 앞으로 건강에 신경 쓰세요. 의사는 이것을 잃어버리면 모든 것이 돌이킬 수 없을 정도로 혼란스러워질 거라고 경고하듯 내 손에 꽉 쥐여주었다. 퇴원 수속을 마치고 평상복으로 갈아입은 나는 한 봉지의 항생제와 진통제를 들고 밖으로 나왔다. 복부 절개 수술을 한 환자들의 흉내를 애써 내보려고 허리를 약간 구부리고 미간에 잔뜩 힘을 주었다. 막 달아오르기 시작한 태양이 이제 너도 당해봐라, 라고 말하듯 머리 위에서 뜨겁게 이글거리고 있었다. 병원 침대에 누워 인생의 새로운 전환기를 맞이할지도 모른다는 불길한 예감에 휩싸여, 퇴원을 하면 그곳과 또 다른 그곳을 찾아가리라 마음먹었었다. 어느 곳을 먼저 찾아가야 할지 결정을 내리지 못해 밤잠을 다 설칠 정도였다. 고개를 숙이고 그림자의 방향이 어느 쪽으로 기울어져 있는지 바라보았다. 그림자가 기울어져 있는 반대 방향으로 걸음을 옮겼다. 몇 걸음 걷다가 가려던 곳을 바꿔 반대 방향으로 다시 걸어갔다.

쓸개 빠진 놈. 언젠가 이런 소리를 들은 적이 있는가. 떠올려보았다. 아무리 기억을 더듬어보아도 그런 소리를 한 사람은 없었다. 아버지란 존재가 내게 그런 말을 했을 법도 한데 하지 않았다. 표정과 눈빛으로는 충분히 습관처럼 그런 말을 하고도 남았을 양반이 아버지였다. 아버지는 퇴근 후 집에 돌아오면 신문을 챙겨 보았다. 극우 신문과 극좌 신문을 동시에 정기 구독해

꼼꼼히 읽는 척을 하곤 신문지를 둘둘 말아 자신의 머리를 두어 번 통통 때린 뒤 밖에 내다 버렸다. 잠들기 전 보리차를 꼭 한 잔씩 마셨는데, 어머니는 하루도 거르지 않고 보리차를 데워 아버지 전용 컵에 따라 주었다. 아버지에게 보리차를 대령하는 게 어머니의 유일한 존재 이유처럼 보였다. 오랜 시간이 지난 후 아버지를 빨리 죽게 만들기 위해 어머니가 독약을 조금씩 타 마시게 한 것은 아니었나 하는 생각이 문득 들기도 했다. 두 분 다 이미 세상을 떠난 상태라 나의 생각은 수습할 수 없을 정도로 기형적인 형태를 만들어가며 머릿속에 자리 잡았다. 만약 그렇다고 해도 아버지는 독약을 조금씩 들이켜며 어머니의 얕은 수를 속으로 비웃고 있었을 것이다. 나 역시 하루빨리 이 지긋지긋한 지상을 떠나고 싶어. 내가 죽기를 원한다면 기꺼이 죽어주지. 이런 생각으로 한 치의 망설임도 없이 보리차를 목구멍 속으로 넘겼을 것이다.

휴일이면 아버지는 회사 등산 동호회 사람들과 산에 올랐다. 꼭 한 번 따라간 적이 있는데 아버지는 나를 불필요한 물건쯤으로 여겼다. 남들에게 자신의 체력을 과시하기 위해 발목에 차고 산에 오르기 시작했지만 곧 후회하게 만든 모래주머니가 나였다. 모래주머니를 벗고 싶은 마음이 간절해도 남들의 시선에 갇혀 그렇게 할 수 없었다. 힘들다고 칭얼대는 나에게 아버지는 계속 그렇게 칭얼댈 거면 돌아가라고 말했다. 어떻게 돌아가야 하나요, 라고 묻고 싶었지만 참았다. 그렇게 말하면 정말로 손에 차비를 쥐여주며 돌아가는 길을 알려줄지도 몰랐다. 동호회 사람들이 싸온 도시락을 먹고 나서 한 여자가 나의 얼굴을 보며 장기가 안 좋구나, 나중에 고생하겠다,라고 말했다. 여자가 얼굴을 들이대자 코밑에 시커먼 솜털이 나 있는 것이 보였다. 숨을 내쉴 때마다 솜털들이 흔들거렸다. 관상을 볼 줄 안다는 여자는 내 얼굴을 뜯어보며 살아가면서 죽을 고비가 여러 번 있는데, 그 고비를 겨우겨우 넘기더라도 오래 살지는 못할 것이라고 말했다. 여자의 눈빛에는 타인의 미래를 점치는 호기심과 친근감이 서려 있다기보다는 바늘 끝으로 이곳저곳을 찌르는 것 같은 서늘함이 가득 들어차 있었다. 마치 나를 만나면 그렇게 말을 해줄 작정을 하고 기다린 것만 같았다. 애한테 별소리를 다 하는군. 옆에 있던 남자가 여자의 옆구리를 찌르며 핀잔을 주었다. 아버지는 솔잎 하나를 떼어내 입에 물고 우물거리고 있을 뿐 아무런 반응도 보이지 않았다. 그날 아버지는 실족을 했다. 생각보다 상태가 좋지 않아 그 이후로 다리를 조금씩 절룩거리게 되었다. 내 앞에서는 좀더 과장하며 다리를 절룩거리는 것을 여러 번 목격했다. 나 때문은 아니지만 내가 등산을 따라가서 그렇게 된 것만 같은 마음에 집에 혼자 있을 때면 아버지의 등산화를 신고 다리를 절룩거리며 걸어 다니곤 했다. 관상을 보던 여자는 일 년 후 아버지의 소개로 나의 외숙모가 되었다. 그 여자의 이름이 변계금이라는 말을 처음 들었을 때 어머니는 치열이 보일 정도로 입을 벌려 웃었다. 자신의 무식함을 드러내듯

닭 계 자에 금할 금 자인가라고 말하곤 또다시 웃었다. 아버지는 미간에 주름을 잡으며 어머니를 째려보았다. 어머니가 변계금 씨에 대해 꼬치꼬치 물어보자 아버지는 너무도 간단하게 대답했다. 당신과 달리 생각은 많고 말은 적지. 내가 맹장 수술로 입원해 있을 때 곧 외숙모가 될 변계금 씨가 외삼촌과 함께 병원을 찾아왔다. 어머니가 복숭아주스를 내밀자 그녀는 복숭아 알레르기가 있다며 사양했다. 외삼촌이 그런 것도 있어, 하고 묻자 그게 뭐 어때서요, 라고 되묻는 듯한 눈빛을 보냈다. 그녀는 복숭아주스 대신 내 침대 옆에 놓여 있던 바나나우유를 먹었다. 코밑에 난 솜털에 우유 자국이 선명하게 남았다. 그녀는 끝까지 나를 모른 척했다. 내가 배를 움켜쥐고 누워 있는 꼴을 보고 얘야, 이건 시작에 불과해, 앞으로도 엄청난 일들이 널 기다리고 있단다, 라는 예언을 하는 것만 같은 표정으로 서 있을 뿐이었다. 그들이 돌아가고 나자 어머니가 어떠냐고 물었다. 나는 돌아누우며 시큰둥하게 말했다. 오래 못 살 것 같아요.

그녀는 오래 살고 싶지 않다고 말했다. 몇 살까지 살고 싶은데, 라고 묻자 나이는 중요하지 않고 다만 오래 살고 싶지 않아, 라고 거듭 강조했다. 내 비밀 하나 알려줄까. 별로 듣고 싶지 않았지만 그녀를 실망시키고 싶지 않아 고개를 끄덕였다. 그녀는 나의 궁금증을 유발시키기 위해 손톱을 물어뜯으며 뜸을 들이다가 말했다. 나는 사생아였어. 아무 반응 없이 그녀의 차갑고 메마른 유방을 한 번 움켜쥐었다 놓았다. 그러곤 생각했다. 이 여자 오래 살지 못하겠구나.

오래 살고 싶어 하지 않던 그녀가 드디어 죽고 말았다는 확신을 가지고 그녀의 집을 찾아갔다. 그녀의 집 문 앞에는 상중임을 알리는 근조등 대신 음식점 광고 전단지들이 덕지덕지 붙어 있었다. 그녀가 여전히 살아 있음을 확인한 나는 그녀의 변함없는 삶에 항거하듯 전단지들을 거침없이 떼어냈다. 초인종을 눌렀지만 반응이 없었다. 잠시 후 그녀의 목소리가 들렸다. 문을 열어준 그녀는 놀람과 짜증이 뒤섞인 표정을 보이면서 주변을 살핀 뒤 잽싸게 안으로 나의 팔을 잡아끌었다. 그동안 무슨 심경의 변화가 있었는지 머리 모양이 달라져 있었다. 당신은 어떤 머리를 해도 어울리지 않는구나, 라고 말하려다가 보자마자 시비를 거는 것이 다소 지나치다고 생각해 그만두었다. 나의 마음을 읽었는지 구두를 벗고 있는 나에게 그녀가 옆에 있는 휴지통을 집어 던졌다. 복부로 날아오는 휴지통을 생존 본능처럼 피하려다가 어깨에 맞고 말았다. 휴지통이 바닥에 떨어지면서 뚜껑이 열렸고 밖으로 복숭아씨들이 쏟아졌다. 당신 꼼짝 말고 거기서 있어. 도망쳤다간 내 손에 죽을 줄 알아. 잠시 후 그녀는 기다란 엽총을 들고 와 나에게 겨누었다. 어찌할 바를 모르던 나는 이런 상황이 오면 이렇게 하는 것이 당연한 수순인 것처럼 약봉지를 든 채 두 손을 번쩍 들었다. 이리 들어와. 그녀가 총구를 나에게 겨누며 뒤로 물러섰다. 그녀를 따라 들어간 나는 명령대로 식탁 의자에 앉았다. 식탁 위에는 손질된 물오징어 한 마리가 놓여 있었다. 오징어 요리를 할 모양이었구나. 비굴하게 웃으며 말하자 그녀가 총구로 내 배를 푹 눌렀다. 통증을 애써 참으며 상체를 구부렸다. 식은땀이 등줄기를 타고 내려갔다.

집에 엽총이 있다는 말은 들었지만 정말 있는지는 몰랐다. 두 번째 만났을 때 남편은 뭐하는 사람이냐고 묻자 그녀는 기다렸다는 듯 밀렵꾼이라고 말했다. 내가 흥미로운 눈빛을 보내자 솔직히 말하면 밀렵꾼이라고 말할 수도 없는 밀렵꾼이라고 했다. 회사에서 모범 사원 표창을 두 번이나 받고 육식보다는 채식을 즐기는 그녀의 남편은 밀렵이 취미다. 정기적으로 차를 몰고 지방 야산으로 가 야생 짐승을 잡는다. 잡는다기보다는 엽총을 쏘고 돌아온다. 짐승들이 총에 맞아 쓰러져도 그대로 두고 온다. 방아쇠를 당길 때와 총알이 짐승의 몸뚱이를 관통했을 때의 느낌은 지상의 그 어떤 쾌락보다도 자신을 흥분시킨다고 했단다. 그녀의 말을 듣고 그녀의 남편이야말로 진정한 밀렵꾼이라는 생각이 들었다. 남편이 밀렵을 한다는 것을 알고도 결혼을 할 생각을 했느냐고 묻자 결혼 전엔 몰랐지만 그래도 결혼과 그게 무슨 상관이냐고 대꾸했다. 우리 사이에 밀렵은 전혀 중요하지 않아. 그럼 뭐가 중요하냐는 물음에 그녀는 그건 당신이 알 필요 없잖아, 남편 얘긴 더 이상 하고 싶지 않아, 라고 신경질적으로 대답했다. 그렇지만 그녀는 가끔 남편 얘기를 먼저 꺼냈다. 어느 날 새벽, 잠에서 깬 그녀가 화장실 변기에 앉아 일을 보고 있었다. 졸린 눈을 비비며 화장실 벽의 타일 개수를 헤아리고 있을 때 갑자기 문이 열렸다. 그녀는 놀라 비명을 질렀다. 잠옷을 입은 남편이 엽총을 겨누고 있었다. 어둠을 등진 채 화장실 불빛에 어른거리는 남편의 표정은 일그러져 보였지만 감정이 격해 있는 것 같진 않았다. 당신 왜 그래요. 그녀의 물음에 남편은 평소보다 한결 가라앉은 음성으로 말했다. 사랑한다고 말해봐. 안 그러면 이 총으로 당신을 쏠 거야. 남편의 말은 너무나 열심히 연습해 오히려 어색한 아마추어 배우의 대사처럼 들렸다. 그녀는 순간 웃음이 터져 나오려는 것을 참느라고 고생했다고 말한 뒤 아마 당신의 존재를 알면 남편이 당신부터 쏘고 말거야, 라고 덧붙였다. 그래서 뭐라고 말했느냐고 서둘러 묻고 싶었지만 그녀의 대답을 기다리기로 했다. 그녀의 이야기는 거기서 끝났다. 또다시 남편 얘기는 하고 싶지 않다는 표정을 지어 보였다. 나와 마찬가지로 그녀가 거짓말을 하고 있다는 생각이 들었다. 그렇지만 내 쪽에서 감추고 있는 진실처럼 무엇을 위한 거짓말인지는 알 수 없었다. 밖에서의 밀애가 지겨워질 때쯤 그녀가 이제 집에서 만나자고 했다. 그녀의 집에 가면 무엇보다 먼저 엽총을 구경해야지, 하는 마음이 간절했지만 막상 집에 들어가선 한 번도 말을 꺼낸 적이 없었다. 엽총이 없다면 그녀가 당황스러워할 것이고 엽총이 있다면 내가 당황스러워할 것이 분명했다.

바보같이. 손은 그만 내려. 나는 모든 권리와 자유와 책임을 박탈당한 전쟁포로처럼 힘없이 두 손을 내렸다. 죽기 전까지 당신을 안 보려고 했어. 아니 당신을 죽이기로 결심했지. 그건 당신과 무관한 것일지도 몰라. 내가 당신을 죽인다고 해도 당신은 관심조차 없을 테니까 말이야. 당신이 그동안 어디서 굴러먹다가 돌아왔는지 궁금하지 않아. 다만 어디서 굴러먹었든 나와의 약속을 저버리고 아무런 연락도 없이 나를 비참하게 만들었다는 것이 문제지. 문제야. 그것이 문제야. 온통 문제투성이야. 당신을 알고 나서부터 내 삶은 엉망이 되었고 이제 돌이킬 수 없을 정도가 되었어. 그렇다고 당신을 모르던 때로 돌아가고 싶지는 않아. 나는 오래 살지 않을 거야. 오래 살고 싶지 않다고. 이젠 정말 모든 게 지겨워. 견딜 수가 없어. 견딜 수 없다는 말을 하는 것도 견딜 수 없어. 내장과 눈알과 먹물을 잃은 오징어가 스멀스멀 내 쪽으로 기어오는 것만 같았다. 그녀가 들고 있는 엽총이 부들부들 떨렸다. 방아쇠를 당겨도 불발이 될 것이다. 자신조차 주체할 수 없을 정도의 말들을 쏟아내곤 다시 거둬들일 수 없는 한계 때문인지 그녀의 모습은 참담해 보였다. 전쟁포로와 사랑에 빠지는 어리석은 병사처럼 그녀는 엽총을 내려놓고 나에게 달려들었다. 나도 모르게 뒤로 물러섰다.

그녀가 내 몸 위로 올라오려고 하자 나는 좀 전에 수술을 받았다고 털어놓았다. 놀란 눈을 하고 무슨 수술이냐고 물었다. 망설이다가 정관수술이라고 대답했다. 그편이 그녀의 마음을 덜 아프게 할 것만 같았다. 나의 생각은 여지없이 무너졌다. 채 말이 끝나기도 전에 그녀가 사정없이 나의 뺨을 후려쳤다. 마치 뺨을 때릴 준비를 하고 있다가 적당한 때를 잡은 것처럼 그녀의 손놀림을 막아낼 재간이 없었다. 당신과의 약속을 지키기 위해 그날도 약속 장소를 향해 걷고 있었지만 갑작스럽게 복통이 발병했고 조금이라도 의식이 있을 때 병원으로 발길을 돌리는 편이 나아 그렇게 했을 뿐이라고, 말한다 해도 그녀는 믿지 않을 것이다. 나는 두 팔을 옆으로 벌려 그녀에게 모든 것을 맡기는 척했다. 잠시 후 그녀가 눈물을 흘리며 내 바지 혁대를 풀려고 했다. 복부의 통증을 겨우겨우 참으며 그녀의 몸을 들어 눕혔다. 치마 속으로 머리를 들이밀고 팬티를 벗겼다. 혀를 내밀어 그녀의 가랑이 구석구석을 핥았다. 좀 전의 나처럼 모든 것을 포기한 채 그녀는 널브러져 있었다. 반건조 오징어 냄새가 나는 그녀의 질 속으로 손가락 두 개를 넣어 움직였다. 그녀의 한 손은 나의 팔목을 다른 한 손은 나의 어깨를 움켜잡고 있었다. 주먹이 다 들어갈 정도로 미끈거렸다. 그녀에게 해줄 것은 유일하게 이 짓밖에 없다는 듯 기계적으로 팔을 움직였다. 강제로 끌려가는 사람처럼 그녀가 방바닥에 헛발질을 해댔다. 팔에 경련이 일어날 때쯤 차라리 눈을 감아버리자 꿈속에서 보았던 개가 나타났다. 개가 쓸개를 씹고 있구나. 그녀가 거칠게 숨을 내뱉으며 방금 뭐라고 했어, 하고 물었다. 나는 못 들은 척 중얼거렸다. 개가 쓸개를 씹고 있구나.

개수대에는 담황색의 오징어 내장이 터진 채 놓여 있었다. 수도를 틀어 손을 씻고 입속을 헹구었다. 그녀는 베란다에 나가 담배를 피운 뒤 복숭아를 들고 와 씻지도 않고 통째로 먹기 시작했다. 당신 그거 알아. 복숭아가 니코틴을 없애준다는 것. 이제 담배는 끊어도 복숭아는 못 끊을 것 같아. 복숭아 국물이 그녀의 턱을 타고 흘러내려 갔다. 순간 참을 수 없는 성욕이 일었지만 내색하지 않았다. 이제 와서 그게 다 무슨 소용이랴 싶었다. 느닷없는 나의 충동을 그녀가 눈치 챌까 봐 서둘러 말했다. 복숭아가 있으면 나 좀 줄 테야. 그녀가 턱을 들어 베란다를 가리켰다. 복숭아 한 박스가 베란다 구석에 놓여 있었다. 멍이 들고 벌레가 먹은 것들도 많았다. 제일 상태가 안 좋은 거 두 개를 골라 봉지에 담았다. 오징어를 손질하고 나니까 무슨 요리를 해야 할지 막막했어. 눈물이 나올 정도였지. 그 순간 당신이 온 거야. 근데 당신 얼굴이 왜 그렇게 부어 보이지. 그녀가 또다시 횡설수설하며 감당할 수 없는 말들을 쏟아낼 것 같아 서둘러 그만 가야겠다고 말했다. 그녀는 서서히 뼈를 드러내기 시작한 복숭아를 바닥에 떨어뜨렸다. 애초에 나는 다시 오지 않겠다는 말을 하기 위해 그녀를 다시 찾아온 것이다. 다시 올 생각이 없지만 다시 오겠다고 말하는 것이 옳은지 다시 오지 않을 거야, 라고 말하는 게 옳은지 고민하면서 현관 쪽으로 걸음을 옮겼다. 결국 아무 말도 못하고 구두를 구겨 신었다. 지금 나가면 다시는 당신을 보지 않을 거야. 핏발이 선 눈동자를 굴리며 그녀가 말했다. 문이 닫히자 약을 두고 왔다는 생각이 뒤늦게 들었지만 다시 돌아갈 수는 없었다. 그녀의 집 앞 골목을 빠져나올 때 총소리가 들려왔다. 안심하라고, 환청일 뿐이라고 자신을 다독이며 걸음을 재촉했다. 거리에서 마주치는 남자들의 얼굴이 모두 밀렵꾼처럼 생긴 것 같아 고개를 숙인 채 또 다른 그곳을 찾아 나섰다.

오랜만에 찾은 거리는 몰라보게 달라졌을 거라는 예상과 달리 변함이 없었다. 이전과 별반 다르지 않은 거리의 형태와 빛깔과 냄새에 현기증이 날 것 같았다. 기억의 조악한 약도를 따라 걸음을 옮겼지만 언제나처럼 집은 쉽게 찾아지지 않았다. 쉽게 찾으려 하지 않았다. 이젠 제법 익숙해질 만도 한데 매번 올 때마다 낯설어지고 여전히 골목과 골목의 모서리들이 나를 밀어내고 있다는 생각을 지울 수 없었다. 뜨거운 태양에 건물이 녹아내리고 땅이 질척거렸다. 구두 속에 돌이 들어갔는지 걸을 때마다 발이 아팠지만 벗을 수 없었다. 인적이 드물다 해도 이 동네에서는 구두를 벗는 것이 속옷을 벗는 것처럼 부끄럽고 거추장스러운 일인 것만 같았다.

내가 오기를 기다렸던 것처럼 문은 열려 있었다. 녹슨 돌쩌귀 소리가 귀를 찢어놓을 듯 요란하게 들렸다. 그 소리에 마당 한 귀퉁이에 묶여 있던 개가 짖기 시작했다. 개 소리가 들려오자 평상에 앉아 있는 여자가 목소리를 높였다. 조용히 해. 이 망할 것아. 개 소리는 쉽게 그치지 않았다. 평상 아래 벗어둔 신발을 들어 개에게 던지려던 찰나 여자는 나를 보고 몹시 놀란 표정을 지었다. 자신이 아무리 감추려 해도 놀람을 감출 수 없다는 것을 알아주기를 바라듯 여자는 입을 다물지 않았다. 보살이라 불리는 여자는 여전히 회색의 승복을 입고 팔목에는 개의 눈알 같은 염주를 걸고 있었다. 보살은 신발도 신지 않은 채 나에게 달려와 두 손을 잡았다. 엉겨 붙는 기름 덩이처럼 보살의 손이 끈적끈적했다. 눈썹 문신을 하고 붉은 립스틱을 바르고, 검게 탄 얼굴에 기름기가 번들거리는 보살은 사찰을 지키는 사천왕의 모습을 닮아 있었다. 무정한 사람아, 여태 어디서 무얼 한 거야. 보살의 말을 들으면 그동안 심각한 일이 벌어졌을 것만 같지만 언제나처럼 과장된 인사치레라는 것을 알고 있었다. 문제가 없는 것은 아니었다. 보살의 통장으로 월급이 입금되지 않았던 것이다. 은행의 잔고가 없거나 자동이체 오류가 난 것인지도 모른다. 월급을 받지 않고도 그대로 집을 지켜주고 있는 보살에게 감사해야 할지 알 수 없었다. 이제야 안심이 된다는 듯 보살은 다시 평상으로 가 털썩 주저앉았다. 평상에 놓인 휴대용 가스버너 위의 불판에서 고기가 구워지고 있었다. 가스버너 옆 검은 봉지 안에는 붉은 고깃덩이들이 담겨 있었다. 보살은 나무젓가락으로 고기를 집어 입속으로 가져가 씹었다. 주변에는 다른 양념이나 야채, 음식물이 전혀 없었다. 오로지 고기만 씹고 있는 보살의 턱관절을 지켜보았다. 나의 궁금증을 눈치챘는지 기름으로 번들거리는 붉은 입술을 씰룩거리며 보살이 말했다. 산은 산이고 물은 물이요. 고기는 고기고 밥은 밥이요.

가끔 고기를 먹을 싶을 땐 이렇게 고기만 먹지. 이것도 다 부처님의 깨달음을 수행하는 과정 중의 하나라니까. 조카님도 한 점 드실라우. 손사래를 치며 사양했다. 그럴 줄 알았다는 듯 더 묻지 않고 각질이 허옇게 일어난 발바닥을 긁은 뒤 불판 위의 고기를 뒤집었다.

보살은 외숙모가 잠시 요양을 하던 암자에 기거하고 있었다. 절간 살림을 한다는 핑계로 자기 집처럼 제멋대로 살고 있던 보살은 스님들의 골칫거리였다. 마침 자신을 돌봐줄 사람이 필요했던 외숙모는 암자를 떠날 때 보살을 같이 데리고 내려왔다. 사람이 경박하고 수다스럽지만 악의가 없으니 곁에 두고 있어도 외롭지 않을 것 같다,라는 말을 하지는 않았지만 외숙모가 아마도 그런 마음으로 데려왔으리라 쉽게 추측할 수 있었다. 너의 마음에 들지 않는다는 것을 안다. 하지만 너의 마음에 들라고 데려온 것은 아니니 마음 쓸 것 없다고, 외숙모는 미간을 찌푸린 눈빛으로 말했다. 보살은 처음부터 나를 살갑게 대하며 조카님이라고 불렀다. 둘이 정말 외숙모와 조카 관계가 맞느냐고 어느 날 보살이 물었을 때 나는 대답하지 않았다. 대답이 없는 것을 두고 보살이 긍정을 했는지 부정을 했는지는 알 길이 없었다.

외숙모는 오래전부터 외숙모가 아니었다. 나 역시 그녀의 조카가 아니었다. 외숙모는 결혼 후 채 일 년도 되지 않아 이혼을 했다. 이혼 사유에 대해서는 집안의 여러 이야기가 있었지만 신빙성이 있는 것은 아무것도 없었다. 당사자인 외삼촌은 정확한 사연은 말하지 않고 더 이상 여자란 족속을 믿지 못하겠다는 알 수 없는 말을 남기고 새 사업을 시작하기 위해 캐나다로 떠났다. 어머니는 처음 볼 때부터 인상이 마음에 들지 않았다며 변계금이라는 외숙모의 이름을 다시금 들먹이곤 외삼촌이 닭띠였다는 것을 새삼 강조했다. 어머니의 말에 아버지가 인상을 잔뜩 찌푸리며 신문을 잡고 있던 손을 떨었다. 신문지가 닭의 날갯짓처럼 푸드덕 소리를 냈다. 모두 당신 때문이에요. 소개만 안 시켜줬어도. 어머니가 화살을 아버지에게 돌렸다. 같은 직장에 있던 아버지로서도 결혼하고 얼마 후 외숙모가 회사를 그만둔 상태라 할 말이 없었다. 혼인신고도 하지 않은 둘의 이혼은 이혼이라고 할 것도 없었다. 그러니까 애초에 외숙모와 나는 아무런 관련도 없는 것이었다. 외숙모의 이혼 소식을 듣고 한 번도 외숙모를 외숙모라고 부르지 않았다는 것을 뒤늦게 깨달았다.

아버지의 유서에는 사망보험금은 물론 자신이 가진 재산의 상당 부분을 변계금 씨에게 상속한다는 내용이 적혀 있었다. 공증이 된 유서를 내민 아버지의 법적 대리인인 남자는 자신도 이런 내용이 들어 있는지 몰랐다며 그 누구도 예상치 못한 어처구니없는 이 사태를 그대로 받아들일 수밖에 없는 불가항력의 상황에 봉착한 것이라고 체념적으로 말했다. 어머니는 법정 소송을 해야겠다며 집안 친척들을 모아놓고 씹었던 고기를 토해내듯 같은 말을 반복했다. 그제야 그동안 참아왔던 아버지에 대한 비난이 여기저기서 쏟아졌다. 평소 아버지의 과묵함과 신중함과 성실함과 엄격함을 겉으로 존경하는 척했던 사람들은 그의 삶이 믿을 수 없는 허위로 얼룩져 있다는 것에 일종의 짜릿한 쾌감을 느끼는 듯했다. 법정 소송 준비는 나의 의사와 무관하게 잠시 휴학하고 대학을 계속 다닐 것인가, 아니면 아예 그만둘 것인가, 고민하면서 하릴없이 지내던 내가 도맡아 할 수밖에 없었다. 법과는 전혀 무관한 삶을 살아왔고 아무리 거대한 금전과 사람의 운명이 좌우되는 일이라 해도 귀찮은 일은 체질적으로 회피하는 성격을 가진 나는 캐나다에 살고 있는 외삼촌에게 연락을 했다. 이미 오래전에 캐나다 여자와 결혼을 해 자리를 잡고 있는 그는 전화로 변계금 씨와 아버지에 대한 욕을 해댈 뿐 귀국을 할 수 있는 형편이 아니었다. 수시로 소송 절차에 대해 국제전화를 걸어오던 것도 시일이 지나자 시들해졌다. 법정 소송은 시작도 하지 못하고 좌절되었다. 경제적인 이유와 여러 가지 복잡한 절차를 감당할 수 있는 능력이 없었다. 아버지의 법적 대리인인 남자는 승산이 없는 싸움에서 슬슬 발을 빼버렸다. 어머니는 화병으로 시름시름 앓다가 오래지 않아 정해진 운명을 따르듯 눈을 감았다. 변계금 씨가 타인을 통해 적지 않은 돈을 조의금으로 보내왔다. 어머니의 장례식이 끝나고 한참 뒤 귀국한 외삼촌은 마치 자신이 이 모든 분란의 시초에 서 있는 것처럼 터질 듯한 얼굴살에 힘을 주며 변계금 씨를 찾기 위해 노력했다. 변계금 씨는 이미 일본으로 건너간 뒤였다. 외삼촌은 자신으로서도 할 만큼 했다는 듯 알아들을 수 없는 발음으로 영어를 써가며 변계금 씨에 대한 저주를 퍼부은 뒤 서둘러 캐나다로 돌아갔다.

십 년이 넘는 시간이 흐른 뒤 변계금 씨가 어떻게 알았는지 혼자 살고 있는 나를 찾아왔다. 여전히 장기가 안 좋아 보이는구나, 라고 보자마자 말했다. 이전보다 힘없는 목소리였다. 예민하고 신경질적이었던 얼굴은 세월의 풍파에 깎여 유하고 어딘가 후덕한 인상마저 풍겼다. 일본에서 무슨 일을 했는지 상당한 재력가가 되어 돌아온 변계금 씨는 나를 상속인으로 지명했다. 다니던 직장도 그만두고 지긋지긋한 지상을 어떻게 떠날까 궁리하면서 방바닥을 뒹굴던 나는 될 대로 되라는 식으로 한 치의 망설임도 없이 제안을 허락했다. 그것이 잘못이었다. 변계금 씨는 자신의 썩어가는 육체를 돈을 주고 나에게 맡긴 것에 불과했다. 변계금 씨는 오래전 아버지와 함께 살고 싶었다던 집을 사서 그곳에 기거하기 시작했다. 낡고 허름해도 마당이 넓고 볕이 잘 드는 집이었다. 가끔 상속인의 예의를 그나마 갖추기 위해 집으로 찾아가면 네가 나를 외숙모라고 부르는 소리를 듣고 싶구나, 라고 다 죽어가는 목소리로 말했다. 변계금 씨는 뻔뻔하게도 자주 그렇게 말했고 나는 그녀의 기대를 저버리는 것이 상속인의 유일한 책무인 것처럼 단 한 번도 그렇게 부르지 않았다. 변계금 씨를 외숙모라고 부르기 시작한 것은 보살이 집으로 온 뒤부터였다. 보살에게는 변계금 씨를 가리켜 외숙모라고 지칭해야 할 때가 불가피하게 많았다. 보살을 통해 외숙모의 일상을 탐색하곤 했는데 그것은 외숙모 역시 마찬가지인 듯했다. 보살은 외숙모와 나 사이에 굳어버린 기름 덩이를 잠시나마 제거해주는 쓸개 같은 역할을 한 것이다. 나는 외숙모라는 어색한 말에 너무도 쉽게 적응을 하는 자신에게 무척 놀랐다.

어디 가셨어요. 나의 물음에 보살은 입으로 젓가락을 쪽쪽 빨면서 마당 뒤편의 뜰을 가리켰다. 요즘엔 무슨 심통이 났는지 곡기도 자주 거르고 말도 안 해. 원체 말이 없는 양반이긴 하지만. 병든 닭새끼마냥 꾸벅꾸벅 졸기만 하고 말이야. 휠체어에 앉아 있는 외숙모의 모습이 보였다. 한여름인데도 털조끼를 입고 무릎에 담요를 덮고 있었다. 뒤로 슬며시 다가가 눈을 가리고 누구게, 하고 장난을 칠 수 있는 사이를 아버지와 외숙모는 원했을지도 모르겠다는 생각이 문득 들었다. 그 생각은 곧 외숙모의 뒤로 다가가 목을 조르고 싶은 충동으로 바뀌었다. 외숙모, 라고 말하면서도 그녀가 못 들은 척해주었으면 하고 바랐다. 나의 기대를 저버리지 않고 그녀는 아무런 반응이 없었다. 자신을 외숙모라고 불러주기를 원했을 때는 내가 그렇게 부르지 않았고, 막상 내가 외숙모라고 부르자 그녀가 거부를 하고 있다. 앙상한 발목 아래로 돌돌 말려 내려간 양말이 보였다. 다가가 양말을 올려줄 것인가, 아니면 양말을 완전히 벗겨줄 것인가 고민했다. 처음 만났을 때부터 외숙모의 말 한마디 한마디, 행동거지 하나하나는 나에게 암묵적으로 선택을 강요하고 있다. 선택을 강요하면서도 내가 그 선택을 받아들이지도 거부하지도 못하고 말 것이라는 것을 미리 알고 있는 듯한 여유까지 보여준다. 잠에 막 들려는 것인지 이제 막 깨어났는지 모를 몽롱한 눈빛으로 외숙모가 나를 쳐다보았다. 흐리멍덩한 시선 속에도 결코 사그라지지 않는 저주와 원망의 표정이 빛을 발한다. 너는 정말 너의 아버지와 닮은 구석이라곤 눈을 씻고 봐도 없구나, 라고 그녀는 말하고 싶어 할 것이다. 온몸의 단백질이 점점 빠져나가는데도 외숙모의 코밑에는 여전히 시커먼 솜털이 나 있다. 아버지는 어째서 이런 여자를 선택했을까. 둘이 있을 때면 외숙모의 코밑을 혀로 핥아주며 밀어를 속삭이곤 했을까. 거짓으로 주술을 하다가 자신도 모르는 사이에 신성한 능력을 소유하게 된 주술사처럼 외숙모가 손을 잠시 올렸다가 내려놓았다. 네가 이곳에 오기 전 그곳에서 무슨 짓을 하고 왔는지 나는 알고 있다. 너는 다시금 죽을 고비를 간신히 넘겼구나. 하지만 그게 마지막 고비였고 이제 넌 결코 그렇게 피해갈 수 없다는 것을 명심해라, 라는 환청이 들렸다.

외숙모는 한 번도 그녀에 대해 물어보지 않았다. 자신이 죽거든 그 아이가 잘 살고 있는지 가끔 들여다보라며 생의 마지막 소원처럼 간절하게 부탁했었다. 그녀의 정체에 대해 정확히 설명을 해주지 않았고, 내가 그녀를 만났는지 한 번도 물어보지 않았다는 이유로 나는 그녀를 내가 예상한 존재로 등극시킨 뒤

능멸하고 농락하기로 마음먹었다. 나의 존재를 숨기고 며칠 동안 주변을 염탐하다가 그녀에게 접근했다. 생각보다 너무나 간단해 시시할 정도였다. 나의 예상을 뛰어넘어 적극적으로 다가오는 그녀를 거부할 수도 받아들일 수도 없는 곤란한 상황에서 음경의 표피가 벗겨질 정도로 육체를 탐닉하면서 몇 달을 보내고 어느새 그녀에게서 벗어날 궁리만 하게 된 것이다. 이 모든 것이 외숙모의 계략에 의해 꾸며진 또 다른 저주, 죽음의 고비였다. 외숙모가 일러준 그녀를 알고 난 뒤부터 나의 신체는 급속도로 문제를 일으키기 시작했으며 급기야 쓸개를 절단하는 사태로까지 이어진 것이다. 안색이 안 좋아 보여요. 나의 안 좋아 보이는 안색을 들킬까 봐 선수를 치듯 먼저 말을 꺼냈다. 외숙모는 여전히 굳게 입을 다물었다. 나를 보는 척하면서도 시선을 저 멀리 두고 있는 외숙모의 얼굴근육이 미세하게 떨려왔다. 나는 뭔가 두고 왔다는 몸짓을 해보이곤 다시 마당으로 갔다.

보살은 내가 가져온 복숭아를 먹고 있었다. 이 사이에 낀 과육을 자랑하듯 보여주면서 실실 웃었다. 마침 속이 좀 느글느글했는데 잘됐지 뭐야. 기름진 입술 주변이 복숭아 물로 더욱 번들거렸다. 근데 복숭아들이 죄다 왜 이런대. 개도 안 먹겠네. 보살은 남은 복숭아를 개에게 던졌다. 눈앞에 떨어진 복숭아를 먹으려고 개가 침을 질질 흘리며 발짓을 했지만 닿지 않았다. 헛발질을 하는 개가 낑낑대며 소리를 냈다. 다가가 발로 복숭아를 앞으로 툭 차주었다. 냄새를 맡고 입에 물어 씹어보려던 개는 복숭아를 도로 뱉어내곤 고개를 돌려 원래 자리로 돌아갔다. 이해할 수 없는 개의 행동을 보면서 나는 너무나 오랫동안 숨겨와서 애초의 내용이 어떤 것이었는지 가물거리는 비밀을 털어놓고 싶은 충동에 사로잡혔지만 누구에게 털어놔야 하는지 알 수 없었고, 설령 그 누군가가 있다고 해도 막상 그 앞에서는 털어놓지 못하고 말 것이라는 두려움에 휩싸였다.

조카님, 나 좀 나갔다 와야겠소. 집에 찬거리도 떨어졌고. 보살이 슬리퍼를 질질 끌며 내 앞으로 다가와 말했다. 고개를 살짝 끄덕여주었는데도 보살은 한참 그대로 서 있었다. 그제야 눈치를 채고 지갑에서 지폐를 몇 장 꺼내 내밀었다. 보살이 반색하며 오랜만에 왔으니 저녁 먹고 가소, 라고 한 뒤 돌아서려다가 뒤늦게 새로운 사실을 발견한 것처럼 나를 힐끗 쳐다보며 말했다. 얼굴이 왜 그렇게 부었어, 살이 찐 건가. 그녀가 밀고 나간 문의 돌쩌귀가 다시금 귀를 찢는 듯한 소리를 냈다. 망할 놈의 문. 바닥에 침을 뱉는 보살의 음성이 들렸다.

개 앞에 떨어진 복숭아를 들고 마당 뒤뜰로 갔다. 외숙모는 고개를 기울인 채 잠들어 있었다. 코앞에 복숭아를 들이댔다. 가볍게 재채기를 두 번 했다. 눈을 감은 채 고개를 저은 뒤 다시금 잠에 빠져든 것처럼 보였다. 외숙모의 얼굴을 바라보면서 복숭아를 먹기 시작했다. 아무 맛도 느껴지지 않았다. 과즙이 턱을 타고 흘러내렸다. 팔로 턱을 훔치곤 복숭아 뼈에 이가 닿을 때까지 조갈이 난 사람처럼 씹고 또 씹었다. 외숙모는 고통을 애써 참아내면서 고문을 하는 상대방의 비위를 슬슬 건드리듯 아무런 미동도 하지 않았다. 복숭아 뼈를 던져놓고 끈적끈적한 손으로 그녀의 코밑에 나 있는 솜털을 깎는 시늉을 했다. 엷은 콧바람이 손가락에 느껴졌다. 다음엔 정말 밀어드릴게요. 그녀가 잠결에도 들어주었으면 하는 바람으로 중얼거렸다.

평상을 지나치면서 불판 위에 굳어 있는 고기 살점을 힐끗 쳐다보았다. 마지막으로 한 번만,이라는 심정으로 기름 덩이가 덕지덕지 엉겨 붙어 있는 고기 하나를 집어 입에 넣고 씹었다. 달았다. 태어나 처음으로 고기 맛을 보는 것처럼 잊고 있던 온몸의 감각이 모두 살아나는 듯했다. 나머지 고기들도 허겁지겁 손가락으로 떼어내 먹었다. 개가 나를 보고 짖어댔다. 입술과 손가락에 기름을 잔뜩 묻힌 나는 개에게 진정하라고 손짓을 했다. 더욱 포악스럽게 짖어대면서 발길질을 하다가 목줄이 끊어진 채 달려들어 나의 복부를 물어뜯기를 바라는 기대를 무참히 무너뜨리며 개는 시무룩하게 고개를 땅에 처박았다. 세상에게 버림받은 것만 같은 심정으로 개의 옆구리를 발로 차려다 그만두고 돌아섰다. 망할 놈의 문. 문을 닫으며 입안의 침을 모아 뱉었다.

골목길을 빠져나가려 할 때쯤 속이 울렁거리기 시작했다. 몇 걸음만 더 내딛으면 골목을 빠져나갈 수 있는데도 머뭇거리다 뒤로 물러서고 말았다. 식은땀이 흐르고 시야가 흐려지고 있다. 모든 길이 폐곡선을 그리며 구부러졌다. 이곳만 무사히 빠져나가면 다시는 돌아오지 않으리라, 마음먹으며 강제로 끌려가던 자가 결국 모든 것을 체념하고 끌고 가는 자에게 자신의 무기력한 육체를 맡기듯 다리를 절룩거리며 나를 질질 끌고 갔다. 머릿속이 노래지면서 정신이 아득해졌다. 처음 떠나려던 그 자리로 돌아가 같은 곳을 계속 맴돌고 있는 것만 같았다. 막다른 골목 앞에서 벽을 짚은 채 구역질을 했다. 형체를 알아보기 힘든 음식물과 누런 액체들이 쏟아져 나왔다. 고통을 분노로 전이시키기 위해 발로 토사물을 짓이기자 더욱더 통증이 심해졌다. 복부를 움켜쥐면서 그녀의 집에 두고 온 항생제와 진통제를 떠올렸다. 그녀의 집으로 다시 가야 하는가. 외숙모의 집으로 다시 가야 하는가. 그 어디로 가도 결과는 마찬가지일 거라는 것을 알면서도 다시금 결정을 내려야 한다고 자신에게 명령을 하면서 바닥에 무릎을 꿇고 쓰러지고 말았다. 내가 가야 할 방향을 일러주는 척하며 어딘가로 기울고 있는 태양이 아무리 해도 여기서 빠져나갈 수는 없을 것이다, 라고 예언하듯 마지막 에너지를 힘겹게 소진시키고 있었다. 저주를 퍼붓는 태양 아래 널브러진 채 한 손으로 쓸개가 있던 자리를 더듬으며 다른 한 손으로는 주머니를 뒤졌다. 용기 안의 돌덩이를 꺼냈다. 이것이 지상에서 유일한 너의 양식이다, 라고 되뇌며 나는 돌덩이를 씹기 시작했다.

웅 덩 이

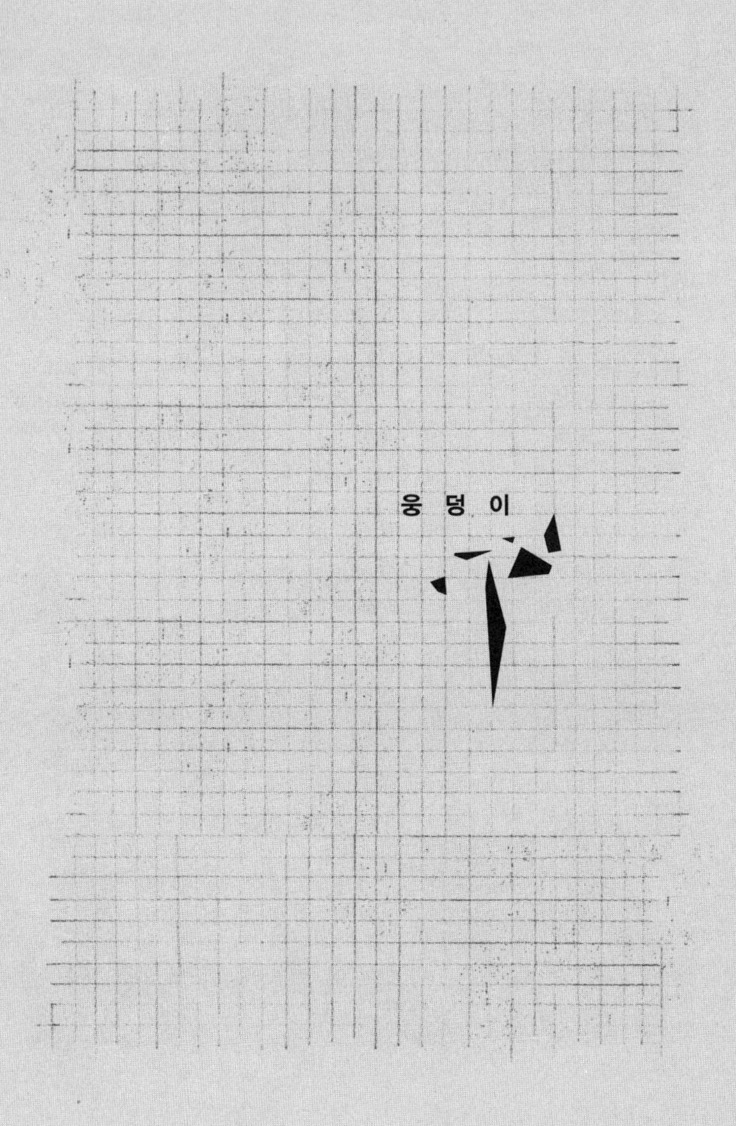

그는 부대로 복귀하지 않았다.

무사히 복귀했다면 한 달 후 제대 신고를 하고 영원히 먼지와 땀의 세계를 벗어날 수 있었을 것이다.

대대에 파견된 위생병인 그는 연대 의무중대에서 약품을 수령해 대대로 가는 길이었다. 연대 근처의 중국요릿집에서 짜장면을 시켜놓곤 그것을 말없이 바라보았다. 퉁퉁 불은 면발이 기름이 둥둥 떠 있는 검은 액체에 버무려져 있었다. 식당에는 아무도 없었다. 낮인데도 빛이 잘 들지 않아 어두웠다. 탁자에는 짜장소스 같은 검은 얼룩이 군데군데 져 있었다. 짜장면에 고춧가루를 듬뿍 치고 나무젓가락에 휘감아 입속에 쑤셔 넣었다. 무슨 맛인지 도무지 알 수 없었다. 맛을 알지도 못하면서 그는 쉬지 않고 입에 넣었다. 이마에 땀이 고였다. 목구멍이 칼칼했다.

물을 한 모금 마시고 이과두주를 시켰다. 잠이 덜 깬 표정의 부스스한 파마머리 여주인은 그를 의심스럽게 쳐다본 뒤 전투화 끈이 풀렸다고 알려주었다. 그는 고개를 숙였다.

이등병 시절에는 아침 구보를 뛸 때마다 전투화 끈이 자주 풀려 곤욕스러웠었다. 무엇이 문제인지 몰랐다. 분명 단단히 끈을 조였는데도 끈이 풀려 선임들에게 욕을 얻어먹었다. 어느 순간부터 전투화 끈이 풀리지 않았다. 그때도 그는 무엇이 문제인지 몰랐다.

술잔에 술을 따랐다. 한 모금 마시고 양파를 씹어 먹었다. 의자를 뒤로 빼 몸을 숙였다. 다른 쪽 전투화 끈을 풀었다. 여주인이 파리채를 들고 파리를 쫓고 있었다.

연대의 의무중대장 말이 떠올랐다.

"자네 군의관 말을 무시하고 마음대로 약을 처방했다며."

그는 행정실에 잠자코 앉아 있었다. 벽에 매달린 선풍기가 목을 비틀 때마다 요란한 소리가 들렸다.

"자네 지금 내 말을 듣고 있나. 말년이라고 아주 막가자는 거야."

저 선풍기의 목을 어떻게 할 수 없을까, 그는 그 생각뿐이었다.

"제가 보기에는 제 처방이 더 옳았다고 생각합니다."

중대장이 할 수 없다는 듯 내뱉었다.

"여긴 군대야. 아무리 신참 군의관이라 해도 자네 상관이라고. 낼모레 제대할 사람이 그것도 모르나. 행정관에게는 말 안 할 테니 조심하게."

술병을 다 비우고 나무젓가락을 빨던 그는 뒤늦게 뭔가가 생각났다는 듯 갑자기 일어났다. 의자가 바닥에 끌리며 듣기 거북한 소리를 냈다. 술에 취했으니 몸을 똑바로 가눌 수 없어야 한다고 생각하면서도 생각만큼 몸이 흔들리지 않았다. 왜 그런지도 모른 채 그는 다행이라고 생각했다. 목덜미에 고인 땀을 손으로 닦아낸 뒤 바지에 문질렀다. 파리채를 들고 서성이는 여주인을 지나쳐 벽 앞으로 갔다. 벽에 걸린 달력을 바라보았다. 가슴이 반쯤 드러난 수영복을 입은 여자가 엉덩이를 오른쪽으로 내민 채 맥주를 마시고 있었다. 그는 달력의 끝을 잡고 찢었다. 달력은 쉽게 찢어지지 않았다. 여주인이 파리채를 탁자에 내려놓으며 물었다.

"지금 뭐하는 거예요?"

그는 찢어진 달력의 낱장을 손에 든 채 말없이 서 있었다.

"무슨 일이야."

주방에서 사내가 나왔다. 고무장화를 신고 때에 전 앞치마를 걸친 사내의 표정이 일그러졌다. 사내가 그를 위아래로 훑어보았다. 병사들을 다루는 법을 누구보다 잘 알고 있다는 듯 앞치마에 손을 쓱쓱 비벼 닦곤 물었다.

"너 몇 중대야?"

어쩐지 사내의 반말에는 악의가 없어 보였다. 그가 여전히 아무 말이 없자 좀더 목소리를 높였다.

"달력은 왜 찢어?"

그는 손에 든 달력을 구겼다. 달력 속 여자의 얼굴이 일그러졌다. 잠시 후 여주인이 말했다.

"그러고 보니 이제 칠월이네."

그는 달력을 휴지통에 넣었다. 이번엔 사내가 파리채를 잡고 파리를 쫓으려 했다. 파리는 어디에도 보이지 않았다. 돈을 내밀고 거스름돈을 챙겨 밖으로 나왔다. 등 뒤에서 사내와 여주인이 수군거리는 소리가 들렸다.

상점으로 가 생수를 한 병 샀다. 몇 모금 마시고 입안을 헹군 뒤 뱉었다. 음식 찌꺼기가 섞여 나왔다. 공중전화에 동전을 넣고 어딘가로 전화를 걸었다. 한참 뒤 상대방이 전화를 받았다.

"여보세요. 여보세요. 누구세요."

그는 침을 뱉듯이 수화기를 내려놓았다. 입안의 침이 말랐다. 한 번도 입에 담아본 적 없는 욕이 혀끝에 맴돌았다. 그것은 여자의 성기를 비유한 속어였다. 그는 이제 막 욕을 배운 아이처럼 그 말을 자꾸 떠올렸다. 여자의 성기를 잘근잘근 씹어본 적도 없으면서 그는 여자의 성기를 잘근잘근 씹듯 입을 우물우물거렸다.

전투화 끈이 풀려 있어 걸을 때마다 구두 굽이 땅에 끌리는 소리를 냈다. 얼마나 걸어야 전투화 뒤축이 다 닳아버릴 것인가. 국도의 끝이 보이지 않았다. 시간은 충분했다. 복귀 시간을 조금 어겨도 파견 근무 중인데다가 곧 제대를 앞두고 있는 그를 나무랄 사람은 없었다.

군용 트럭 한 대가 먼지를 일으키며 지나갔다. 트럭 위에는 얼굴을 검게 칠하고 멸공 통일,이란 띠를 두른 전투모에 나뭇잎을 붙여 위장한 군인들이 총을 든 채 옹기종기 앉아 있었다. 그는 군인들이 일제히 자신에게 총을 겨눠 방아쇠를 당기는 환영을 보았다. 무수한 탄환이 몸을 관통해도 쓰러지지 않고 앞으로 걸어갈 것이다. 총에는 실탄이 들어 있지 않을 것이다. 군인들은 방아쇠를 당기며 입으로 다다다다다, 소리를 낼 것이다. 그때 비로소 그는 몸의 통증을 느끼며 과장되게 팔다리를 휘젓다가 쓰러질 것이다. 두개골이 파열되고 터진 복부 밖으로 내장이 쏟아지고 온몸이 피로 물들 것이다.

오후의 태양이 이글거리며 타올랐다. 목구멍에 알코올 솜이 가득 들어찬 것만 같았다. 약품 가방에서 약을 꺼내 먹고 생수를 마셨다. 그는 주변의 돌멩이를 하나 주웠다. 트럭이 사라진 국도 저편으로 힘껏 던졌다. 허공에 꽂힌 돌을 그는 오랫동안 응시했다.

그를 둘러싼 배경이 일그러졌다. 배 속이 출렁거렸다. 잠시 나무에 몸을 기댔다. 고개를 숙이고 토를 했다. 전투화에 토사물이 튀었다. 역한 술 냄새가 풍겼다. 나무를 붙잡고 있는 손에 진액이 묻어났다. 생수통을 비우고 입을 헹궈 뱉었다. 나무를 부둥켜안은 채 잠시 그대로 있었다. 그의 시야 밖으로 새가 한 마리 날아갔다. 등줄기로 땀이 흘렀다. 목에 걸린 군번줄을 잡아당겼다. 목이 조여왔다. 조금만 더. 조금만 더. 어떤 알 수 없는 내부의 명령에 따라 힘을 냈지만 군번줄이 뚝 하고 끊어졌다. 목을 어루만졌다. 이런 건 아무것도 아니라는 생각이 들었다. 군번줄을 주머니에 넣고 다시 걷기 시작했다. 눈앞이 흐려지며 현기증이 일어날 때마다 관자놀이를 지압했다.

빨간 소형차 한 대가 뒤에서 그를 지나쳐 갔다. 잠시 후 차가 멈추고 후진했다. 그는 모른 척 걸어갔다. 경적 소리가 들렸다. 뒤를 돌아보았다. 유리창에 반사된 태양 때문에 차 안의 사람이 잘 보이지 않았다. 그는 자신도 모르게 인상을 찌푸렸다. 차가 천천히 다가와 그 옆에 바짝 붙었다. 조수석 창문이 내려갔다. 선글라스를 끼고 있는 여자가 목을 쭉 빼고 말했다.

"저기. 맞네."

그가 의아한 표정을 짓자 여자가 선글라스를 이마 위로 올렸다.

"나 몰라요?"

붉은색 립스틱을 칠한 여자의 입술이 꿈틀거렸다. 그는 놀라 흐느적거리는 몸을 바로 세워 경례 자세를 취했다.

"대대로 가요? 타요."

"괜찮습니다."

"괜찮으니까 타요."

"괜찮습니다."

그는 여자의 눈을 똑바로 쳐다보지 못한 채 기계적으로 같은 말을 중얼거렸다.

"명령이에요. 타요."

그는 차 문을 열었다. 여자가 잠시만,이라고 말하며 의자에 놓인 가방을 들어 뒷좌석에 던졌다. 가방에서 무언가 쏟아지는 소리가 들렸다. 의자에 앉은 그가 뒤를 돌아 가방을 다시 챙기려 했다. 가방 밖으로 생리대 한 봉지가 나와 있었다.

"그만둬요. 괜찮으니까."

그는 다시 몸을 돌렸다. 땀이 차 전투복이 맨살에 바짝 달라붙었다. 약품 가방으로 그는 자신의 가랑이를 가렸다.

"덥죠?"

"아니, 네, 괜찮습니다."

여자가 에어컨 버튼을 조정해 온도를 낮췄다.

"근데 군인이 술 마셔도 돼요?"

"아니, 네, 죄송합니다."

여자의 민소매 셔츠 아래로 가느다란 팔이 길게 뻗어 있었다. 퍼런 심줄이 튀어나올 정도로 마른 손이 핸들을 가볍게 움켜잡았다. 조금만 힘을 주면 꺾일 것 같은 목에는 금색 목걸이가 걸려 있었다. 움직일 때마다 반짝 빛이 났다.

"나한테 죄송할 건 없지만 대대장에게 말할까 말까."

여자가 옆으로 고개를 돌려 그를 힐끔 쳐다보았다. 그는 약품 가방의 단추를 만지작거렸다. 여자가 갑자기 웃기 시작했다.

"그렇게 불쌍한 표정 짓지 말아요. 말 안 할 테니까. 근데 술은 왜 마셨어요?"

그는 여자가 말을 그만해주었으면 좋겠다는 생각과 쉬지 않고 이렇게 질문을 던져주었으면 좋겠다는 생각을 동시에 했다. 자신이 왜 술을 마시려 했는지 떠올렸다. 어째서 술을 마시고 말았는가. 목이 몹시 말라 있었다. 그뿐. 그는 자신을 설득시키는 일에 미숙한 인간이었다. 그가 뭔가 말을 하려던 찰나 여자가 다시 입을 열었다.

"바보 같은 질문을 했네. 술을 마시는 데는 이유가 없지. 나도 술이나 마셨으면."

그는 여자가 차의 속도를 내지 않고 있다는 것을 그제야 알았다. 뭔가를 망설이고 있다는 것을 눈치 채면서도 망설임의 정체가 무엇인지 몰랐다. 이 길의 끝에는 무엇이 있을까. 그는 자신의 몸에서 풍기는 땀 냄새와 술 냄새가 부끄러웠다.

"요전 날에는 정말 고마웠어요."

"네, 아니."

그는 여자가 정말 고마워했는지 의심이 들었다.

며칠 전 새벽 그는 대대장의 호출로 구급함을 챙겨 관사로 간 적이 있었다. 군의관이 휴가를 가 부득이하게 그가 가야 했다. 대대장의 아내인 여자가 고열과 오한에 시달리고 있었다. 여자의 마른 입술이 벌어진 채 거칠게 숨을 토해냈다. 감기 증세일 뿐 그렇게 심한 것은 아니었다. 러닝셔츠에 반바지 차림으로 호들갑을 떠는 대대장의 모습이 평소와는 전혀 달라 보였다.

"괜찮나. 괜찮겠지. 이 여자는 원래 약해. 이렇게 약한 여자는 처음이야. 어떻게 잘 좀 해봐."

소문으로는 대대장이 한참 어린 여자와 최근에 두번째 결혼을 했다고 했다. 대대장이 자주 가는 술집에서 만난 여자라는 이야기도 있었다. 그런 곳에서 일하는 여자치고는 너무나 몸이 볼품없이 말랐고 표정도 어두웠다. 쉽게 만지고 싶은 충동을 일게 할 몸이 아니었다. 과도로 깎아놓은 것만 같은 코가 여자의 예민한 성격을 암시했다.

그는 체온계를 꺼내 어느 부위에 삽입을 할까 잠시 망설였다. 구강, 겨드랑이, 항문. 세 가지 방법이 있었다.

"죄송하지만."

그의 목소리가 떨려왔다. 여자의 팔을 잡고 겨드랑이 속에 체온계를 넣었다. 차가운 체온계 탓인지 여자의 몸이 잠시 진저리를 쳤다. 군대에서 자신이 배운 대로 고열을 식히기 위해 이불을 걷어야 한다고 했다. 잠옷 차림의 마른 몸이 바람에 떠는 사시나무처럼 덜덜덜 떨렸다. 여자의 빈약한 가슴이 가볍게 위아래로 흔들렸다. 그는 여자의 팔을 만져 혈관을 찾고 바늘을 찔러 넣었다. 여자가 짧게 신음 소리를 냈다. 대대장이 여자의 손을 잡아주었다. 여자는 손을 빼고 싶지만 그의 시선 때문에 마지못해 대대장에게 손을 잡힌 채 누워 있는 것만 같았다. 벽에 걸린 시계를 떼어 그 자리에 수액을 걸었다. 그는 자신이 약지에 올린 알약들을 잠시 바라보았다. 약을 바꾸고 몇 개 더 추가했다. 독하게 약을 조제해 여자에게 먹였다. 열이 내릴 때까지 지켜보겠다고 말하자 대대장이 그러라고 했다.

"괜찮겠지?"

"네, 괜찮을 겁니다. 오늘 밤만 잘 넘기면."

"자네는 꼭 의사 같군."

"네, 아닙니다."

"의사들은 다 쓰레기야."

여자의 손을 잡고 있는 대대장이 잠시 후 몸을 쓰러뜨리며 누웠다. 코를 골기 시작했다. 코가 진동할 때마다 콧구멍 밖으로 삐져나온 코털이 바르르 떨렸다. 여자는 미간을 찌푸리며 고개를 가볍게 흔들었다. 약기운이 도는지 쌍꺼풀이 없는 여자의 가느다란 눈이 서서히 감겼다. 그는 이불로 여자의 발목을 덮어주었다. 여자의 잠옷 사이로 팬티 라인이 희미하게 비쳐 보였다. 그는 자신이 어떤 자세를 취해야 할지 몰랐다. 대대장이 자신의 바지 속으로 손을 집어넣어 사타구니를 긁었다. 손은 그대로 바지 속에 들어가 있어 가운데가 불룩 튀어나와 보였다. 그는 고개를 돌려 바닥에 놓인 시계를 쳐다보았다. 시계에는 사단 축구대회 우승이라는 글씨가 새겨져 있었다.

여자의 팬티 라인을 따라 그의 눈동자가 움직였다. 시선이 한곳에 머물렀다. 그는 차마 입에 담지 못할 성적인 용어를 내뱉고 싶은 충동을 강하게 느꼈다. 말로 여자의 팬티를 발가벗기고 그 안에 숨은 털투성이 입속으로 체온계를 쑤셔 넣고 싶었다. 남자의 성기가 여자의 성기 안으로 들어가기 위한 적정 온도는 몇 도일까. 그는 알코올 솜으로 체온계를 소독한 뒤 자신의 입에 넣었다. 체온계에서 비릿한 맛이 느껴졌다.

여자가 추워, 추워라고 신음했다. 여자의 감은 눈꺼풀 안에서 눈동자가 움직였다. 그는 더 참지 못하고 이불로 여자를 덮어주었다. 여자 옆에 비스듬히 누웠다. 이곳이 아니었다면 이런 여자 옆에 누울 기회가 있을까. 그는 여자의 귀에 입을 댔다. 들릴 듯 말 듯 휘파람을 불었다. 귓속에 난 솜털이 흔들렸다. 대대장이 바지 속에서 손을 빼 자신의 코를 비볐다.

그는 일어나 창문 쪽으로 걸어갔다. 유리창에 이마를 댔다. 창밖은 여전히 어둠이었다. 멀리서 간헐적으로 불빛이 번쩍였다가 사라졌다. 시계 초침 소리가 유난히 크게 들려왔다. 그는 자신의 발기된 성기를 의식하며 하체를 벽에 짓이겼다.

여자가 이불을 젖히고 천천히 일어났다. 수액 줄이 바닥에 끌렸다. 그의 뒤로 와 허리를 슬며시 안았다. 차가운 기운에 온몸에 소름이 돋았다. 그는 뒤돌아보지 않았다. 여자의 혈관에서 피가 나와 수액 줄로 흘러내려 가고 있었다. 수액 팩 속에 빠르게 피가 고이기 시작했다. 여자는 아랑곳하지 않고 좀더 세게 그의 허리를 감쌌다. 여자의 가느다란 팔에서 어떻게 그런 힘이 나오는지 의심스러울 정도로 그의 허리가 바짝 조여졌다. 여자의 뼈만 남은 손가락이 그의 살을 파고들었다. 그만하라고, 소리를 질렀다. 그럴수록 여자는 그에게 더 바짝 붙었다. 수액 팩이 피로 가득 차 부풀어 올랐다. 여자의 몸이 점점 더 하얗게 질려갔다. 그는 결코 뒤를 돌아보지 않았다. 창밖 어디선가 총소리가 들려왔다. 수액 팩이 터져 사방으로 피가 뿌려졌다.

그는 허리를 뒤틀어 몸을 뒤로 돌렸다. 충혈된 눈을 비비며 잠든 여자를 바라보았다. 여자가 죽어가고 있다면 죽어가게 내버려두어야만 한다. 땀에 젖은 여자의 머리카락이 이마에 달라붙어 있었다. 그는 다가가 젖은 수건으로 이마의 땀을 닦아주었다. 여자의 마른 입가에 침이 고여 있었다. 그는 목구멍 깊이 침을 삼켰다. 체온계를 꺼내 여자의 겨드랑이에 넣었다. 열은 좀 떨어져 있었다. 여자가 덮고 있는 이불을 만지작거리며 열이 오르면 무조건 옷을 벗기고 열을 떨어뜨리는 군대식 처방에 그는 환멸을 느꼈다.

날이 밝아올 무렵 수액 바늘을 빼고 체온이 정상이 된 것을 확인한 그는 대대장에게 인사를 하고 밖으로 나왔다. 대대장은 고맙다며 그의 어깨를 한 번 움켜잡았다가 놓았다. 어깨가 자신도 모르게 아래로 떨어졌다. 대대장의 손놀림에 그는 자신이 결코 받아들일 수 없는 명령을 받은 것처럼 마음이 무거워졌다. 그는 내무실로 들어와 전투화를 신은 채 그대로 침상에 쓰러졌다.

그날 이후 본부실에서 대대장을 우연히 마주친 적이 있었다. 대대장은 아무 일도 없었다는 듯 그의 경례를 무심히 받으며 지나갈 뿐이었다. 대대장의 여자는 마주칠 기회가 없었다. 문득 여자의 마른 몸이 생각났지만 그는 자신이 설명할 수 없는 꿈을 꾼 것에 불과하다고 그날의 일을 잊고 있었다.

"그러고 보니 고맙다는 인사도 제대로 못했네요."

여자가 말했다.

"네, 아닙니다."

"군인들은 왜 전부 그런 말투를 쓰는 거죠. 뭐가 네, 아닙니다."

"네, 아닙니다."

"앓느니 죽지. 바람 좀 쐴까요."

여자가 에어컨을 끄고 창문을 내렸다. 뜨거운 여름 바람이 얼굴을 뒤덮었다. 발바닥에 땀이 차고 목이 말랐다. 여자는 차의 속도를 올렸다. 대대로 통하는 삼거리에서 방향을 돌렸다.

"저기, 전 그만."

"다섯 시까지만 들어가면 되잖아요. 저도 그 정도는 알아요. 드라이브나 해요."

그가 뭔가 더 말하려 하자 여자가 대대와 반대 방향인 산 쪽으로 핸들을 힘껏 잡고 돌렸다. 여자는 머뭇거림 없이 능숙하게 차를 몰았다. 마치 미리 계획한 대로 익숙한 곳을 찾아가는 것 같았다.

"겁나지 않아요? 어디로 갈지도 모르는데."

여자가 물었다.

"겁나지 않아요. 어디로 갈지 모르니까."

어느새 그는 군인의 언어를 벗고 본래 자신의 말투를 회복하고 있었다.

"겁나지 않다니."

여자가 미소를 지으며 중얼거렸다.

"그 안에는 뭐가 들었어요?"

여자가 그의 약품 가방을 힐끔 쳐다보며 물었다.

"약이요."

그는 자신이 너무도 간결하게 대답한 것을 후회했다. 머릿속으로 알약들이 쏟아지듯 말들이 굴러다녔다. 술이 깨고 있는지, 다시 오르고 있는지 몰랐다.

"일전에 나에게 준 약도 들어 있나요?"

여자의 물음에 그는 잠시 생각하는 척하다가 아니라고 대답했다. 약품 가방에는 그 약도 분명 들어 있을 것이다.

"다시 한 번 그 약을 먹고 싶어요."

"약은 아플 때만 먹는 건데."

그는 너무나 당연한 소리를 한 자신을 민망해하며 말꼬리를 흐렸다.

"그 약을 먹고 난 환각을 봤어요. 약 때문인지 모르겠지만 약 때문이었으면 좋겠어요. 그 약 좀 다시 얻을 수 있을까요?"

그는 자신이 덫에 걸린 듯한 느낌이 들면서도 그 덫에 발목이 잘려도 좋겠다는 생각을 했다.

"그건 아마 약 때문에 그런 게 아니라 고열에 의한 일시적 증상일 뿐일 거예요. 아마 환각은 꿈일 것이고."

"아니에요. 그건 분명 환각이었어요. 꿈은 그렇지가 않아요."

여자가 갑자기 목소리를 높였다. 어떤 감정의 모서리에 찔리면 걷잡을 수 없는 정도로 신경질적이 되는 성격이라고 그는 여자를 단정지었다. 그래도 몇 마디 말로 여자와 친밀해진 것만 같아 좋았다. 그는 여자의 말이 사실이라는 것도 잘 알고 있었다. 어떤 약들은 함께 먹으면 환각 증세를 일으키고 그는 종종 그것을 자신의 몸과 환자들의 몸을 통해 실험해보곤 했다. 환자들이 실제 환각을 보았다는 것은 이번이 처음이었다. 그는 여자가 어떤 환각을 보았는지 궁금했다.

"어떤 환각이었어요?"

그가 처음으로 여자에게 질문을 던졌다. 여자는 핸들을 잡고 있던 손을 가볍게 떨었다.

"어떤 환각이었는데. 그건, 그건, 말할 수 없어요."

여자는 이마에 걸쳐져 있던 선글라스를 다시 썼다.

얼마쯤 오르막을 오르다 차가 간신히 들어갈 수 있는 좁은 길로 방향을 바꿨다. 곳곳에 군인들이 진지를 구축해놓았던 흔적이 남아 있었다. 그것은 파헤쳐진 무덤처럼 보이기도 했다. 그늘진 숲 속으로 들어갔다. 커다란 나무들이 몸을 뒤튼 채 서 있었다. 그는 뒤를 돌아보며 차가 지나온 길을 더듬어보았다. 어디가 어디인지 도통 알 수 없었다. 대대에서 올려다보던 산속에 이런 숲이 있는지조차 상상하지 못했다. 초록색 나뭇잎들이 햇살에 반짝거렸다. 어디선가 짐승 소리가 들려올 것만 같았다.

차가 멈춘 곳은 숲 속의 커다란 웅덩이 앞이었다. 웅덩이 속에 뒤엉킨 나무줄기와 고목 몇 개가 처박혀 있었다. 여자가 차에서 내렸다. 그는 그대로 앉아 있었다. 여자가 다가와 차 문을 열었다.

"뭐해요. 안 내리고."

그는 약품 가방을 든 채 내렸다. 앞서 걷던 여자가 돌아보며 말했다.

"그 바보 같은 가방 좀 내려놔요."

자신만의 공간에 들어가면 성격이 돌변하는 사람처럼 여자의 태도에 날이 서 있었다. 그는 여자가 죽으라면 죽는 시늉까지 하겠다는 각오로 차 문을 열고 가방을 던졌다. 여자는 썩은 물이 고여 있는 웅덩이 바로 앞까지 가서 걸음을 멈췄다. 그의 전투화를 내려다보며 말했다.

"끈이 풀렸네요."

"네, 풀렸어요."

"묶어줄까요?"

"아니, 괜찮아요."

"다나까가 아니라 요,라고 말하니 좋아요. 이 웅덩이 속에 뭐가 들어 있는지 알아요?"

그는 고개를 저었다.

"터진 수류탄들이 들어 있대요. 그 사람 말로는 여기가 원래 수류탄 던지는 뭐 그런 곳이었대요. 수류탄 던져봤어요?"

그는 훈련병 시절을 떠올리며 그렇다고 대답했다.

"기분이 어떨까. 그런 거 던지면. 잘못하면 몸이 터지는 거잖아요."

"그렇죠."

"몸이 터지는 느낌은 또 어떨까."

그는 여자의 머릿속을 터뜨려 무슨 심산인지 알고 싶었다. 웅덩이 주변을 돌며 여자는 휘파람을 불었다. 음의 고저가 없는 이상한 곡조였다. 그는 여자의 모습을 놓치지 않으면서 웅덩이 반대편 쪽으로 다가갔다. 잡풀이 우거진 곳에 철조망이 쳐져 있는 것을 보았다. 삼각형 모양의 녹슨 푯말이 꽂혀 있었다. 가까이 다가가 그것을 확인한 그는 재미난 것을 발견했다는 듯 빠른 걸음으로 여자에게 다가갔다.

"여긴 수류탄 투척장이 아니었을 거예요."

"무슨 말이에요."

여자가 그를 쳐다보았다.

"이리 와봐요."

그가 손가락으로 철조망의 푯말을 가리켰다.

'출입 금지. 지뢰 매설 지역.'

"이런 곳에서 수류탄을 던질 수 없겠지요."

여자가 멍하니 푯말에 시선을 두다가 입을 열었다.

"그 인간이 나를 속였군요. 왜 그런 거짓말을 했을까. 나를 겁탈하려고. 그 인간이 여기로 끌고 와서 나를 겁탈했어요."

선글라스를 끼고 있어 여자의 표정을 제대로 살필 수 없었다.

"지금 내 표정이 어떤지 궁금하죠?"

여자가 선글라스를 벗었다.

"자, 봐요. 이게 내 얼굴이에요."

가느다란 눈 밑에 기미가 보였다. 여자의 얼굴을 보고도 무슨 의미인지 도통 알 수 없었다. 그는 여자의 말을 믿을 수 없었다. 그가 아무리 생각 속으로 달아나려고 해도 그 생각을 읽고 있다는 듯 여자가 말했다.

"내 말을 안 믿고 있죠. 이리 와봐요."

여자가 그의 팔을 잡아끌었다. 여자의 손에 이끌린 채 그는 다시 웅덩이 앞으로 갔다.

"잘 봐요."

여자가 셔츠를 걷어 올렸다. 봉긋하게 솟아 있는 브래지어가 보였다. 여자가 그의 손을 잡아 가슴에 댔다.

"떨지 말고 만져봐요."

여자가 가슴을 움켜쥐고 있는 그의 손을 잡고 움직였다.

"이렇게 말예요. 이렇게 주무르면서 그 인간이. 뭐 주무를 만한 것도 못 되지만 계속 이렇게 주무르면서 나를 유혹했어요. 너무나 애처로워서 유혹에 넘어가는 척했지요. 그 나무줄기 같은 거칠고 더러운 손으로. 당신 손은 군인 손 같지 않네요. 그러나 그건 정말 겁탈이었어요."

그의 손에 땀이 뱄다.

"그만 주물러요."

여자가 그의 손을 탁 내리쳤다. 당황한 그가 손을 아래로 떨어뜨렸다. 여자가 셔츠를 다시 내린 뒤 차를 향해 걸어갔다. 작은 엉덩이가 좌우로 흔들렸다. 그가 따라가려 하자 뒤돌아 소리쳤다.

"거기 그대로 있어요. 발밑에 지뢰가 있으니까."

그는 끈이 풀린 전투화를 내려다보았다. 전투를 한 적도 없으면서 전투화를 신고 있다니. 그는 땅에 발을 비볐다.

여자가 차 트렁크를 열고 비닐 가방을 꺼냈다. 그것을 들고 그 앞으로 왔다. 가방에서 꺼낸 것은 돗자리였다. 여자는 웅덩이 옆에 그것을 깔았다. 그 위에 앉는 척하면서 누웠다. 양쪽 팔을 번갈아가면서 들어 올리다가 두 팔을 옆으로 뻗었다. 고개를 돌려 그를 바라보았다.

"이제 됐어요. 뭐해요. 이리 안 오고."

그가 다가가 여자 옆에 앉았다.

"만지고 싶은 데가 있으면 만져요."

그가 머뭇거리며 어찌할 바를 몰라 하자 여자가 다그쳤다.

"이런 기회는 흔치 않아요. 아니 영영 다시 없을 거예요. 그리고 알다시피 시간이 얼마 없어요."

그가 여자의 셔츠를 걷어 올리고 배를 만졌다. 손이 점점 위로 올라갔다. 브래지어 속으로 손을 집어넣었다. 손에 잡히는 것이 없었다. 그렇다면 좀 전에 주무른 것은 무엇이었을까, 그는 의아해하면서도 손을 빼지 못했다. 여자가 손을 등 뒤로 해 브래지어를 풀었다. 여자의 가슴이 드러났다. 그는 여자의 평평한 가슴을 보고 적잖이 실망했지만 실망의 빛을 감추려 애쓰

듯 손으로 계속 만졌다. 유두가 딱딱하게 굳어갔다. 그는 손가락으로 그것을 지그시 눌렀다. 여자가 그의 머리를 잡아당겼다. 그는 고개를 파묻고 유두를 빨기 시작했다. 여자가 그의 머리통을 부여잡았다.

"아, 머리 냄새."

여자가 휘파람을 불듯 말했다.

"내 가슴이 실망스럽죠. 하지만 여자한텐 가슴만 있는 게 아니라고요."

여자가 다시 그의 손을 잡고 자신의 배꼽 밑으로 가져갔다. 여자의 유두에서 뭔가 시큼한 액체가 새어 나왔다. 술기운이 다시 올랐다. 그는 이제 그만하고 싶은 생각이었지만 자신의 의지를 배반하듯 손이 여자의 바지 속으로 들어가 나올 생각을 하지 않았다. 손가락에 끈적끈적한 액체가 묻어났다.

그는 못 참겠다는 듯 일어나 바지를 내리고 성기를 끄집어냈다. 여자의 얼굴로 다가가 입가에 성기를 들이댔다. 여자가 놀라며 그를 밀쳤다.

"지금 그 냄새나는 것을 내 입에 처넣으려고요. 이런 건 없었어요."

그가 좀더 다가가 강제로 여자의 입에 넣으려고 하자 여자가 소리치며 일어났다.

"정말 이런 건 없었다고요. 아 정말 지긋지긋해."

"내가 뭘 어쨌다는 거야."

흥분한 그도 지지 않으려 대거리를 했다.

"좋아요. 하지만 그건 정말 생략하고 싶어요."

여자가 누워 스스로 바지를 벗고 팬티를 발목까지 내렸다. 한쪽 발목에 걸친 팬티에 피가 조금 묻어 있었다.

"자, 어서 들어와요. 서둘러요."

그는 여자의 몸 위로 쓰러졌다. 쉽게 들어가지 않았다. 여자가 그의 성기를 잡고 속으로 넣었다. 칼에 베이는 것 같은 통증이 일었다. 여자의 다리가 그의 허벅지를 조여왔다. 그의 성기가 움직일 때마다 여자가 숨을 몰아쉬었다. 숨소리 사이 여자의 토막 난 말들이 쏟아졌다.

"바로 이거였어요. 내가 본 환각. 누군가 나를 여기로 끌고 와서. 이렇게. 아니 끌고 온 게 아니라 내 방이 웅덩이가 된 거였어요. 나는 움직이지도 않았으니까. 움직이지 않고 모든 게 달라졌어요. 난 꼼짝없이 붙들리고 만 거예요. 공간의 얼굴이 달라지고. 난 분명 눈을 뜨고 있었어요. 눈을 어떻게 감을 수 있겠어요. 꼼짝없이. 웅덩이. 깊게 파인. 웅덩이 옆에서. 웅덩이 냄새가 났어요. 저 더러운 구멍 속에서 말예요. 당신이 내 입속에 넣어준 그 약 말예요. 나는 보았어요. 어떻게 이걸 그때 보았을까. 좀더. 그 인간이 나를 이렇게 겁탈했어요. 웅덩이 속에서 수류탄이 터졌어요. 환각이 현실이 되다니. 그 인간이 당신은 아니지만. 얼굴 없는 인간. 인간의 탈을 쓴 인간. 휘파람 소리가 들렸어요. 당신이 내 옆에 누워 있을 때. 내 귀에 들렸어요. 오해. 오해. 오해. 모든 게 오해예요. 웅덩이 속에서. 당신이 유리창에 이마를 대고 있을 때. 다가가 허리를 끌어안고 싶었어요. 하지만 내 혈관에 꽂힌 주삿바늘. 피가 역류해서 흘렀어요. 당신이 보고 있던 것을 나도 보고 싶었어요. 그러니까. 오해하지 말아요. 당신은 뭘 보고 있었나요. 대답하지 말아요. 당신을 좋아해서 그런 게 아니에요. 어떻게 당신을 좋아할 수 있겠어요. 아 정말이지. 하지만 또 당신을 어떻게 좋아하지 않을 수 있겠어요. 멈추지 말아요. 그날처럼 열이 올라요. 겨드랑이에 체온계를 꽂아줘요. 그 느낌은 참. 가끔 당신이 부대를 거니는 것을 보았어요. 볼 수밖에 없지요. 얼마나 내 일상이 따분한데. 차라리 당신처럼 복무기간이 정해져 있다면. 영원히 끝나지 않을 것 같은. 삶이 시작도 하기 전에 끝나버린 느낌. 타이어를 질질 끌면서 연병장을 도는 말썽꾸러기들처럼. 당신을 좋아하지 않았어요. 단지 시선을 둘 곳이 필요했어요. 내 말을 들어요. 환각의 주인공. 아니 당신은 주인공이 될 수 없어요. 내 말은 그런 이야기가 아니란 말이에요. 이야기는 시작도 하지 않았는데. 환각의 막이 올라요. 당신은 등장하고. 등장하고. 등장하고. 웅덩이가 파이고. 당신을 쫓았어요. 거짓말이에요. 멈추지 말아요. 계속해요. 환각을 실현시켜줘요. 당신이 걷는 것을 보았어요. 그건 정말 우연이었어요. 그런 우연을 계속 기다렸어요. 이런 말을 하기에는 호흡이 너무 가빠요. 나는 가슴도 없고. 가슴도 없으니 남자를 품어줄 수도 없고. 왜 아무 느낌이 없지. 대답하지 말아요. 당신은 비틀거리며 중국집을 나왔고. 물을 마셨고. 물을 뱉었고. 어딘가로 전화를 했어요. 대체 어디다가 전화를 한 거예요. 왜 전화를 끊지 않고 수화기를 그대로 내려놓았지요. 차에서 내려 내가 수화기를 들었을 때는 이미 전화가 끊겨 있었어요. 그날 이후 난 이렇게 돼버렸어요. 아니 그날 이전부터. 도대체 그 약은 뭐예요. 웅덩이 냄새. 환각에서 어떻게 냄새가 풍기는지 설명해봐요. 당신은 돌멩이를 들고 허공에 던졌어요. 누구를 맞추려고. 그 헛된 짓을. 당신은 무슨 약인가를 먹고 나무에 기대 토했어요. 그 약은 뭐예요. 혼자 야금야금 약이나 먹고 있다니. 내 입에도 그 약을 넣어줘요. 어서. 알아요. 이건 분명 겁탈이에요. 난 저항하고 있고 아무 느낌도 없으니. 정말 아무 느낌이 없어요. 왜 아무 느낌도 없을까. 당신의 토사물을 바라보며 나 역시 토를 했어요. 토가 나오지 않아 손가락을 입속에 넣어 휘저었어요. 아무것도. 아무것도 나오는 것이 없었어요. 그게 얼마나 비참한 일인지 알아요. 대답하지 말아요. 당신은 그렇게. 움직이기만 해요. 결국 나는 당신의 토사물을 먹을 수밖에 없었어요. 그걸 먹고 나서야 토를 하기 시작했어요. 입에서 피가 나올 때까지 토가 멈추지 않았어요. 수류탄이 터질 때 기분은 어떨까요. 그 인간은 나랑 잘 때마다 수류탄이 터지는 느낌이라고 했어요. 어떻게 그런 말을 할 수가 있는지. 군인들은 다 쓰레기야. 수류탄이 있다면 다 날려버릴 거야. 당신이 내 차에 타지 않았다면 당신을 차로 들이박았을 거야. 난 열이 내리지 않는 여자니까. 다리를 더 벌리고 싶은데. 아무 느낌이 없어요. 무언가 자꾸 속는 느낌이야. 당신에겐 미안하지 않아. 나의 환각에 불과하니까. 대답해줘요. 나의 환각이라고. 구두끈이 풀렸어요. 그렇게 더 얼마나 걸어가려고. 멈추지 마요. 계속해요. 나를 겁탈해요. 멈추지 말라니까. 수류탄이 불발이야. 멈추지 마. 아무 느낌이 없어. 아무 느낌도 없을 때까지 움직여줘요. 서둘러요. 시간이 없어. 시간이 없을 때까지. 움직여. 출발해. 퇴장하지 말고. 오해. 오해하지 말아요. 넣어요. 내 입에 그걸. 넣어요."

그는 모든 동작을 정지했다. 여자의 입을 틀어막고 싶었다. 수류탄이 있다면 입속에 처넣고 핀을 뽑았을 것이다.

"왜 그래요?"

"움직여요."

"그래요. 움직여줘요."

"그게 아니라."

목이 뻣뻣하게 굳어가고 있었다. 그는 고개를 세운 채 웅덩이를 바라보았다. 웅덩이 속에 고인 물이 움직이고 있었다. 물이 점점 밖으로 밀려왔다. 굳은 땅으로 스며들며 웅덩이 밖으로 번졌다. 그는 몸을 일으키려고 했다. 여자가 그의 허리를 꽉 붙잡고 있었다. 여자가 하체에 힘을 주고 있어 성기가 빠지지도 않았다. 여자는 아무것도 모르는 척 엉덩이를 위아래로 움직였다.

"움직이지 마!"

그가 소리를 질렀다. 그 순간 물이 여자의 머리를 적시며 얼굴로 번졌다. 여자의 얼굴이 검은 물빛으로 물들었다. 눈과 코와 입에 물이 찼다. 여자가 붉은 입을 벌려 뭔가 말하려 하자 입에서 검은 물이 쏟아졌다. 물속에 작은 벌레들이 떠다녔다. 여자의 얼굴이 물의 갈퀴에 뜯겨져나갔다. 여자의 목이 한없이 늘어났다. 심줄이 터질 것 같았다. 여자의 금빛 목걸이가 반짝였다. 그는 여자의 어깨를 밀쳐내고 허리를 감싸고 있는 여자의 팔을 뒤로 꺾어 물러섰다. 하체를 빼자 날카로운 칼에 성기가 잘려나가는 듯한 통증이 느껴졌다. 반쯤 벗겨진 바지를 그대로 걸친 채 그는 뒤로 자빠졌다. 여자의 상체가 물에 잠겼다. 웅덩이 속으로 밀려 들어갔다. 마른 장작 같은 여자의 팔이 허우적거렸다. 하늘로 솟구친 다리에 걸린 팬티가 흔들렸다. 여자가 안간힘으로 무언가를 잡으려 했다. 여자의 손에 잡힌 돗자리와 그 위에 벗어놓은 여자의 옷가지도 웅덩이 속으로 빨려 들어갔다. 웅덩이의 물이 그의 발아래까지 번져왔다가 잠시 멈춘 뒤 다시 뒤로 물러갔다. 땅은 금세 말랐다. 웅덩이 속에 고인 물은 다시 잠잠해졌다. 여자만 사라지고 모든 게 그대로였다. 그제야 그는 자신의 성기가 피로 물들어 있다는 것을 알았다.

그는 한 손으로 바지를 움켜잡은 채 몸을 덜덜덜 떨면서 차 있는 곳으로 갔다. 문을 열고 뒷좌석 바닥에 떨어진 생리대 봉투를 뜯었다. 패드를 하나 꺼내 자신의 성기를 감싼 채 바지를 입었다. 차의 시동을 걸려고 했지만 키가 꽂혀 있지 않았다. 여자의 가방을 거꾸로 들어 쏟아내도 키는 없었다. 그는 차에서 나와 웅덩이를 바라보았다.

웅덩이 주변을 배회하며 차 열쇠가 들어 있을 여자의 바지를 어떻게 꺼낼까 고심했다. 피 묻은 손으로 주변의 돌멩이를 집어 던져보았다. 물방울이 튀며 돌멩이가 잠겼다. 버려진 나뭇가지를 주웠다. 그것을 들고 웅덩이 앞으로 갔다. 서 있는 자세로는 웅덩이 물에 닿기가 힘들었다. 미끄러져 웅덩이 속으로 빠져들어 갈 것이 분명했다. 그는 바닥에 납작하게 엎드렸다. 낮은 포복으로 천천히 웅덩이 밑으로 몸을 구부렸다. 나뭇가지로 물을 쿡쿡 눌러보았다. 나뭇가지가 한없이 들어갔다. 깊이를 알 수 없었다. 찌르고. 쑤시고. 찌르고. 쑤시고. 꽂았다. 팔이 저려왔다. 날이 서서히 저물고 있었다. 흙먼지와 땀 냄새에 휩싸여 그는 울상이 되었다. 하체가 축축하게 젖어 몹시 불쾌했다. 정신의 혼돈 속에서 곧 체력이 고갈돼갔다.

그는 일어나 무심코 웅덩이에 발길질을 했다. 오른쪽 전투화가 벗겨져 웅덩이에 떨어졌다. 물 위에 잠시 떠 있던 전투화가 곧 물속으로 빨려 들어갔다. 한 가닥 검은 끈이 흐느적거리며 물속으로 잠겼다. 그는 남은 전투화를 벗어 웅덩이에 던지려다가 그만두었다.

어깨를 늘어뜨린 채 다리를 절뚝거리며 다시 차 안으로 갔다. 뭔가 허기를 채울 만한 것을 찾았지만 보이지 않았다. 여자의 가방 속에서 떨어진 것 중에 막대사탕이 하나 있었다. 피딱지가 덕지덕지 들러붙어 있는 손으로 사탕 봉지를 깠다. 사탕이 녹아 눌어붙었는지 쉽게 까지지 않았다. 그는 앞니로 껍질을 뜯어내 뱉었다. 결국 참지 못하고 채 다 껍질을 까지 못한 사탕을 입에 물고 깨물었다. 달콤한 오렌지 맛이 침과 함께 목구멍 아래로 내려갔다. 사탕을 오랫동안 씹으면서 그는 차에 앉아 웅덩이를 응시했다.

단 한 번의 유혹을 뿌리치지 못하고 여기까지 오다니. 그는 여자가 말한 환각에 대해 생각해보았다. 언어가 환각을 불러온다. 말은 할수록 부풀어지고 속이 빈 육중한 크기로 현실을 짓누르고 있다. 웅덩이 속에는 또 어떤 환각의 세계가 있을까. 냄새나는. 그는 여자의 성기를 비유한 차마 입에 담기 힘든 욕이 혀끝에 맴도는 것을 느꼈다. 그는 자신이 감당하기 힘든 말을 내뱉었다. 여자의 말을 실현하는, 그 말을 물리치기 위해 또 다른 환각이 필요했었나. 그는 고개를 가로저었다.

앞좌석의 약품 가방을 들어 어깨에 멨다. 웅덩이 주변에 떨어진 여자의 선글라스를 발로 밟았다. 약품 가방에서 약을 꺼내 씹어 먹었다. 차가 들어온 길을 따라 그는 숲길로 접어들어 갔다. 사방이 점점 어둠에 잠겨가고 있었다. 오른쪽 발에 무수히 많은 돌이 박혔다. 다리가 점점 짧아지는 것만 같았다.

이 길이 맞는 건지도 모르겠는데 길 저쪽에서 야간 행군을 하는 군인들의 축 늘어진 모습이 보였다. 철커덕 철커덕. 군장과 어깨에 멘 총이 부딪히는 소리가 야산의 적막을 깨뜨렸다. 적군에게 잡힌 포로들의 행렬 같았다. 그는 한쪽 다리를 질질 끌면서 그들에게 다가가려 했다. 그럴수록 그들은 점점 멀어져갔다.

"여기 있습니다! 여기 있습니다!"

그가 소리를 질렀지만 소리가 가닿지 못했다. 군가 소리가 산 너머로 메아리가 되어 들려왔다. 그는 메아리를 좇아갔다. 메아리는 가까웠다가 멀어지곤 했다. 메아리가 사라진 것도 모른 채 그는 자신도 메아리를 따라 휘파람을 불며 어딘가로 걷고 있었다.

얼마를 걸었을까. 완전한 어둠 속에서 그는 자신이 다시 웅덩이 앞에 서 있는 것을 발견했다. 머릿속에서 수류탄이 터졌다. 식은땀이 흐르고 배 속이 요동쳤다. 그는 약품 가방을 열고 약을 꺼내 닥치는 대로 씹어 먹었다. 쓴 물이 입안에 가득 고였다. 정신이 또렷해지는 것인지 흐려지는지 알 수 없었다. 웅덩이가 그를 지켜보고 있었다.

하체에 힘이 풀렸다. 아랫배에서 소리가 났다. 그는 자신이 수령한 약품들을 떠올려보았다. 약품 가방을 풀어 바닥에 내려놓았다. 웅덩이 근처 나무 옆에서 바지를 내리고 쪼그려 앉았다. 항문이 움찔거리더니 요란한 소리를 내며 배설물이 쏟아졌다. 그의 엉덩이에 똥물이 튀었다. 항문이 열린 듯 줄줄 새어 나왔다. 배설물 냄새를 맡고 산짐승들이 몰려들지도 모른다는 생각이 뒤늦게 들었지만 일어날 수가 없었다. 항문을 통해 내장이 다 빠져나가는 것만 같았다. 그는 생리대로 감싸인 자신의 성기를 내려다보았다. 손으로 그것을 떼어내려 했지만 피에 눌어붙었는지 떼어지지 않았다. 왜 이런 무모한 짓을 자꾸만 했는지 그는 뒤늦게 후회했다. 자신의 육체를 볼모로 뭔가를 실험해 보고 싶은 생각이 언제부터 들었는가. 환각은 정신계에 속하는가, 물질계에 속하는가. 분명 이 냄새. 자신의 몸에서 빠져나온 냄새는 현실이었다. 그는 그대로 자신이 싸질러놓은 똥물에 주저앉고 싶은 마음뿐이었다. 남은 전투화도 벗어야 할 것이다. 벗을 수 있는 것은 다 벗어젖혀야지. 속을 다 비워내야지. 의식의 끈이 모조리 풀릴 때까지. 그의 머릿속 생각이 그도 모르게 입 밖으로 질질 새어 나오기 시작했다.

"전투화 끈이 언제부터 풀렸지. 그건 분명 내가 풀어놓은 건 아니야. 아니 한쪽은 내가 풀었지. 끈이 풀렸다는 말을 듣지 않았다면. 언제나 말이 문제야. 말이 환각을 불러온다. 환각이라니. 나는 시계를 볼 줄 알고 약을 색깔 별로 구분할 줄도 알아. 다만 여기가 어디인지 모를 뿐. 이 웅덩이. 여자의 환각 속에서. 나는 등장도 퇴장도 없는. 등장해도 퇴장해도 아무도 눈치채지 못하는 인물이지. 나는 인물인가. 환각의 탈을 쓴 인물. 그래도 주인공은 아닐 거야. 이것은 여자의 환각에 불과하니까. 여자의 이야기는 끝이 없지. 여자란 이야기가 없으면 견디지 못해. 이야기가 환각이라면. 여자의 입에 냄새나는 그것을 처넣었어야 했어. 그게 바로 현실이지. 환각이 현실이 될 수 있는 유일한. 유일한 것에 대해 생각해야지. 이야기를. 바지 속으로 손을 집어넣어 닥치는 대로 긁고만 있을 순 없잖아. 여자가 아니라고 해도. 여자의 입은 그것을 원했을 거야. 다른 게 뭐가 있겠어. 이야기는 그렇게 시작되는 거야. 나는 여자를 좋아하지 않았지. 어떻게 그런 나무토막 같은 여자를 좋아할 수 있겠어. 바지 속에 아무것도 감추고 있지 않다니. 하지만 또 어떻게 여자를 좋아하지 않을 수 있겠어. 내가 왜 여자가 나를 쫓고 있는 것을 몰랐겠는가. 여자는 항상 남자를 쫓아다니는 법이지. 내가 전화를 걸었다고. 내가 어디다 전화를 걸었지. 여자의 목소리. 여자는 전화를 받지 않았어. 그 여자는 거짓말을 하고 있군. 그 여자는 또 누구란 말이지. 거짓말을 하다니. 속다니. 여자란 거짓말을 할 수밖에 없지. 나는 지금 누구를 속이려 하는 거지. 여자에게 먹인 약. 내가 만든 환각의 알. 다리를 건널 때는 한쪽 발을 들고 다녔지. 이렇게. 징집을 당한 채. 먼지와 땀의 세계에서 알몸으로 뒹굴며. 그건 아니지. 난 육체를 쓸 수 없는 인간. 약에 찌든. 그 약의 이름은 아직 발견되지 않았다. 타이어를 허리에 매고 연병장을 도는 말썽꾸러기들이 생각나. 여자는 그렇게 말했나. 그렇게 말했지. 틀림없어. 모든 게 환각의 아가리에 물려 있다. 여자의 이름은 무엇이었시. 이름도 모른 채 속아 넘어가다니. 이름이 없으면 환각도 없는 것을. 이야기는 물론. 시작되지 않아. 아무도 등장하지 않았으니. 왜 이제야 알았을까. 여자의 이름을 똥이라 부른다 해도. 똥 덩어리가 환각의 전부인가. 아니라고 말 못 해. 왜 똥이 멈추지 않는가. 이렇게 오랫동안 뭔가를 싸고 있다니. 여자에게 이 꼴을 보여주고 싶었는데. 네, 아니, 괜찮습니다. 이런 말투로 나를 속이고 있었다니. 왜 아무도 나를 찾지 않는 거지. 수류탄이 있다면 언젠가 터지기 마련이고. 여자가 나의 허리를 껴안고 놓아주지 않았지. 나는 무엇을 보고 있었냐면. 창에 비친 여자를 보고 있던 거야. 뒤돌아보지 않고도 모든 것을 보고 있었지. 적나라하게. 발가벗겨지고 있어. 창밖에는 핏빛 어둠이. 여자의 차에 올라타는 순간 여자의 옷 속으로 손을 집어넣고 싶었지. 집어넣었다면. 뭐 이런 가슴이 다 있을까. 실망했겠지. 그걸로 나를 유혹하려 했다니. 털투성이 입은 또 어떻고. 어디로 가는 거지요. 내가 묻는다면. 묻는 말에만 대답하고 싶었다. 웅덩이 속에는 불발된 수류탄이 가득하지. 나도 그쯤은 알지. 구급함을 들고 바보처럼 뛰어다닌다고 해도. 여자들은 다 쓰레기야. 나도 쓰레기라는 말을 하고 싶었던 거야. 여자가 중요한 게 아니야. 내가 무슨 말을 하는지는 여자만이 알 수 있지. 여자는 웅덩이 속에 있고. 아니 구덩이라고 말하고 싶군. 그 차이에 대해서 나는 설명할 수 없어. 웅덩이에서 구덩이로 옮겨 다녔어. 아니 그 반대라고 하자. 웅덩이구덩이. 구덩이웅덩이. 웅덩구덩웅덩. 다시 해볼까. 구덩웅덩구덩. 이것이 나의 한계야. 현실의 한계가 아닌 환각의 한계. 왜 여자의 말을 흉내 내고 있을까. 환각도 전염이 되는가. 환각을 언어로 전이시키려 하다니. 속았다. 속았다. 여자가 본 환각이 어떤 환각인지 묻지 말았어야 했다. 의심이 곧 환각이다. 죽음이다. 내가 여자 밑에 깔려 엉덩이를 들썩거리고 있었다면. 왜 전투화 끈을 풀었을까. 웅덩이에 발길질을 했나. 메아리. 휘파람. 나는 아는 군가가 없다. 여자 옆에 누워 귓속의 솜털을 바라보기까지. 그것으로 현실의 문을 닫았다면. 여자의 다리를 벌리고. 웅덩이 속에서. 자연에게 환각은 있을 수 없어. 자연은 독보적인 존재야. 환각이 침범할 수 없지. 이것이 나의 독보적인. 전부인 것을. 나는 나를 설득시킬 수 없지. 어떻게 그게 가능하단 말이야. 지긋지긋하다. 지긋지긋하다고 말하고 싶지 않았지만. 지긋지긋하다. 지긋지긋하다고 말하기까지 시간을 기다렸지만 시간이 다가왔다니. 여자의 이름도 모른 채 쪼그리고 앉아 똥을 싸다니. 똥에다 냄새나는 그것을 처넣어야지. 여자를 생각하며. 움직이지 말자. 서두르자. 움직이자. 꼼짝 못하게. 꼼짝없이. 겁탈을 당해. 퇴장하면서. 뒷걸음질 치며. 허벅지에 똥물을 질질 흘리며. 움직이자. 움직이지 않아."

그는 자신의 무모한 생각 속으로 쉴 새 없이 움직이는 더러운 입을 찢어 처넣어버려야 한다고 생각했다. 그 생각 역시 무모해 그를 좌절의 구렁텅이로 밀어냈다.

생리대를 천천히 벗겨내려 했다. 음경의 표피가 벗겨져 나가는 것만 같았다. 손가락에 침을 묻혀 주변에 조금씩 발라가며 떼어냈다. 그것도 쉽지 않아 결국 그는 오줌을 쌀 수밖에 없었다. 전투화가 벗겨진 발로 오줌줄기가 흘러갔다. 그는 아랑곳하지 않았다. 달리 지금 어쩌겠는가. 축축해진 생리대가 쑥 빠졌다. 검붉은 성기가 오그라들 대로 오그라들어 있었다. 이젠 이것도 끝이다, 라는 생각이 들었다. 몇 번 사용해보지도 못하고 끝이라니.

다리에 쥐가 나려 했다. 그가 피와 오줌이 뒤섞인 생리대로 얼얼한 항문을 닦기 위해 손을 뒤로 돌렸을 때 또다시 웅덩이 물이 움직이는 것이 보였다. 달빛을 받아 물이 반짝였다. 이번에는 물이 출렁거리더니 위로 솟구쳤다. 검은 물의 장막이 옆으로 펼쳐졌다. 거대한 망토를 걸친 거인의 모습 같기도 했고, 주름진 두꺼운 커튼 같기도 했다. 아무 소리도 없이 그것이 웅덩이 밖으로 밀려왔다. 군데군데 뭔가 반짝거리는 것이 보였다. 사람의 눈 같기도 하고 입 같기도 했다. 아니 그것은 달빛을 받은 물비늘에 불과할지도 몰랐다.

거대한 검은 물체가 자신의 시야를 가리자 그는 마치 기다렸다는 듯 그대로 똥 무더기에 주저앉았다. 미지근한 액체에 엉덩이가 미끄러졌다. 손으로 바닥을 짚었다. 역시 똥물이 묻었다. 자세를 바로잡으려 할수록 손과 하체에 오줌과 똥이 묻었다. 바지를 서둘러 입은 채 그는 똥물로 범벅이 된 손으로 얼굴을 훔쳤다. 뒷걸음질 쳤다. 거대한 검은 물체가 그의 앞까지 다가섰다가 멈추고 그가 뒤로 도망가면 다시 다가왔다. 한쪽 발이 진흙 구덩이 속에 들어간 것만 같았다. 그는 자신의 발을 질질 끌면서 뒤로 물러섰다.

결국 그의 몸이 닿은 것은 지뢰가 매설된 녹슨 철조망이었다. 옷이 찢겨 나가고 살이 긁혔다. 어디선가 총소리가 들려왔다. 들려와야 한다고 그는 믿었다. 다다다다다. 몸에 무수한 구멍이 뚫리는 것만 같았다. 철조망이 있어 얼마나 다행인지 몰랐다.

그는 철조망에 온몸을 걸친 채 앞을 바라보았다. 위로 솟은 검은 물체가 출렁거리고 있었다. 거대한 입처럼 뭔가를 말하려고 하는 것만 같았다. 할 말이 있어도 하지 말고 듣고 싶은 말이 있어도 묻지 마라. 그의 몸이 물러서자 물체가 앞으로 조금 더 다가왔다. 그는 공포의 존재와 대면할수록 두려움이 사라진다는 것을 알았다. 이게 웅덩이의 정체란 말인가. 어떤 표정인지 알 수 없었다. 이게 웅덩이 냄새란 말인가. 아무 냄새도 나지 않았다. 호흡이 제자리를 찾고 있었다. 그는 뜻밖의 묘안을 생각해냈다는 듯 치아를 드러내며 웃었다. 물체가 출렁거렸다.

그는 훈련소 시절에 배운 대로 몸을 바닥에 납작 엎드렸다. 딱딱하고 뾰족한 것들이 가슴과 배에 닿았다. 서늘한 한기도 느껴졌지만 아무래도 상관없었다. 이제 그의 육체를 자극할 만한 것은 아무것도 없었다. 그는 잡풀을 헤치며 철조망 아래로 기어들어 갔다. 철조망에 긁혀 옷이 쫙 찢어졌다. 이름 모를 풀꽃들이 그의 얼굴을 간질였다. 무언가 발목을 잡는 것이 느껴졌지만 힘을 주자 발이 쉽게 빠졌다. 철조망을 무사히 통과해 그는 앞으로 계속 기어갔다. 고개를 돌려 뒤를 돌아보면 검은 물체가 여전히 자신을 따라오고 있었다.

나에게 무언가를 원한다고 해도, 그것이 내가 모르는 어떤 것이거나, 설령 나에게 필요 없는 것일지라도, 나는 그것을 주지 않을 거다.

바닥에 배를 깔고 누워 기어갈수록 어떤 알 수 없는 에너지가 솟아올랐다. 자연에 벌거벗은 등을 보이며 팔꿈치가 터져 피가 새어 나오는 것도 모른 채, 그는 어디가 앞인지도 모르면서 앞으로 나아갔다. 작은 벌레들이 입에 들어왔다. 깨물었다. 벌레의 배가 터지면서 쓰고 단 맛이 입안에 퍼졌다. 그것을 잘근잘근 씹어 삼켰다.

얼마 뒤 그의 뒤에서 지뢰가 터지는 소리가 들렸다. 그의 몸으로 검은 물이 훅 끼얹어졌다. 물과 기름이 뒤섞여 있었다. 위장한 군인처럼 그의 얼굴이 어둠 속에 파묻혔다. 그는 아랑곳하지 않고 미끈거리는 몸을 끌었다. 지뢰가 산발적으로 터졌다. 어떤 것은 불발이 되어 연기만 피어오르기도 했다. 풀벌레와 개구리들이 하늘로 솟구쳤다. 터진 꽃잎이 깨진 돌덩이와 함께 날아다녔다. 검은 새들이 어디론가 일제히 몰려갔다. 산 아래서 간헐적으로 불빛이 번쩍거렸다. 아직 검은 물체가 자신을 따르고 있는지 궁금했지만 목이 잘 돌아가지 않았다.

더 이상 목을 들고 있을 수 없었다. 목이 꺾인 것일까. 머리를 땅에 파묻은 채 그대로 전진했다. 얼굴이 땅에 갈렸다. 피부가 점점 뜯겨져 나가고 눈동자에 날벌레가 끼었다. 숨을 내쉴 때마다 입에 흙먼지가 들어왔다. 뜨거운 여름 바람이 불어왔다. 칠월이었다. 어디선가 매미 울음소리가 들려왔다. 자연은 환각을 거부한다. 환각은 자연의 영역이 아니다. 자연이 있다면 이곳은 아닐 것이다. 땀인지 눈물인지 콧물인지 침인지 똥물인지 핏물인지 모를 액체가 입으로 흘러들어 왔다. 혀를 내밀어 입가를 핥았다. 이곳을 무사히 통과할 수 있다면, 만약 그게 가능하다면, 먼저 전투화 끈부터 묶어야겠다고 생각하며 그는 남아 있는 신체를 끌어당겼다.

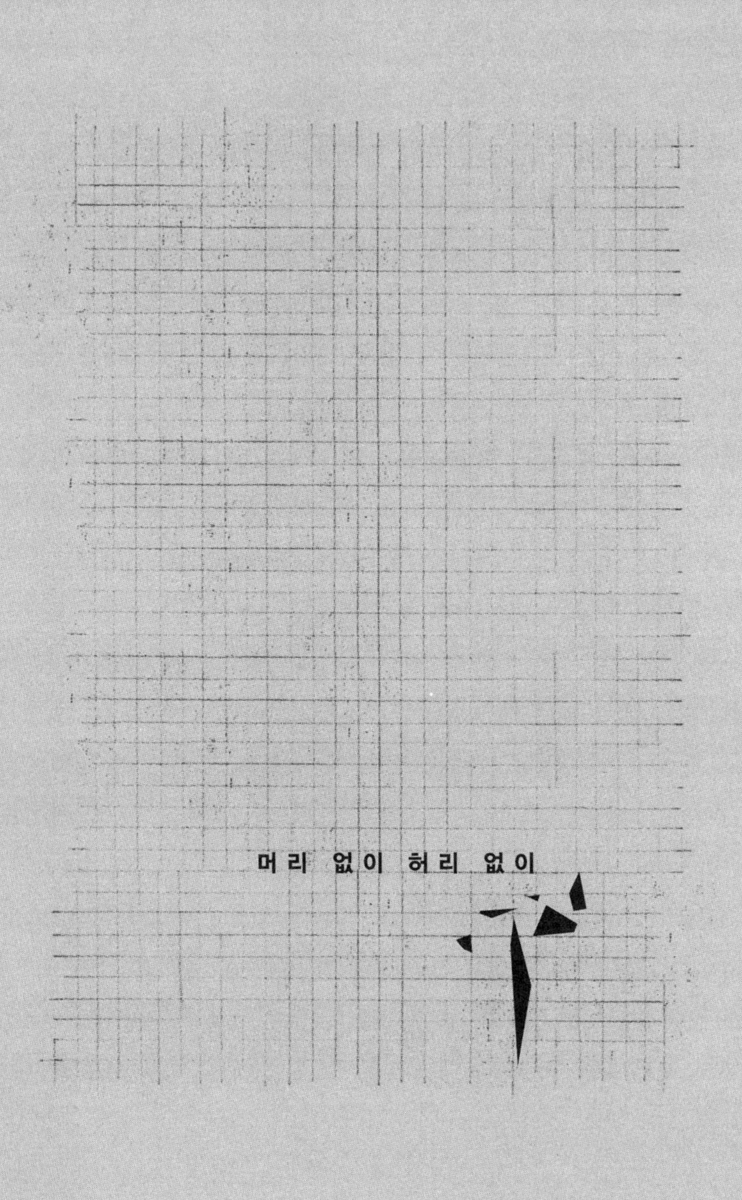
머리 없이 허리 없이

모든 죽음은 심장마비다. 이런 말이 가능하다. 이제야 알게 되었다.

듣고 있느냐. 듣고 있을 거라고 생각한다. 그렇게 믿어야지 어떡하겠느냐. 달리 도리가 없지 않느냐. 내가 언젠가 너에게 이런 말투를 썼느냐. 모르겠다. 너도 모르겠다고 말하지는 마라. 그렇게 말할 생각이었느냐. 너의 생각이 궁금한 것은 아니다. 오로지 나의 생각이 궁금할 뿐이다. 너도 나의 생각이 궁금하지 않느냐. 생각만이 나를 구원할 수 있다. 내가 여전히 생각할 수 있는 인간이라는 것이 놀랍지 않느냐. 대답하지 마라. 어차피 대답하지 못한다는 것을 잘 알고 있다. 내가 대신 대답해주랴. 좀더 간절히 원해봐라. 원하면 원망하게 되어 있다.

대답할 수만 있다면 고개라도 끄덕이고 싶다. 이미 머릿속에서는 수만 번도 더 긍정의 고갯짓을 했다. 솔직히 말하면 전부 긍정은 아니었다. 아니 그보다 더 많이 부정과 체념의 고갯짓이었다. 부정과 체념의 도리질이라고 말하는 것이 옳겠다. 옳겠다, 라는 표현이 문법에 맞느냐. 너도 문법을 공부했겠지. 현대 문법을 말이다. 미국 문법도 공부했겠지. 스미스 씨는 미국에 살고 있습니다. 미국에 살고 있는 사람은 스미스 씨입니다. 너는 두 문장의 차이에 대해 알고 있겠지. 내가 가르쳐준 적은 없다. 공부하지 않아도 알게 되는 것이 있다. 그것이 문법이면 좋겠다. 문법을 벗어날 때 문법에 관심이 가는 법이다. 그게 문법의 유일한 장점이다. 하지만 무슨 상관이겠느냐. 지금 문법을 따질 때가 아니다. 사실 문법을 계속 물고 늘어지고 싶지만, 주인이 아끼는 문법을 덥석 물고 도망치는 개처럼 굴고 싶지만, 시간이 부족하다. 과연 그렇다. 어떤 시간은 흘러넘치지만 어떤 시간은 턱없이 부족하다. 고개를 돌려야 할 시간 말이다.

고갯짓의 시간이 멈춘 지 오래다. 고개가 돌아가지 않는다. 보고 있느냐. 언제까지 계속 이런 말투를 써야 할까. 좀 거슬리기 시작했다. 혼잣말이니 신경 쓰지 마라. 어차피 나의 모든 생각은 혼잣말이다. 처음부터 이런 비밀을 털어놓을 생각은 없었지만 할 수 없다. 들키지 말아야지 하고 생각하는 순간 이미 들통나고 만다. 만사가 그렇다. 나의 생각은 한 치 앞도 내다보지 못한다. 나의 혼잣말은 너의 귀를 관통한 뒤 나에게 들리게 되어 있다. 그러니 귀를 쫑긋 세우고 잘 들어라. 네가 잘 들어야 나도 잘 들을 수 있다. 그렇다고 귀를 만지작거리지는 마라. 나를 불편하게 만드는 버릇을 너는 여전히 버리지 못하고 있겠지.

너는 귀를 만지작거리는 버릇을 갖고 있다. 언제부터 그런 이상한 버릇이 생겼는지 알 수 없다. 아마도 너의 엄마에게서 비롯된 버릇이었을 것이다. 너의 엄마를 이렇게 쉽게 등장시키는 것도 나의 오류이자 한계다. 처음부터 어긋나고 있다. 조짐이 좋지 않다.

너의 엄마가 하던 말을 기억하느냐. 첫 단추를 잘 끼워야 한다. 그러나 너는 알고 있느냐. 첫 단추를 끼울 때가 언제인지 아는 것이 더 중요하다는 것을. 함부로 첫 단추를 끼우지 마라. 방금 내가 뭔가 멋진 생각을 한 것 같다. 나의 생각에 밑줄을 긋도록 해라. 다시 한 번 나의 생각이 들통나고 말았다.

첫 단추를 끼운 적도 없는데 너의 엄마는 나에게 두번째 단추를 끼워달라고 했다. 언제 어디서 어떻게 끼운 첫 단추인지 알았다면 당장에 단추를 빼버렸을 것이다. 빼는 것으로 모자라 나의 실수를 보상받기 위해 단추를 입에 넣고 으그적 으그적 씹어 먹었을 것이다. 그러나 이미 너의 엄마는 스스로 두번째 세번째 단추를 끼워놓고 모른 척하고 있었다. 남은 단추를 마저 끼워달라고 배시시 웃으며 버둥거렸다. 지독한 사람이다. 몽짜 치는 데 선수다. 단추 끼우는 데 일가견이 있는 사람이다. 그렇게 너가 태어났다. 단추처럼 동그란 얼굴에 단춧구멍같이 쭉 찢어진 눈을 달고서 말이다. 단추의 뒷면에는 후회와 탄식의 실밥이 매

달려 있었다.

첫 단추를 잘 끼워야 한다. 너의 엄마처럼 나의 엄마도 그런 말을 했다면 나의 삶이 달라졌을지 모르겠다. 너의 엄마와 나의 엄마는 달랐다. 어떻게 달랐는지 묻지 마라. 나의 엄마에 대한 기억은 많지 않다. 거의 없다고 해야 할지 모른다. 거의 없는 기억이 나를 몹시 괴롭힌다. 왜 그래야 하는지 묻지 마라. 아직은 이르다. 나의 엄마에 대한 이야기를 언젠가 하게 될 것이다. 하지 않기를 바라고 있다. 너의 엄마가 나의 엄마였다고 해도 삶이 더 나았으리라고는 생각하지 않는다. 그보다 더 나빴을 것이다. 그렇게 믿고 있다.

너는 쥐 귀를 가졌다. 작고 귀엽다고 너의 엄마는 입에 침이 마르도록, 때로는 정말 입술에 침을 발라가며 말했다. 그렇지 않느냐고 나를 쳐다보며 동의를 구했다. 저런 귀는 복이 없다더군. 내가 그런 말을 했었나. 아마 비슷한 말을 했을 것이다. 그보다 더 나쁜 말을 했을 것이다. 너는 무슨 뜻인지도 모르고 귀를 쫑긋 세우고 들었을 것이다. 정말 쥐의 귀처럼 징그러웠다. 엉덩이 사이에 길고 뾰족한 꼬리를 감추고 있을지도 몰랐다. 기억의 꼬리가 나의 정신을 휘젓고 있다. 잠들 때는 물론이고 틈이 날 때마다 너의 귀를 만지작거리는 너의 엄마도 징그러웠다. 징그러운 사람이 징그러운 것을 만지작거리는 걸 보고 있는 것은 정말 참을 수 없을 만큼 징그러웠다. 그러나 나는 잘 참았다. 더 징그러운 기억으로 징그러움을 견뎌내려고 했다.

어린 시절 쥐가 사람의 귀를 갉아 먹는 것을 본 적이 있다. 보는 것만으로도 소리가 들리는 광경이 있다. 바로 쥐가 귀를 갉아 먹을 때다. 한참 동안 나는 그것을 쳐다보았다. 시궁창에 빠져 있는 시체의 귀를 시궁쥐가 갉아 먹고 있던 것이다. 나는 쪼그려 앉아 손에 상처가 날 정도로 힘을 주어 마른 풀을 뜯으며 쳐다보고 있었다. 귓속에서 수천 개의 작은 알갱이들이 터지는 것만 같았다. 배 속 가득한 쥐의 알이 터지고 있었다. 불가능한 상상이지만 그래서 더 징그러웠다. 귀를 후비면 검은 이끼 같은 것이 손톱에 묻어 나왔다. 왜 하필 귀여야 했을까. 쥐가 귀 말고 다른 부위를 갉아 먹었어도 내가 계속 쳐다보았을까, 하고 후에 생각했다. 아마 쳐다보았을 것이다. 쥐가 인간의 어느 부위를 갉아 먹었건 간에 갉아 먹고 있다는 것만으로 충격이었을 것이다. 그러나 쥐가 귀를 갉아 먹는 모습이 가장 감각적인 공포를 불러일으킨다. 놀라지 마라. 놀라운 말들이 껍질이 깨지기를 기다리고 있다. 나도 잘 알고 있다. 감각, 이라는 단어가 나의 머릿속에서 튀어나올 줄 몰랐다. 말했지 않느냐. 배우지 않아도 알게 되는 것이 있다. 감각이 그런 것이다. 나의 혀는 감각이라는 소리의 모양을 만들어낼 줄 안다. 사람의 귀는 쥐에게 별미일 것이다. 혼자 탐식하기 좋은 음식일 것이다. 쥐가 귀를 갉아 먹고 있다. 잊을 만하면 그 소리가 보인다. 소리가 보인다니. 너는 이해하지 못할 것이다. 보이는 소리야말로 정말 참기 힘든 것이다. 너는 공이 굴러갈 때 들리는 소리를 볼 수 있느냐. 너의 엄마가 너의 귀를 만지작거리는 걸 보면 문득 문득 쥐가 귀를 갉아 먹는 소리가 들린다. 보인다. 그 소리는 말로 표현할 수 없다. 오로지 머릿속의 가장 뾰족한 모서리를 긁어대고 있다는 정도로 말할 수 있을 것이다. 이것이 감각이다. 더는 설명을 바라지 마라.

어느 순간부터 너의 엄마는 너의 귀를 만지지 않았다. 너의 엄마에게 물어보고 싶었지만 물어볼 수 없었다. 물어봐도 너의 엄마는 또 무슨 말도 안 되는 소리를 하는 거예요, 하고 못생긴 입술을 씰룩거렸을 것이다. 한창때는 그 못생긴 입술로 나의 귀를, 기끔은 귀두를 잘근잘근 씹으며 되도 않는 신음을 내기도 했다. 이래서는 안 돼. 이래서는 안 돼. 이래서는 안 된다고 정신을 차리려고 애썼지만 나의 육체는 너무도 쉽게 무너져 내렸다. 어떤 정신이 육체의 자극을 물리칠 수 있단 말이냐. 민망하냐. 나 역시 그렇다. 징그러운 일이 한두 가지가 아니다. 하지만 너도 알아야 할 건 알아야 하지 않겠느냐. 굳이 미리 알려고 들지는 마라. 이런 생각이 또 떠오르지 않길 바란다. 바라는 대로 되는 것이 없다. 원하면 원망하게 되어 있다. 이 말을 내가 했어도 또 들어라.

너는 스스로 너의 쥐 귀를 만지작거리기 시작했다. 특히 밥상머리에서 자주 귀를 만졌다. 내가 제일 싫어하는 짓이라는 것을 알고 너는 더 열심히 밥상머리에서 귀를 만졌다. 언젠가부터는 보란 듯이 밥상머리에서만 귀를 만졌다. 왼손잡이인 너는 왼

손으로 미역국을 떠먹으며 오른손으로 오른쪽 귀를 만지작거렸다. 어설픈 젓가락질로 고등어조림의 무만 골라 물에 씻어 먹으며 귀를 만지작거렸다. 식사 중간 중간 수저를 내려놓고 그 물을 마신 뒤 왼손으로 왼쪽 귀를 만지작거리기도 했다. 귀를 만지고 있는 너의 손등을 나의 놋쇠 숟가락으로 몇 번이고 내려치려고 했지만 그만두었다. 숟가락을 더럽힐 수 없었다. 그건 용납할 수 없다. 나의 화를 숟가락이 제어해준 것이다. 네가 고마워해야 할 것은 내가 아니라, 치밀어 오르는 화를 억누르게 만든 숟가락이다. 숟가락은 우리의 유일한 유산이다. 우리라는 말에 너를 포함시켜야 할지 잠시 망설여진다.

내가 너에게 숟가락을 물려주었다면 너도 우리에 포함되었을 것이다. 그러나 나는 너에게 숟가락을 물려주지 못했다. 내가 너에게 숟가락을 물려주었다면 너는 흔쾌히 받아들였을까. 이제 그 숟가락으로만 밥을 먹어야 한다는 것을 이해할 수 있었을까. 그전에 나는 너를 이해시킬 수 있었을까. 이해시키기 위해 어떤 노력을 해야만 했을까. 노력해도 안 되는 일이 있는 법이다. 너에게 숟가락을 물려줄 기회를 잃고 말았다. 이해하기 전에 받아들여야만 하는 일이 있는 것이다. 살다 보니 그런 일이 있는 것이 아니라 살고 나니 그런 일이 있다는 것을 알게 되었다. 이제 죽을 각오만 남아 있다. 죽을 각오로 너에게 숟가락을 물려주고 싶다. 가능하다면 너의 머리통에 던져버리고 싶다. 너는 감사의 마음으로 허리를 굽혀 그것을 주워 챙겨 들어야 한다. 아무것도 묻지 말고 그 순간부터 그 숟가락을 사용해야 한다. 처음엔 물론 어색할 것이다. 무겁고 더러운 숟가락으로 밥을 떠먹으면 밥맛이 떨어질지 모른다. 납덩어리를 삼키는 것만 같을 것이다. 너는 한 번도 만들어본 적 없는 기형적인 모양으로 입을 벌려야 할 것이다. 숟가락에 치아가 자주 부딪혀 인상을 찌푸리게 될 것이다. 화가 나 숟가락을 집어 던진 뒤 한참 동안 숟가락을 쳐다보게 될 것이다. 측은한 생각에 다시 숟가락을 집어 드는 행위를 몇 번이고 반복할 것이다. 모든 일에는 연습이 필요하다. 시간이 지나면 숟가락에 너의 손이 입술이 혀가 치아가 익숙해질 것이다. 네가 물고 있는 숟가락이 보통의 숟가락이 아니라는 것을 알게 될 것이다. 체리맛 감기약처럼 숟가락의 녹이 네 속으로 서서히 스며들 것이다. 너의 정신이 숟가락 모양으로 움푹 파일 것이다. 네가 숟가락으로 떠먹는 것은 밥이 아니라 시간의 암덩어리라는 것을 알게 될 것이다. 그 숟가락 말고는 다른 숟가락으로 밥을 먹지 못하게 될 것이다. 식당에 갈 때도 여행을 갈 때도 숟가락을 챙겨야 할 것이다. 우연히 숟가락을 챙기지 못해 다른 숟가락으로 밥을 먹은 뒤에는 큰 깨달음을 얻고 놋쇠 숟가락을 항상 몸에 지니게 될 것이다. 잠을 잘 때도 숟가락을 머리맡에 두어야 할 것이고 화장실에 갈 때도 변기 위에 숟가락을 올려놓아야만 머리와 배 속이 편해질 것이다. 곁의 사람이 숟가락이야 나야, 하며 선택을 강요하다 지쳐 너를 떠나도 너는 결코 숟가락을 포기하지 못할 것이다.

애정이 지나쳐 숟가락에 이름을 붙여줄지도 모른다. 너는 숟가락을 뭐라고 부를 작정이냐. 환각이라는 이름의 숟가락. 환희라는 이름의 숟가락. 환장이라는 이름의 숟가락. 이제 나도 숟가락에 이름을 붙여주고 싶다. 이름을 붙여 불러주고 싶다. 부르는 순간 숟가락이 입에 물려 있으면 좋겠다. 네가 먹던 체리맛 감기약을 다시 한 번 훔쳐 먹고 싶다. 원하면 원망하게 되어 있다.

나는 지금 숟가락을 찾고 있다. 분명히 내 옆에 있어야 할 숟가락이 보이지 않는다. 허리는 고사하고 머리를 움직일 수도 없다. 머리는 고사하고 눈동자를 굴리기조차 힘들다. 눈동자를 끝으로 몰아내기까지 꽤 많은 집중력과 힘이 들어간다. 나의 체력은 거의 고갈된 상태다. 바닥이다. 마비 상태다. 모든 것이 멈췄다. 멈춘 채로 나아간다. 내게 남은 것은 낮은 포복으로 정신의 바닥을 기어가는 것뿐이다. 눈동자를 굴려보아도 숟가락이 보이지 않는다. 숟가락으로 밥을 떠먹어본 게 얼마나 오래되었는지 모른다. 밥상머리에서 나의 숟가락을 징그럽게 쳐다보고만 있던 너는 상상조차 할 수 없을 것이다. 밥이 아니라도 좋다. 숟가락을 이빨로 깨물고 싶다. 차갑고 딱딱하고 비릿한 놋쇠의 맛을 느껴보고 싶다. 숟가락을 깨물고 나면 나의 마비된 감각이 되살아날 수 있을 것이다. 나에게 필요한 건 주삿바늘이 아니라 숟가락이다. 누가 그것을 알 수 있단 말이냐. 나의 병명은 숟가락이다. 나의 처방은 숟가락이다. 나에게 숟가락을 가져다 다오. 그럴 일이야 없겠지만 내 숟가락이 누군가의 입속으로 들락거리는 것을 생각하면 죽고만 싶다. 이대로 죽어가게 내버려두지 말고 죽고 싶다. 죽이고 싶다. 죽을 각오로 숟가락을 찾아야만 한다.

숟가락이 나의 바지 속에 들어 있을 거라는 기대를 한동안 갖고 있었다. 소변 줄을 통해 오줌이 흘러내려 갈 때 느껴지는 미약한 통증과 함께 숟가락이 나의 오그라든 고환을 때리는 것만 같았다. 정해진 시간에 시계추가 종을 치는 것과 비슷한 원리였다. 왜 그런 상상의 통증을 느껴야 하는지는 알 수 없었다. 그것이 유일하게 나를 자극할 수 있는 일이라서 무척 즐거웠다. 하지만 언제 오줌을 싸야 하고 끊어야 하는지 모르는 나는 그 자극을 무조건 기다릴 수밖에 없었다. 기다리기 시작하면 자주 오던 것도 더디게 오다가 아예 발을 끊기 마련이다. 아무것도 기다리지 말아야지, 하고 마음을 먹었을 때는 이미 때가 늦어 있다. 시간이 지날수록 그나마 남아 있던 통증도 오그라들어 자극을 받을 수 없었다. 모든 것을 부정해도 이것만은 부정할 수 없다. 숟가락이 사라졌다.

중국 여인이 오줌통을 비워줄 때만 내가 여전히 오줌을 쌀 수 있는 인간이라는 것을 자각한 뒤 오줌이 가득 찼구나, 하고 머릿속으로 중얼거릴 뿐이다. 머릿속에 오줌이 가득하다. 머릿속 오줌을 숟가락으로 퍼내고 싶다. 중국 여인에게 그 일을 맡길 수 없다. 그 일을 네가 해주었으면 한다. 나의 미친 상상을 좀

더 진전시킨다면 숟가락으로 오줌을 떠서 너의 귓속에 넣었으면 한다. 미친 상상이 단결하여 전진한다. 내버려둬라. 그러니까 명쾌해지는 것이 아니냐. 머릿속 오줌은 나의 생각이다. 너도 알고 있다고 말하지 마라. 생각의 염도는 갈수록 진해지고 있다. 언젠가는 수분이 모두 증발하고 소금만 남겠지. 그땐 네가 그것을 먹어주었으면 한다. 너 말고 누가 먹겠느냐. 숟가락을 입에 물고 소금을 천천히 녹이면 단맛이 날 것이다. 체리맛이 날 것이다. 그때쯤 너는 나를 이해할 수 있을 것이다. 그리고 나는 네 곁에서 사라지고 없을 것이다. 네가 내 곁에서 사라졌을 때처럼 말이다. 사람이란 원래 사라졌다 나타나곤 하는 법이다. 한 번쯤은 나타날 법도 한데 너는 좀처럼 나타나지 않았다. 이게 나예요,라고 너는 말하고 싶을 것이다. 지금 내 앞에서 있는 것이 너라고 장담할 수 없다. 막상 네가 나타나자 이렇게 쉽게 네가 나타났다는 것이 이해가 되지 않는다. 이해하지 않고 받아들이려고 해도 쉽지가 않다. 내가 보고 있는 너는 너가 아닌 것만 같다. 숟가락으로 한쪽 눈을 가리고 봐도 잘 모를 것이다.

내가 제대로 볼 수 있는 사람은 죽은 사람들뿐이다. 그러니까 시간의 저편으로 완전히 사라진 사람들 말이다. 완전히 사라진 사람만이 다시 나타나게 되어 있다. 이편과 저편을 넘나들 수 있다. 이편과 저편의 경계에는 꿈의 철조망이 쳐져 있다. 철조망은 군데군데 엉켜 있고 녹슬어 있다.

엄마가 꿈에 나오고 아버지가 꿈에 나온다. 한번은 엄마가 수염을 잔뜩 기른 채 이상한 웃음을 짓고 있었고, 아버지가 하체를 벗은 채 앙상한 다리를 배배 꼬며 개 짖는 소리를 내고 있었다. 나는 열심히 숟가락으로 흙바닥의 눈을 퍼먹고 있었다. 눈이 입에 닿기도 전에 녹아버리곤 했다. 멀리서 폭발 소리와 비명이 들렸다. 가까이에서 총성과 울음소리가 들렸다. 바로 앞에서 신체가 훼손된 자들의 신음이 들렸다. 징그러운 꿈이다. 너도 네 나름의 징그러운 꿈을 꾼 적이 있겠지. 징그러운 꿈이 계속되기를 바란다. 꿈속에서만 나는 마비가 풀린 채 공포의 도가니 속을 마음대로 뛰어다닐 수 있다. 징그러움과 놀아날 수 있는 유일한 시간이다.

다시 숟가락 이야기를 하지 않을 수 없다. 듣고 있느냐. 내 머릿속에 출렁이는 것이 비단 오줌뿐만은 아닐 것이다. 네가 내 앞에 없어도 너는 이미 내 머릿속에 들어와 있다. 네가 내 머릿속에서만 존재할 때 더 선명하고 명확하다. 너의 실체는 그렇게 머물러 있었다. 몸을 웅크린 채 쥐 귀를 쫑긋 세우고 있는 것이다. 잘 들어라. 잘 듣지 않으려 해도 잘 듣게 될 것이다.

그렇게 부르고 싶지 않지만 나의 아버지, 그러니까 네가 한 번도 본 적 없는 너의 할아버지는 오쟁이 진 남자였다. 이 말을 거듭 강조하고 싶다. 오쟁이 진 남자였다. 혼잣말을 하면서 웃을 수 있는 몇 가지 어문 중의 으뜸이 바로 이것이다. 오쟁이 진 남자였다. 나의 아버지의 이름은 오쟁이 진 남자였다. 한참

후에야 그 뜻이 정확히 무엇인지 알았지만, 어린 나이에도 어렴풋하게 유추할 수 있었다. 오쟁이 진 남자라는 말보다 아버지를 괴롭힌 말이 있었다. 중공군과 붙어먹은 여편네,라는 소문이 들끓었다. 아버지와 내가 마을 장터에 간 사이 엄마가 정체 모를 중공군을 하룻밤 재워주었다고 했다. 엄마가 정말 중공군과 붙어먹었는지는 알 길이 없었다. 왜 하필 중공군이 우리 집으로 찾아왔는지도 알 수 없었다. 중공군 군복을 입은 남자가 우리 집으로 들어간 것을 목격한 사람은 없었다. 소문의 근원이 어디에 있는지 아무도 몰랐다. 엄마가 아니라고 부정해도 소문으로 서로를 죽이고 살리던 시절이었다. 엄마가 만주에서 태어나고 자라 중국말을 할 줄 안다는 것이 소문에 힘을 실어주었다. 어릴 적 내 머리맡에서 중국말로 자장가를 불러준 것도 같다. 붉은 별이 떠오르면 망아지는 울타리를 넘는단다. 이렇게 시작했던가. 붉은 초원으로 붉은 초원으로 아가야 기어가려무나. 이렇게 끝났던가. 확실한 것은 아니다. 확실하지 않은 것도 아니다. 중공군이 몰려온다는 흉흉한 소문이 돌았다. 아무 내색도 하지 않던 아버지가 어느 날 밥상머리에서 동치미 국물을 연거푸 떠먹다가 엄마에게 숟가락을 집어 던졌다. 동치미 국물이 엄마의 얼굴에 튀고 이마에 피가 맺혔다. 바닥에 나뒹군 숟가락은 한참 동안 진동했다. 그렇다. 바로 그 숟가락이었다. 아버지만이 쓸 수 있는 놋쇠 숟가락이었다. 무슨 일이 벌어질 것만 같았다. 입에 보리밥을 잔뜩 묻힌 내가 눈치를 보며 기어가 숟가락을 집어 들려고 하자 아버지가 그만두라고 소리쳤다. 엄마가 인중으로 흘러내리는 피를 닦으려 손을 들자 아버지가 역시 그만두라고 소리쳤다. 아버지가 밥상을 두 손으로 잡고 부들부들 떨었다. 당장이라도 밥상을 집어 던질 것만 같았다. 아버지가 밥상을 집어 던지면 그만두라고 소리쳐야지, 하는 생각을 하면서 나는 아버지가 밥상을 집어 던지길 기다렸다. 머리 위로 전투기가 날아가는 소리가 들려왔다.

찌그러진 주전자를 들고 술을 받으러 갔다. 멀리서 폭음이 들려왔다. 시궁창에 군복을 입은 시체가 엎드려 있었다. 중공군이야. 아무 근거 없이 나도 모르게 중얼거렸다. 그때까지 중공군을 본 적이 없었다. 바지가 반쯤 벗겨져 있어 흙탕물로 얼룩진 엉덩이의 윗부분이 보였다. 중공군의 엉덩이는 일본원숭이 엉덩이와 비슷할 거라는 생각을 막연하게 하고 있었다. 중국원숭이가 아닌 일본원숭이였다. 일본원숭이를 본 적은 없지만 꼭 그럴 것만 같았다. 중공군과 일본원숭이의 관계에 대해서 너는 알고 있느냐. 모르는 것은 모른다고 대답할 줄 알아야 한다. 모르는 것을 알려고 할 때 중공군 엉덩이와 일본원숭이 엉덩이가 만난다. 정신을 못 차리겠다. 엉덩이가 벌어지듯 머리가 반으로 쪼개질 것만 같다. 좌뇌와 우뇌를 어떻게 구별해야 할지 모르겠다. 너에게 엉덩이를 노출시키고 싶지 않다. 나의 서혜부를 꼬집어봐라. 그때부터 어쩌면 나는 허무맹랑한 추측과 싸우느라고 일찍 늙어버렸는지도 모르겠다. 내 육체의 마비는 헛된 상상으로 앞당겨졌을 것이다. 도처에 널린 것이 현실을 일그러뜨리고 상상의 단맛을 풍긴다. 지금이나 그때나 나는 상상의 유혹에 약한 인간이다. 시체의 머리가 조금씩 흔들리고 있었다. 자세히 보니 쥐가 시체의 귀를 갉아 먹고 있었다. 자리를 떠나야 한다는 것도 잊은 채 공포에 질려 그 광경을 오랫동안 쳐다보았다. 털썩 주저앉아 마른 풀을 쥐어뜯었다. 손바닥에 상처가 났다. 이상하게도 통증을 더 느끼고 싶어 손아귀에 힘을 주었다. 쥐가 귀의 반 정도를 갉아 먹었을 때에야 나는 자리를 털고 일어났다. 무릎에서 뼈가 어긋나는 소리가 났다. 이 사이로 침을 뱉었다. 침 속에서 구더기가 들끓었다. 군복의 계급장을 확인하지 못한 것을 후회했다. 돌아올 때는 주전자 가득한 술이 넘칠 정도로 빠른 걸음이었다.

머릿속에서 물이 출렁거린다. 호흡이 가쁘다. 이야기를 이어서 전달하는 것이 힘에 부친다. 생각도 점점 마비가 되어가나 보다. 군데군데 균열이 일어나고 그 사이로 오줌이 스며든다. 머릿속이 습하다. 소금에 절여지고 있다. 소금에 절여진 머리를 땅속 깊이 묻어두어야 한다. 잘 익어가고 있을까. 잘 익어가고 있겠지. 생각하게 될 것이다. 가끔씩 꺼내 머리에 핀 곰팡이를 걷어내고 손가락으로 찔러 맛을 봐야 한다. 인간의 정신 구조를 연구하지 못한 것이 후회스럽다. 그럴 기회가 없었지만 그럴 기회가 있었어도 그러지 못했을 것이다. 오로지 육체를 굴리는 삶이 전부라고 생각했다. 이제야 알게 되었다. 정신을 연구하는 것이 육체의 한계를 극복할 수 있는 유일한 길이라는 것을. 육체의 한계가 무엇인지 모르고 살아왔다. 정신을 연구하다 미쳐버린 인간이 주변에 없는 것도 내 인생이 실패라는 것을 증명하는 것이다. 그렇다고 제정신을 갖고 사는 인간이 주변에 있던 것도 아니다. 정신을 우회하여 기억의 협곡으로 들어갈 수밖에 없다. 나의 연구는 미진하고 초보적이다. 죽음 앞에서 새로 시작되는 것도 있는 것이다. 죽음과 함께 실패할 것이다.

기억의 나사를 뒤로 돌리는 것은 쉽지 않은 일이다. 나사를 돌릴 때마다 나선형 시간의 골이 마모되기 때문이다. 단추도 자꾸 채우다 보면 옷구멍이 헐거워지게 되는 것과 같은 원리다. 시간의 껍질이 떨어져 나간다. 이런 소리를 한다고 놀라지 마라. 표현이 생각을 앞서가고 있다. 배운 적도 없는 단어들이 개구리들처럼 머릿속을 뛰어다닌다. 마비된 육체가 정신의 더듬이를 날카롭게 만들고 있다. 놀라지도 않겠지. 더 이상 놀라운 일은 없다. 내가 너에게 못할 말이 무엇이 있겠느냐. 오로지 나에게 못할 말이 두려울 뿐이다. 그렇다고 뒤로 물러서지 마라. 놀라는 척이라도 해야 되지 않겠느냐. 너도 웃을 줄 알고 눈물을 흘릴 줄을 아느냐. 뒤로 걸을 때는 숫자를 세면서 걸어라. 머릿속 나사가 풀어지고 있다. 일자드라이버는 소용없나. 십자드라이버도 소용없다. 오로지 숟가락으로만 조일 수 있다. 숟가락으로 밥만 떠먹는다는 것은 오류다. 착각이다. 집착이다. 난센스다. 난수표다. 애초에 내 머릿속에는 나사가 하나 빠져 있는지도 모르겠다.

집에 도착했을 때 방 안에서 소리가 들려왔다. 무슨 일이 벌어지고 있었다. 둘은 내가 온지도 모르는 것 같았다. 살짝 열린 문틈으로 방 안을 들여다보았다. 아버지가 엄마 위에 누워 몸을 위아래로 움직이고 있었다. 아버지의 아랫도리가 반쯤 내려가 있었다. 엉덩이의 윗부분이 들썩거렸다. 아버지가 엄마에게 단추를 채우고 있던 것이다. 아니 그 반대인지도 모르겠다. 몇 번째 단추인지 몰랐다. 언제나 단추가 문제다. 단추 때문에 전쟁이 일어나고 단추 때문에 평화가 찾아온다. 그리고 다시 전쟁이 시작된다. 집 안이 소규모 단추 전쟁으로 들썩거렸다. 붕괴 직전이었다. 주전자 안의 술이 출렁거렸다. 아버지의 엉덩이에 군복 단추 크기의 까만 점이 나 있는 것을 처음 보았다. 점이 점점 커졌다가 작아졌다를 반복했다. 아버지의 목소리가 들렸다. 중공군. 중공군. 중공군이란 말이지. 숨소리와 함께 엄마의 목소리가 들렸다. 중공군이 아니야아. 아니야아요. 다시 아버지의 목소리가 들려왔다. 중공군. 중공군. 중공군 에미나이. 다시 엄마의 목소리가 들려왔다. 중공군이 아니었어야. 아니었어야아. 아버지가 끙, 소리를 내자 엄마가 말했다. 아무것도 아니었어야. 엄마의 왼쪽 버선이 벗겨져 있었다. 중국 여자의 발처럼 작고 도톰했다. 발바닥이 새까맸다. 숟가락으로 때를 긁어내고만 싶었다. 중공군 소리는 엉덩이의 들썩거림과 함께 한참 동안 계속되었다. 나도 모르게 주전자의 술을 손가락으로 조금씩 찍어 먹고 있었다. 달이 중국 만두처럼 둥글납작했다. 쥐는 시체의 귀를 다 갉아 먹었을까. 문득 궁금해졌다. 붉게 달아올라 있는 귀불알을 만지작거리며 저들이 나를 버리기 전에 내가 저들을 버려야겠다고 생각했다. 생각뿐이었다. 집을 떠나 중공군이 되어야겠다고 결심했다. 결심뿐이었다. 집을 떠나 일본원숭이가 되어 집에 돌아올 것이라는 예감에 휩싸였다. 다음 날 눈이 내리기 시작했다. 눈은 좀처럼 그치지 않았다. 눈을 밟으면 무릎뼈가 어긋나는 소리가 났다. 발자국 위에 발자국을 만들었다. 처마 밑에 달린 고드름을 떼어내 쪽쪽 빨아 먹으면 들큼한 술맛이 떠올랐다.

너는 모를 것이다. 잠이 오지 않은 밤이면 숟가락으로 술을 떠먹곤 했다는 것을. 한동안 골담초 뿌리로 담근 술을 숟가락으로 떠먹었다. 어디어디에 좋다고 너의 엄마가 담가놓은 비릿하고 쓰기만 한 술 같지도 않은 술을 떠먹었다. 어디어디가 아프지도 않는데 너의 엄마는 어디어디에 분명 좋다고 하루에 한 숟가락씩 떠먹으라고 했다. 어디어디에 효능이 있었는지는 모르겠다. 아마도 그 술은 나의 육체를 서서히 마비시키는 데 효과를 주었을 것이다. 네가 떠나고 반 실성한 상태로 남은 생을 지낸 너의 엄마가 죽자 나는 자주 잠이 오지 않았다. 한동안 그 술을 잊고 있었다. 창고에서 먼지에 뒤덮인 술을 찾아냈다. 골담초 뿌리가 뭉개져 가라앉아 있었다. 뚜껑을 열자 쉰내가 확 풍겼다. 숟가락으로 몇 숟가락 떠먹고 먹은 만큼 소주를 부어

두었다. 항상 같은 양의 술이 차 있었다. 먹을 때마다 맛이 조금씩 달라졌다. 혀가 서서히 굳어갔다. 밥보다 술을 퍼먹는 데 숟가락을 자주 사용했다. 골담초 뿌리 술을 뜬 숟가락을 물고 있으면 서서히 간과 위와 쓸개가 녹아내리는 것 같았다. 체온이 올랐다. 체온이 떨어졌다. 붉게 달아오른 귀불알을 만지다 싫증 나면 바지 속 단추를 만지작거리다가 간신히 잠이 들곤 했다.

비릿한 이야기다. 너의 엄마만 등장하면 이야기가 징그럽거나 비릿해진다. 너의 엄마 이야기를 하려던 게 아니다. 나의 엄마 이야기를 하려고 했다. 나의 엄마 이야기 속으로 너의 엄마가 자꾸 끼어든다. 어쩌면 좋으냐. 너의 엄마와 나의 엄마는 만난 적이 없다. 얘야, 내가 아는 중국 자장가를 불러줄까. 나의 엄마는 너의 엄마에게 그렇게 말하지 못했다. 어머니, 중공군과 만리장성을 쌓은 게 사실이에요. 너의 엄마는 나의 엄마에게 그렇게 묻지 못했다.

만약 가능하다면 네가 골담초 뿌리 술을 찾아서 먹도록 해라. 골담초 뿌리의 효과는 이제 사라지고 오로지 소주의 맛만 남아 있는 술을 숟가락으로 떠먹도록 해라. 먹고 나선 먹은 만큼 소주를 다시 부어두어라. 역시 그 전에 숟가락을 찾아야 할 것이다. 숟가락 이야기를 지속해야 한다. 숟가락으로 계속 기억을 퍼내도 자꾸만 기억이 채워진다. 기억의 농도가 점점 진해지고 있다. 맛과 향이 휘발될 때까지 퍼내고 채워야 한다.

머리 위로 전투기가 날아다니고 산을 넘어 중공군이 몰려오고 있었다. 소문이 사실이었다. 서둘러 짐을 챙겨 밖으로 나왔다. 술 주전자가 마당에 굴러다니고 있었다. 아버지가 이불 보따리를 등에 지고 손에 보퉁이를 들었다. 엄마가 머리에 짐을 이었다. 눈보라 속으로 피난 행렬이 이어지고 있었다. 나는 입가로 흘러내리는 콧물을 찔끔찔끔 삼키며 걸었다. 짠 콧물에 목이 마르면 입을 벌려 눈송이를 받아먹었다. 아버지가 어서 가라고 머리통을 후려쳤다. 얼마를 걷다 아버지가 걸음을 멈추고 소리쳤다. 숟가락. 숟가락을 놓고 왔다. 숟가락을 놓고 오다니. 아버지는 똥이 마려운 개처럼 안절부절못했다. 엄마가 그깟 숟가락, 이라고 말하자 아버지가 고함을 질렀다. 자네는 그게 어떤 숟가락인지 모르는가. 어서 가져오라. 엄마가 두말하면 잔소리라는 듯한 표정을 지으며 보따리를 내려놓고 집 쪽으로 뒤뚱거리며 걸어가기 시작했다. 어서 뛰어. 망아지보다 못한 여편네. 아버지가 혀를 차면서 나에게 시선을 돌렸다. 내가 너에게 숟가락 이야기를 했었느냐. 나는 고개를 저었다. 아버지는 이불 짐을 내려놓았다.

너의 할아버지의 할아버지가 평생 남의 집 머슴을 하면서 얻은 유일한 것이다. 알고 있느냐. 모르고 있었다면 이제부터 알거라. 숟가락이 우리의 전부다. 피보다 진한 숟가락이다. 숟가락을 지키기 위해 아버지들이 어떤 노력과 굴욕을 견뎠는지 너는 상상도 하지 못할 것이다. 너의 할아버지는 바지 속에 숟가락을 숨기고 만주 벌판을 넘어간 적도 있다. 마누라는 빌려줘도 숟가락은 남에게 빌려주지 말라는 게 너의 할아버지가 죽기 전 나에게 남긴 말이다. 너의 엄마는 들어도 이해하지 못한다.

나 역시 아버지의 말을 이해하지 못했다. 다만 왜 그토록 중요한 숟가락을 찾으러 엄마를 보냈는가에 화가 나 있었다. 여전히 나는 아버지의 태도를 이해하지 못한다. 이해하기 전에 받아들여야 하는 일이 있는 법이다, 라고 나는 너에게 말했다. 기억하느냐. 네가 나라면 이해할 수 있었을까. 이해하기 전에 받아들일 수 있었을까. 이게 정말 숟가락 이야기일까. 숟가락에 눌어붙어 있는 이야기를 어떻게 떼어내야겠느냐.

다시 엄마를 볼 수 없었다. 미국 전투기의 무차별 폭격이 시작됐다. 나는 이불 보따리에 깔린 채 눈을 감았다. 폭음과 연기가 가라앉자 아버지가 집 쪽으로 달려갔다가 홀로 다시 돌아왔다. 작은 보퉁이만 챙겨 들고 앞장섰다. 내가 입을 열 때마다 어서 가라고 소리만 질렀다. 거대한 군함 앞에 사람들이 몰려 있었다. 얼어 죽은 시체가 군데군데 널려 있었다. 시체의 옷을 벗겨 걸쳐 입는 사람들과 다리를 모아 시체 건너뛰기 놀이를 하는 아이들도 보였다. 며칠을 기다려 배에 탈 수 있게 되었다. 아버지가 필사적으로 나를 갑판 위로 끌어 올렸다. 줄에 매달린 사람들이 곡예하듯 기어 올라오다 바다로 떨어졌다. 남편이 공산당이라고 비난받은 여자가 자신의 갓난아이를 끌어안고 바다로 투신했다. 바다가 깨지는 소리가 들려왔다. 어둡고 좁은 지하 선실에 갇혀 있을 때 흥남부두가 폭발하는 거대한 소리가 들려왔다. 바지에 그대로 오줌을 쌌고 오줌이 마르길 기다렸다가 바지가 마르면 다시 오줌을 쌌다. 동상에 걸린 발가락이 가려워 잠을 이루기 힘들었다. 할 수만 있다면 발가락을 잘라내고 싶었다. 귓속에서 사람의 귀를 갉아 먹는 쥐 소리가 쉬지 않고 들려왔다. 그때 나는 미군들이 말하는 메리 크리스마스가 무슨 뜻인지도 몰랐다. 거제도에 도착해 어느 집 헛간에 누워 있을 때 아버지가 보퉁이를 풀어 숟가락을 꺼냈다. 별로 놀라는 기색이 없었다. 입김을 불어 옷으로 닦았다. 숟가락에 얼굴을 비춰봤다. 아버지의 눈빛이 잠시 흔들리다가 말았다. 네 어미는 머리가 빠개지고 허리가 끊어졌어. 잠들기 전 아버지가 말했다. 머리가 빠개지고 허리가 끊어졌어. 아버지가 불러준 유일한 자장가였다. 손바닥에 생긴 상처의 딱지를 떼어내자 피가 맺혔다. 잠이 들 때까지 혀로 손바닥을 핥았다.

죽기 전 아버지는 병상에 누워 나에게 숟가락을 쥐여주며 중얼거렸다. 숟가락을 지켜라. 야. 머리가 빠개지고 허리가 끊어질 것 같다. 야아.

너는 이 이야기가 무엇을 말하고 있는지 알겠느냐. 이런 이야기가 너의 흥미를 자극시킨다는 것을 잘 알고 있다. 지금 네 얼굴을 봐라. 틀렸다. 이야기에 속아 넘어가지 마라. 내가 하고 싶은 이야기는 이게 아니다. 그럼 무슨 이야기를 하려고 했느냐고. 너는 물어야 한다. 그건 네가 알아서 찾아라. 숟가락을 쥐여주었으니 이제 스스로 떠먹어라. 이야기에서 교훈을 찾으려

들지 마라. 부정하려고 해도 부정할 수 없는 이야기가 있다. 이것이 온전한 나의 기억인지 장담할 수 없다. 나의 아버지에게서 주입된 기억과 기억의 구멍 사이에 걸쳐 있는 머리도 없고 허리도 없는 이야기인지 모르겠다. 숟가락에 물려 있는 이야기. 내가 말하지 않는 이야기가 무엇인지 생각해봐라. 이야기의 머리와 허리를 찾아봐라. 숟가락에 너의 얼굴을 비춰봐라. 이야기의 교훈은 바로 거기에 있다. 나는 너에게 이야기로만 존재한다. 그러니 너는 믿지 않아도 좋다. 믿지 않아도 믿을 수밖에 없는 이야기가 있다.

너는 나를 보고 있느냐. 너의 이름을 불러봐도 되겠느냐. 너의 이름을 부르기까지 너무나 오랜 시간이 걸렸다. 너의 이름이 스미스라고 했냐. 스미스. 스미스. 무슨 미제 숟가락 이름 같구나. 내가 스미스라고 부르면 너는 뭐라고 대답하겠느냐. 내가 영복이라고 부르면 너는 또 뭐라고 대답하겠느냐. 스미스야. 영복아. 너는 영복이의 머리를 갖고 태어나 스미스의 허리를 갖게 되었구나. 내가 이야기했느냐. 영복이는 너의 할머니의 이름을 거꾸로 해서 만든 것이라고. 너의 엄마가 촌스럽다고 만류해도 내가 고집을 부려 이름을 지었다는 것을. 복영이. 주복영. 영복이. 임영복. 림영복. 영복아. 대답하지 마라. 스미스야. 소 잃고 외양간 고치는 꼴이 되었다. 외양간은 허물어진 지 오래다. 모든 게 무주공산이로다. 너는 나의 조크를 알아듣느냐. 알아들을 수 없겠지. 알아들을 수 없을 거야.

스미스야. 스미스 씨. 대답해라. 오줌통이 꽉 찼을 것이다. 이제 오줌통과 나는 하나다. 오줌통은 내 몸의 일부다. 정신과 육체를 이어주는 기관이다. 그것을 느낄 수 있다. 중국 여인을 불러다오. 중국 여인의 이름이 무엇인지 알 수 없다. 어째서 중국 여인이 내 간병을 맡고 있는지도 모르겠다. 또 어딘가에서 웃옷 단추를 푼 채 가슴골을 긁적이며 잠에 빠져 있을 것이다. 한 번도 본 적이 없지만 중국 여인이 꼭 그러고만 있을 것 같구나. 머리나 잘 빗으면 얼마나 좋겠느냐. 식초 물에 발을 담구지 않으면 얼마나 좋겠느냐. 오줌통을 비울 때 오줌이 튀지 않게 조심하면 얼마나 좋겠느냐. 내가 멀쩡히 눈을 뜨고 있는데도 옆에서 옷을 훌러덩 벗어 갈아입곤 한다. 축 처진 살과 겨드랑이 털을 자랑삼아 보이려고 팔을 번쩍번쩍 들어 올린다. 다른 뜻이 있는 건 아니다. 그러거나 말거나 중국 여인에게 내복을 사주고 싶다. 중국 여인에게 속옷을 사주고 싶다. 하얀 속옷과 빳빳한 내복을 입고 한국 드라마를 보며 웃는 중국 여인의 얼굴을 보고 싶다. 중국 여인이 나의 발가락을 깨물어주었으면 한다. 다른 뜻이 있어서 그런 건 아니다. 나의 죽음은 중국 여인에게 저당 잡혀 있다. 나의 간병을 맡고 얼마 되지 않은 날 중국 여인이 숟가락으로 나의 발바닥을 때리기 시작했다. 그 숟가락이 나의 숟가락이었으면 얼마나 좋았을까 생각했지만 거기까지 바랄 수는 없었다. 처음엔 장난으로 그런 줄 알았다. 하지만 발바닥 치기는 주기적으로 계속됐다. 옥수수를 갉아 먹으며 다른 손으로 숟가락을 잡고 발바닥을 때렸다. 어딘가로 전화를 걸어 중국말로 통화를 하면서 발바닥을 때렸다. 간호사가 다가와 왜 그러냐고 물었다. 중국 여인은 배시시 웃으며 발바닥 치기만 계속했다. 무슨 일이에요. 간호사가 다시 물었다. 중국 여인은 서툰 한국말로 설명했다.

멧돼지를 잡다가 뒷발에 채여 바닥에 머리를 박고 쓰러진 남자가 있었다. 뇌사 상태에 빠진 남자를 위해 아내는 온갖 약재를 달여 먹였지만 소용없었다. 어느 날 아내는 남자가 발가락을 입으로 물어주는 것을 좋아했던 것을 기억하곤 그날부터 남자의 발가락을 깨물기 시작했다. 매일 밤 발을 깨끗이 씻긴 다음 오른쪽 엄지발가락부터 천천히 깨물었다. 입에 침이 고이면 침을 삼키고 다시 발가락을 깨물었다. 그렇게 일 년이 지나자 거짓말처럼 남자가 깨어났다. 이후 남자는 서서히 기력을 회복해 정상으로 돌아왔다. 발가락의 모양이 달라져 걸음걸이가 이상해지고 돼지고기를 먹지 않는 것을 제외하면 이전과 다를 바 없는 삶을 살게 되었다. 나이가 들어 마을 촌장까지 하다 죽었다.

중국 여인은 그 남자가 자신의 할아버지라고 말했다. 이야기를 다 들은 간호사가 웃으며 대꾸했다. 그럼 발가락을 깨물어야지. 그걸로 되겠어요. 중국 여인이 손사래를 치며 말했다. 어디, 내 남자도 아닌데 어찌 깨물겠소. 요 입만 더럽다. 간호사가 병실을 나가며 혼잣말처럼 중얼거렸다. 욕보세요. 숟가락만 아프지.

중국 여인이 나의 발가락을 깨물어주었다면 나의 마비가 풀렸을지 모르겠다. 내게 남은 마지막 육체의 가능성이다. 나의 발가락은 언제나 노출되어 있다. 지금이 겨울인지 여름인지 모르겠다. 그해 겨울 동상이 심해져 발가락을 잘라야 했다면 발가락 대신 무엇을 깨물어야 할까. 중국 여인이 내 발가락만 깨물어준다면 내가 가진 모든 것을 주겠다. 오줌통을 주겠다. 중국 여인은 내 마음을 읽지 못한다. 병원 생활에 적응한 중국 여인은 점점 요령을 피우기 시작했다. 누군들 안 그러겠느냐. 남한테 기대 사는 것은 참으로 저렴한 짓이다. 누군들 남한테 기대지 않고 살아갈 수 있겠느냐. 지금 내 삶은 저렴의 극치다. 중국 여인이 숟가락으로 발바닥을 치던 것도 서서히 줄어들었다. 발바닥 치기를 장난으로 치부했다. 숟가락으로 발바닥을 치며 장단에 맞춰 한국 노래를 흥얼거리기까지 했다. 나의 엄마가 불러주던 중국 자장가와는 전혀 딴판인 노래였다. 인민은 죽고 연민만 남았다.

중국 여인과 너는 서툰 한국말로 인사를 나누었다. 너는 중국 여인에게 고맙다는 말을 했고, 중국 여인은 저렴하게 웃으며 네가 나와 별로 안 닮았다고 말했다. 너는 긍정도 부정도 아닌 표정을 지었다. 입술 끝이 살짝 오른쪽으로 올라갔다. 그런 표정을 지을 때 나의 아버지와 닮은 것도 같다. 누가 나의 발가락을 깨물어준다는 말이냐. 영복아. 아니 스미스야. 스미스 씨. 야. 스미스 이놈아. 야아. 미국 사람이 된 너는 미국 여인의 발가락을 깨물어보았느냐. 미국 여인이 너의 발가락을 깨문 적이 있느냐. 남자의 몸이 마비되면 미국 여인은 어디를 깨물어주냐. 왼쪽 발가락은 중국 여인이 물고 있고 오른쪽 발가락은 미국 여인이 물고 있다. 물려 있다. 물고 늘어지고 있다. 머리 없고 허리 없는 삶은 중국과 미국 사이에서 왔다 갔다 하다 종을 칠 것 같다.

순가락이 나의 고환을 때린다. 미국 사람은 순가락을 스푼이라고 부른다. 나도 그 정도는 알고 있다. 병원 텔레비전에서 서양 놀이인 스푼레이스를 본 적도 있다. 스푼 위에 공을 올려놓고 달리는 경주다. 별 시답잖은 경주에 사람들이 재밌어 하더라. 싱거운 놈들이다. 키가 장대같이 커버린 너도 싱거워 보인다. 얼마나 싱거운 삶을 살면 그렇게 클 수가 있느냐. 스미스 씨는 싱거운 사람입니다. 이 문장을 영어로 바꾸면 어떻게 되느냐. 스미스 씨의 본명은 림영복입니다. 이것도 해봐라. 그만둬라. 스푼 위의 공처럼 너와 나 사이는 아슬아슬하다. 한때 우리는 공놀이를 했다. 우리라는 말에 속지 마라. 이제 우리 이야기를 할 때가 왔느냐. 나는 모르겠다. 네가 좀 말해다오. 결정을 내려다오. 가능하다면 우리 이야기를 끝까지 미뤄두고 싶다. 아니 끝이 나도 이야기가 시작되지 않았으면 한다. 가능하겠느냐. 불가능을 가능으로 만드는 것보다 가능을 불가능으로 만드는 것이 어렵다는 것을 너는 아느냐. 나의 머리를 흔들어봐라. 머릿속에서 공이 굴러다닌다.

초여름이었다. 어스름한 저녁 효창공원에서 너와 나는 공놀이를 하고 있었다. 그만 집으로 가자고 해도 너는 고집을 피웠다. 너의 엄마는 오랜만에 만난 고교 동창과 국제극장으로 영화 구경을 갔다. 나는 그렇게 믿는 척했다. 그 시간 너의 엄마는 다른 남자를 만나고 있었다. 국제극장 근처에는 가지도 않았을 것이다. 사보이호텔에서 서둘러 단추를 채우고 있었을 것이다. 너에게 던진 공이 나에게 다시 돌아올 때마다 나는 너의 엄마의 머리통이 굴러오는 착각에 빠졌다. 붉은 입술로 나를 조롱하고 있었다. 참을 수 없던 나는 공을 들어 멀리 던져버렸다. 너는 새로운 놀이가 시작된 줄 알고 뒤뚱거리며 공을 쫓아 달려갔다. 무슨 생각에서였는지 나는 공원 화장실 뒤에 숨었다. 운동화 끈이 풀려 있었다. 묶으려다 그만두었다. 한참 동안 서 있다가 나와 보니 네가 보이지 않았다. 공을 던진 곳으로 뛰어갔지만 너는 사라지고 없었다. 공도 보이지 않았다. 스미스야. 영복이란 이름을 그렇게 애타게 불러본 적은 그때가 처음이자 마지막이었다.

밤늦게 집으로 돌아온 너의 엄마에게서 술 냄새가 풍겼다. 손에 들고 있는 영양센타 봉투에 통닭 기름이 스며 있었다. 오른손잡이인 나는 너의 엄마의 왼쪽 뺨을 후려칠 수밖에 없었다. 스미스야. 너는 미국에서 네가 좋아하는 통닭을 마음껏 먹었겠지. 미국 닭들이 어떻게 우는지 너는 아느냐. 너는 어떻게 미아가 되었다가 미국으로 입양되어 스미스 가의 사람이 되었느냐.

이제 네가 말할 차례다. 아니 말하지 말아라. 내가 사라지면 말해라. 네 삶은 한 줄로 요약될 수 있느냐. 이제 내가 떠날 차례다. 전국의 고아원을 뒤져도 너를 찾을 수 없었다. 우유곽에 새겨진 너는 쥐 귀를 갖고 있었다. 사람들이 우유곽을 접을 때 너의 얼굴도 반으로 접혔다. 내가 밥을 먹다가 숟가락을 집어 던져도 너의 엄마는 모른 척 치맛자락만 움켜쥐고 코를 훔쳤다. 너의 엄마는 더 이상 통닭의 날개를 먹지 않았다. 닭 모가지를 통째로 씹어 먹으며 울었다.

스미스야. 너는 어째서 나를 찾아왔느냐. 나도 잘 알고 있다. 너는 나를 찾아온 게 아니다. 너의 엄마를 찾아왔다. 다시 한 번 너의 엄마가 너의 귀를 만져주기를 바랐을 것이다. 그런 감각은 쉽게 사라지지 않는다. 유감스러운 일이다. 내가 너의 귀를 만져줄 수는 없지 않느냐. 팔을 들 수 있다고 해도 만져주지 않을 테다. 왜 그러느냐. 지금 네가 만지고 있는 것이 나의 귀가 맞느냐. 민망하다. 징그럽다. 손을 치워라. 어째서 너는 나의 귀를 만지작거리고 있느냐. 네 뒤에 서서 사진을 찍고 있는 사람은 누구냐. 너도 웃을 줄 알고 눈물을 흘릴 줄을 아느냐. 웃는 연기와 우는 연기를 할 줄 아느냐. 이런 게 미국식이냐.

성공한 엔지니어인 너는 수소문 끝에 고국의 아버지를 찾아왔다. 사람들은 너의 사연에 감동을 받았다. 심지어 중국 여인도 감동을 받았다. 감동은 자극을 낳고 자극은 자극을 낳는다. 자극의 끝에는 공허뿐이다. 너는 무엇을 분해하고 조립하고 연구하느냐. 분해하고 조립할 때는 어떤 도구를 쓰느냐. 연구의 끝에는 무엇이 있느냐. 네가 정신의 엔지니어라면 나를 찾아오지 않았을 것이다. 찾았어도 못 찾은 척했을 것이다. 너는 나를 찾았지만 아직 제대로 찾은 것은 아니다. 너는 영영 나를 찾지 못할 것이다. 나를 찾지 말고 숟가락을 찾아라. 그때 온전히 나를 찾게 될 것이다. 숟가락을 찾게 되면 고물상 최 씨에게나 줘 버려라. 아니 황 씨였는지도 모르겠다. 림 씨는 아닐 것이다. 귀불알이 뜨겁다. 징그럽다. 이래서는 안 된다. 이래서는 안 된다. 이래서는 안 돼. 정신을 차려라.

창문을 열어봐라. 지금이 여름이냐 겨울이냐. 여름이면 겨울 생각을 하고 겨울이면 여름 생각을 했다. 머리로는 허리 아래 생각만 했다. 이제 그만 숟가락을 내려놔야겠다. 생각 따위를 하지 말아야 한다. 생각하지 말아야지, 하는 생각이 마지막 생각이다. 마지막에서 두번째라고 해두자. 저렴해도 할 수 없다. 눈을 밟으면 무릎뼈가 어긋나는 소리가 난다. 눈을 감고 싶다. 잠이 오지 않는다. 나에게 미국 자장가를 불러다오. 체리맛 감기약처럼 달콤하겠지. 오늘이 몇 월 며칠이냐. 더 이상 그런 것은 중요하지 않다. 그러니 미리 말해두겠다. 영복아. 스미스야. 메리 크리스마스다. 이제 그만 손을 치워라.

허리

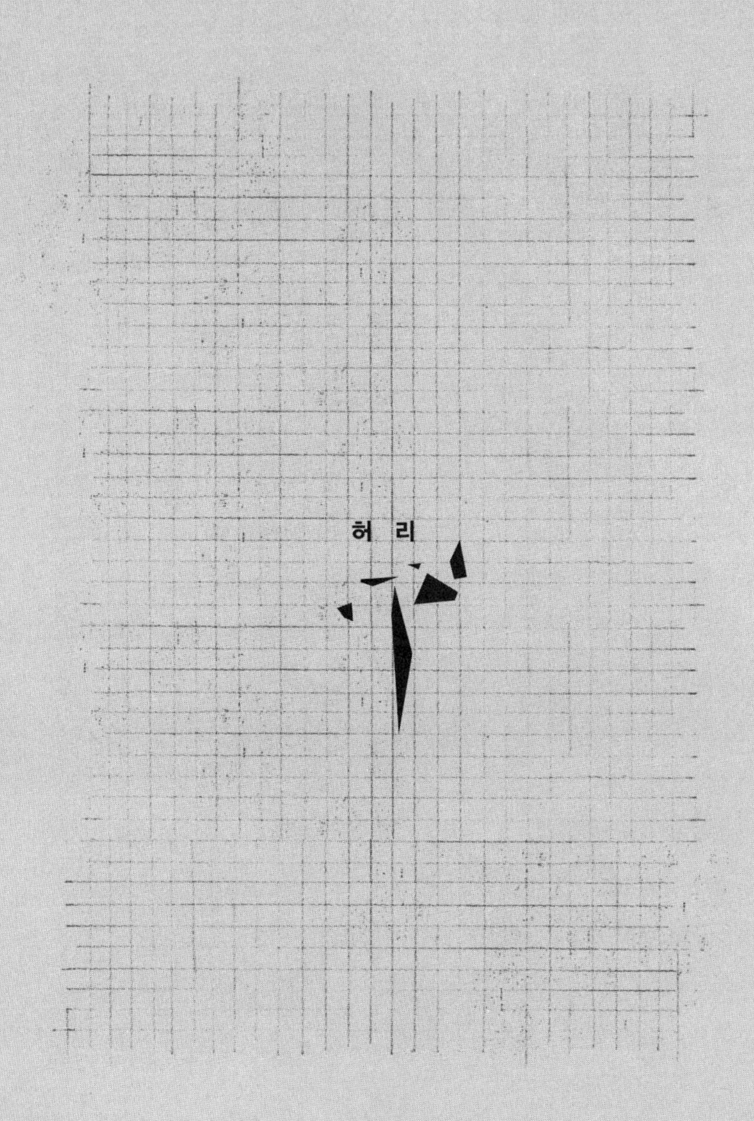

어떻게 시작해야 할까. 이런 식이 가능할까. 불가능하게 시작할 수는 없을까. 시작은 없고 중간과 끝만 있는 이야기는 어떨까. 끝도 필요 없다. 시작과 끝을 연상하고, 연상이 무한히 확장되고, 끊어져 중간의 얼굴을 치장할 수 있다면. 흠집 낼 수 있다면. 시작을 지연시키는 혹은 끝에 다다르기 위한, 불가능의 이름으로 가능한, 이야기의 중간. 중간 이야기. 이것은 이야기가 아니지만. 이야기에 표백제를 뿌린 경고 문구에 불과하더라도. 나는 환자복을 입고 있다. 나는 환자복을 입고 있다니. 처음부터 뭔가 잘못됐다. 이럴 순 없다. 문장이 나의 의지보다 앞서다니. 언제 안 그런 적이 있었나. 더는 나는,이라고 문장을 시작하고 싶지 않다,고 나의 목숨을 걸고 약속하지 않았는가. 목숨을 걸 만한 일이 고작 그것에 불과하냐고 생각할지 모르겠다. 첫 문장에 목숨을 걸 만큼 내가 어떤 궁지에 몰려 있다는 것을 알고 누구도 나와 약속을 하려고 들지 않았다. 누군가들은, 나중에 누군가들은 그들이 될 것이다. 나의 첫 문장이 어떤 힘을 발휘할 수 있다는 것을 잘 알면서도 이제 그 힘이 소진된 것에, 힘을 필요로 할 곳과 것이 없기에, 한 발 두 발 뒤로 물러서기 시작했다. 한편으로 나는 나와의 약속을 저버리는 것이 나의 유일한 장점임을 잘 알고 있다. 그는 환자복을 입고 있다. 나를 그라고 불러본다. 실제로 부르는 것은 아니다. 설마. 내가 나를 어떻게 그라고 부른단 말인가. 나를 분리하지도 구부리지도 마주하지도 못하는 내가. 다만 이렇다. 허구에 솔직해지자. 능통해지자. 나를 그라고 써본다. 나를 그라고 쓴들 나가 그가 되는 법은 없지만. 나는 나의 무지를 조롱하는 심정으로 나를 그라고 생각한다. 생각에 있어서 나는 기어코 무지한 편에 속하고 싶다. 부르고 쓰고 생각한다. 이 순서대로 나가 그가 되어가는 과정을 논리적으로 밝힐 수 있다면, 뒤이어 논리의 허점을 찾아 반박할 수 있다면 좋으련만. 부르고 쓰고 생각한다. 이 문장을 쳐다보고 있으니 순서가 왠지 뒤바뀐 것 같다. 아무래도 좋다. 이 말은 하지 말았어야 했지만 하고 말았다. 아무래도 좋다. 나인지 그인지 이 문장에 중독되어 있다. 뭔가 회피하고 있다는 생각을 지울 수가 없다. 아무래도 좋다. 이 문장을 또 쓰게 될 것인가. 또 쓰겠지. 아무래도 좋다, 라는 문장은 아무 때나 써도 좋지만 그렇기에 함부로 쓰지 말아야 한다. 앞으로 얼마나 더 아무래도 좋다, 라는 문장을 쓰기 위해 혹은 아무래도 좋다, 는 문장의 의미를 지시하는, 의미와 별반 다를 바 없는 불필요한 문장을 쓰고 지우고 억지로 연결시켜야만 하는가. 벌써부터 지친다. 나는 나를 그라고 부르게 된 것을 후회한다. 후회의 저편에서 그녀의 목소리가 들린다. 목소리라기보다는 메아리라고 하는 편이 낫겠다. 반복되는 메아리. 다가오면 숨 막히고 멀어지면 아득한. 그녀라는. 그녀라고 불렀다면 뭔가 달라졌을까. 그녀는 환자복을 입고 있다. 그녀는 한 번도 환자복을 입은 적이 없다. 그녀에게 환자복을 입힐 수야 없지. 그를 뒤집으면 그녀가 된다. 그와 그녀의 엉덩이는 유사하다. 눈을 부릅뜰 필요가 있을까. 이 문장에 뭔가 풀리지 않는 비밀 혹은 엄청난 오류가 있다는 것을 잘 알고 있다. 그녀 따위가 알게 뭐냐. 그녀를 떠올리는 것조차 버겁다. 그녀라는 이름에서는 참기 힘든 냄새가 난다. 그녀의 엉덩이에서 풍기는 것처럼. 이름이 메아리를 부른다. 그녀라는 메아리에서는 잠든 후각을 꼬집는 비릿한 냄새가 난다. 어려울 게 뭐 있겠는가. 나는 나를 그(그녀)라고도 부르지 않겠다. 나는 나(너)에 대해 혹은 그(그녀)에 대해 어쩌면 아무개에 대해 영원히 부르지 않는 편이 좋겠다. 가능하다면 나와 그와 아무개를 원래 주인에게 되돌려주고 싶다. 주인에게서 애써 빼어온 것을 돌려준다는 것은 얼마나 민망한 짓인가. 엉덩이를 깐 문장이 다른 문장의 사이사이로 요리조리 몸을 숨기는 민망한 짓거리를 어디 한두 번 목격했는가. 앞의 문장은 읽지 않는 것이 좋겠다. 읽었다면 함구하는 게 낫겠다. 읽는 것을 모두 기억하는 자가 없어 다행이다. 읽는 것은 망각에 도움을 준다. 그렇게 믿고 읽어라. 잊어라. 어디서부터 시작했지. 시작이란 게 가능하다면. 앞으로 돌아가보자. 허구와 서사에 능통한 자가 쓰는 권태로운 문장의 시작. 시작을 반복하는 것이 아니라 새로운 시작이다. 중심과 무관한 중간. 다시 되돌릴 수 없게 만드는, 돌아갈 수 없고, 돌이킬 수 없는, 어느 지점이다. 환자복을 입고 있다. 더 이상 환자가 아닌데도 그렇다. 환자가 아님을 증명하기 위해 환자복을 입고 있다. 어쩌자고 이런 무모한 복장을 갖추고 빼도 박도 못하게 문장의 못을 처박고 말았는가. 병원에서는 환자복을 환의라고 불렀다. 옷을 벗고 환의로 갈아입으셔야만 합니다. 누군가 말했다. 누군가에 대해 묘사하는 것이 지금으로서는 무리다. 아마 그런 말을 할 수 있는 사람은 간호사나 간호사라고 여길 만한 사람이 분명할 것이다. 이 정도로도 충분하지 않은가. 누군가를 묘사하려고 들면 누군가에서 점점 멀어지기 마련이다. 묘사는 대상에게서 멀어지기 위한 가장 길고 험난한 여정이다. 이렇게 단정할 수 있는 근거는 사실 희박하다. 차라리 없다. 묘사가 필요했다면 환의에 대한 묘사부터 시작했어야 마땅하다. 정식으로 위장한 우둔한 모양, 축축했던 손이 바짝 마른 냄새, 살결에 긁어 부스럼을 만들 것만 같은 감촉, 밤을 기다리는 곤충들의 숨소리, 비에 젖은 녹슨 철근의 맛. 환의를 생각하면 이런 표현이 가능할 것이다. 이렇게 불필요한 것들이 왜 드러나야 하는지 모르겠다. 그동안 너무 나 많은 거짓말을 해왔다. 좀더 서툴게, 상대방을 앞에 두고 진땀을 흘려가며 되도 않는 거짓말을 할 필요가 있으니 좀더 기다려보자. 환의로 갈아입지 말았어야 했다. 끝까지 버텼다면 강제로 옷을 벗기고 환의로 갈아입혀주었을지 모른다. 혼자 힘에 부치면 몇 사람이 더 달라붙었겠지. 이빨이 드러난 들개처럼 옷을 찢어 발겼겠지. 그 정도까지는 아니었겠지만 모욕과 수치로 신체의 어느 특정 부위가 불쑥 솟아오르거나 한없이 오그라들거나 색깔이 달라지겠지. 근데 속옷까지 벗겼을까. 슬쩍슬쩍 건드리거나 우악스럽게 움켜쥐고 주물렀을까. 그것에 있어서는 할 말이 많지만 아직 하고 싶지는 않다. 전략적으로 그렇다. 다들 궁금해하는 것이 그것이니까. 아니라고 부정해도 결국 그것을 읽고 싶은 것이다. 아무도 그것을 보고 냄새 맡고 만질 수 없게 될 것이다. 뭔가를 갈아입는 것은 참으로 오랜만이었다. 아닌가. 어제도 뭔가를 벗고 뭔가를 입지 않았는가. 환의를 벗은 적이 있었나. 없다고 생각하는 편이 좋겠다. 환의로 갈아입으며 환희라고 말해보았다. 언어에서 언어로 건너뛰어 다니는 삶. 앞의 언어를 무화시키고 뒤의 언어를 뭉개버리는. 어쩌면 이런 탓으로 병원에 입원했는지, 입원되었는지 모른다. 그렇게 말의 허리를 붙잡고만 있지 말고 입원을 해보는 건 어때. 어렴풋하게 아주 오래전 이런 말을 들은 기억이 있다. 채 끝맺지 못한 말의 허리를 가로채 그렇게 말을 한 그라고 부를 수 있는, 주인은,

병원에 한 번도 찾아오지 않았다. 어떤 환희의 삶이 정지된 시간 속에 머리를 처박게 할 것인가. 환희라는 말이 혀뿌리에 돋아났다. 혀뿌리는 쉽게 자를 수 없다. 혀뿌리가 무엇인지 탐구한 적 없으니 당연하다. 환의로 갈아입는다는 것은 또 다른 삶을 예고하는 환희인가. 그땐 그렇게 생각하지 않았다. 그렇게 생각했다면 좋으련만. 뭔가 흥미로운, 허구에 능통한 삶을 꾸며댈 수 있을 텐데. 지나간 것은 모두 지금의 것이다. 지금 회피하더라도 다시 도래할 것이 분명하다. 과거에 연연하지 않으면서 과거에서 자유로운 사람이 있을까. 과거에서 발을 빼기가 힘들다. 발이 점점 썩어 들어가는 것을 목격하면서도 그렇다. 구렁텅이에 빠진 육체를 경험하는 감각이 정신을 괴롭힌다. 쉽게 흥분하고 쉽게 침울해지는 감정의 소유자가 거울을 바라보았다. 거울의 뒤로 사람이 지나갔다. 사람은 쉽게 흥분하고 쉽게 침울해지기 마련이다. 환의를 입고 있다면 과연 그렇다. 환의를 벗고도 쉽게 흥분하고 쉽게 침울해진다면 환의를 다시 입어야만 할 것이다. 환의를 입고 병상에 누워 환의에 새겨진 병원 로고의 개수를 헤아리는 것도 환의를 갖춘 자로서 마땅히 누려야 할 유희이지만, 환희까지는 아닌 그 고독한 유희를 버리고 시선을 허공에 빼앗긴 채 생각나는 것들을 무차별적으로 생각나지 않게 만들 수 없나 하는 생각에 빠졌다. 아무것도 생각나는 것이 없었다. 그렇다고 머릿속이 텅 비어 머리 밖 세상을 짓누르는 허공과의 경계가 희미해진 것도 아니다. 실례를 드는 것은 좋은

대화법이 아니다. 대화할 사람은 언제나 넘쳐났다. 대화를 유도하고 거절하는 방식은 매번 비슷했다. 환의를 입은 자들이 병상 주위를 어슬렁거리며 침대 정면에 붙어 있는 환자 기록부를 힐끔 쳐다보거나 침상에 걸터앉지도 다리를 뻗어 눕지도 못하고 있는 사람을 보고 뭔가 말하려다가 돌아섰다. 환자 기록부에 적힌 이름과 나이와 주소와 병명은 누구의 것인가. 따져 묻는 것은 금기다. 규율이다. 법칙이다. 개나 소나. 같은 말이다. 아무튼 뭔가 지켜야 하지만 어기고 싶은 것을 되도록 지키고 어기지 않으면서 지키지 않고 어기는 방법을 궁리하는 것은 정신 건강에 크나큰 이로움을 제공한다. 편의에 따라서는 적극성을 보이며, 뭔가 과시할 것을 찾지 못해 안달이 난 것처럼, 침대의 상부와 하부를 따로따로 움직일 수 있다고, 그게 정확히 어떤 뜻인지는 나중에야 알았지만, 가만히 누워서 몸을 구부릴 수 있다고, 말하는 환자들도 여럿 있기를 기대했다. 주기적으로 어떤 질서에 따라 움직이듯 환자들은 침상에서 몸을 일으켜, 몸을 일으킬 수 없는 자들까지 그때만큼은 몸을 일으켰는데, 그들의 재빠른 동작은 무모한 혁명처럼 순식간에 이루어졌는데, 침대 아래에 붙어 있는 꺾쇠, 뭔가 다른 용어, 의학 용어에 가까운 현학적인 명칭이 있겠지만, 꺾쇠라고 명명한 이상 다른 것으로 부를 수 없는, 이것이 인간의 유일한 약점임을 재확인하며, 그것을 잡고 돌렸다. 침대의 허리가 반으로 접히며 고통스러운 쇳소리가 퍼졌다. 그 소리는 신경을 무척 거슬리게 만들었는데, 환의를 입은 자로서는 그 소리에 매료되지 않을 수 없었다. 모두가 잠든 밤에, 실제 잠들었는지 알 수 없지만, 일어나 꺾쇠를 미친 듯 돌리고픈 충동에 쉽게 잠을 이루지 못했다. 꺾쇠를 돌리는 자에게만 쇳소리가 나면 좋을 텐데, 어떤 불가능한 것에만 기대는 습관은 쉽게 버릴 수가 없다. 한밤중 자신의 메아리가 듣고 싶어 무작정 산에 올라가는 사람이 어디 또 있을까. 한 번도 꺾쇠를 돌린 적이 없다. 아니 몇 번은 돌렸는지 모르겠다. 실제로 돌린 적이 없다 해도 이렇게 기억하는 것이 마음 편하다. 간호사가 다가와 돌려드릴까요,라고는 전혀 묻지 않고, 올려드릴까요, 내려드릴까요,라고 물어봤을지도 모른다. 환자가 있든지 없든지 그것이 그들이 해야 될, 말해야 할 의무 같은 것이니까. 자고 일어나면 침대의 상부가 완전히 올라가 있었다. 거의 직각에 가까운 모양이었다. 누워서 잠이 들고 깰 때는 앉아 있는 고통은 쉽게 설명할 수 없다. 육체가 자력으로 그렇게 된 것은 아니지만 수면 중에 누워 있던 몸이 아주 느린 속도로 움직여 상체를 꼿꼿하게 세운 것이 아닌가, 하는 생각에 오전 시간을 심심하지 않게 보낼 수 있었다. 허리에 석고를 발라놓은 것처럼 딱딱하게 굳어 선불리 움직일 엄두를 내지 못했다. 오후가 되어서야 겨우 허리가 풀리는 것 같았다. 플라스틱 허리가 시간의 흐름에 따라 고무 허리처럼 되었다. 사지가 멀쩡해 보이는데 왜 움직이지 않지요. 정면에 마주 보이는 환자가 물었다. 허리가 아프다고 둘러대자, 그렇게 말하자 그때부터 허리가 아프기 시작했다. 허리에 문제가 있어 입원을 한 것은 아니라고 말하니 옆의 옆에 있는 환자는, 다리가 부러져 입원하면 기관지가 아프기 마련이고 두통이 심해 입원하면 항문에 염증이 생긴다는 듯, 너무도 당연하다는 표정을 지으며, 허리에 좋은 약초가 있었는데 그것의 이름이 무엇인지 지금은 까먹었지만 곧 생각이 날 거고 생각나는 대로 알려주겠다고, 마치 이름을 떠올리는 것만으로 허리 통증이 사라질 것처럼 확신에 차 말했다. 결국 약초의 이름을 떠올리지 못하고 퇴원을 하고 말았다. 퇴원 준비를 하고 인사를 할 때도 꼭 그렇게 말한 것은 아니지만 자신은 아직 포기하지 않았다는 뜻의 눈빛을 보냈다. 퇴원을 해도 약초의 이름을 알게 되면 어떤 식으로든 찾아와 알려주겠다고 약속을 하고 싶어 하는 것처럼 보이기도 했다. 지금도 그 환자가 약초의 이름을 떠올리고 있다는 믿음을 버릴 수 없다. 그것은 우스꽝스러운 헛된 믿음이 아니라 무모한 편견에 가깝다고 해야 할 것이다. 환의를 입은 자들은 서로 다른 고집의, 아집에 가까운 고집인데, 시간을 보내게 되지만 깊이와 집중도는 경중을 가리기가 힘들 것이다. 환자가 죽었다는 소식은 자주 들리지 않았다. 살기 위해 입원한 환자들도 더러 있겠지만 대부분은 자신이 환의를 입은 채로 임종을 맞이하게 될 것이라고 믿고 있었다. 환의는 죽음의 옷이었다. 환의의 묘사로 다시 돌아갈 시간이 허락된다면 환의에서는 주검의 냄새와 망자들의 메아리가 들린다, 라고 말할 수도 있을 것이다. 주검의 냄새를 맡아본 적도, 망자들의 메아리를 들어본 적도 없으면서 그편이 더 직접적으로 환의의 의미를 드러내준다는 것도 잘 알고 있다. 그렇다면 삶은 얼마나 단순하게 끝나고 말 것인가. 어떤 인간들은 복잡하게 태어나 단순하게 죽고 싶어 한다. 사랑의 잉태가 아니면 모든 탄생은 복잡한 것이고 자살이 아니면 모든 죽음은 단순한 것이다. 아무리 시간을 생략하고 공간을 바꿔도 달라질 것이 없다. 사과는 언제나 칼을 필요로 한다. 사과를 다 깎을 동안 껍질이 한 번도 끊어지지 않는 것을 얼마나 사랑했던가. 단 한 번도 사랑이 실현된 적은 없다. 도대체 사랑의 실현이 무엇을 의미하는 것인가. 칼이 있었다면. 단순하게 끝내고 싶다. 옆의 환자는, 어쩌면 환자가 아니었는지도 모르지만, 어떤 목적을 갖고 환자로 위장한 자가 틀림없다고 믿게 만드는, 틈만 나면 자리를 비워 간호사와 의사, 병원 관계자를 곤란케 만들었다. 그들이 정말 곤란했는지, 그들의 삶에 치명적인 상처를 남겼는지는 알 수 없다. 회진을 돌 때 한 번만 더 자리에 없다면 강제 퇴원을 시킬 것이라고 간호사가 말했다. 그럴 때마다 환자는 긍정도 부정도 아닌 고갯짓을 했다. 그 말을 할 때도 환자는 자리에 없었다. 복도에서 우연히 간호사와 마주쳐 피할 방법이 없었던 것이다. 환자는 어느 날 누구보다 먼저 일어나, 분명 그 시간에 눈을 뜨고 있는 자가 없다고 확신할 수는 없었지만, 새로운 환의로, 언제 새 환의를 구해 숨겨두었을까, 갈아입었다. 환의를 갈아입고 헌 환의를 들고 세탁물 보관실로 가 그것을 던졌다. 커다란 부대 속에 헌 환의가 가득 담겨 있었다. 뭔가 들끓고 있거나 흘러넘치고 있었다. 헌 환의는 새 환의로 세탁될 것이다. 표백제로 물들 것이다. 누구나 환의를 입고 있다. 입게 될 것이다. 팔다리가 뒤섞여 있다. 환자는 잠시 부대 속에 담긴 환의들을 멍하니 지켜보다가 자신의 어떤 생각을 차단하듯 문을 꽝 닫았다. 뭔가를, 그것이 냄새를 풍기는 동그랗고 붉은 것이라면 좋겠다, 우적우적 씹는 것처럼 턱관절을 움직이며 병원을 빠져나갔다. 뒤늦게 맨발로 나왔다는 것을 알았지만 다시 돌아갈 수는 없었다. 병원에서는 환자가 실종되었다고 선포했다. 선포라는 말은 너무나 정확하다. 선포 다음에는 경고가 환자들에게 떨어졌다. 무단 외출 시에는 퇴원 조치를 하겠다는 것이다. 경고는 환자 지침서 제1조 1항에 적혀 있는 것과 같았다. 환자들은 모두 퇴원을 꿈꾸지만 무단 외출을 감행하지 못한다. 그것이 그들의 한계다. 어떤 환자도 두려움에 떨지 않았다. 환자들이 두려워하는 것은 이제 아무것도 없다. 환의라는 두려움의 옷 말고는. 너무나 오랫동안 두려움의 옷을 걸치고 있어 두려움 자체가 몸이 되었지만. 옆의 환자가 사용했던, 거의 사용을 안 했을지도 모를, 선반에는 빨간 사과가 놓여 있었다. 간호사 2인 1조가 환자의 침대를 정리했다. 둘은 아무 말 없이 보이지 않는 규칙과 반복되는 리듬에, 병실에서는 모든 것이 리드미컬하게 소리를 낸다, 따라 움직였다. 침대보를 걷어내고 매트리스에 분사용 알코올을 뿌리고 마른 걸레로 닦았다. 매트리스의 색깔은 검은

색이었고 군데군데 흠집이 나 있었다. 창백한 침대보에 감춰진 검고 낡은 매트리스가 환자들이 드러내지 않으려 애쓰는 두려움의 정체 같아 보였다. 환자들이 무엇을 두려워하는지도 모르면서 이런 말을 하고 있다니. 그걸 듣고 있다니. 언제 짐을 비웠는지 아무것도 없었다. 환자는 아무것도 들고 오지 않았을 것이다. 환의를 입고 병원을 유유히 빠져나갔듯 환의를 입고 언젠가 다시 돌아올지도 모른다. 그렇다면 환자를 더 기다려야 하지 않을까. 기다려야 할 것은 기다리지 않고 기다리지 않을 것만 무작정 기다리고 있다. 침대보가 매트리스를 감쌌다. 어떤 얼룩과 흠집도 없는 새 것이었다. 뭐 더 정리할 게 없을까 하며 주위를 둘러보다가 선반 위의 사과를 쳐다보며 간호사 둘이 웃었다. 죽지 않았을까. 꼭 죽고 싶은 사람처럼 보였어. 그렇지 않더라도 얼마 살지 못할 환자였어. 이 사과는. 사과 맞나. 드실래요. 간호사 한 명이, 치아 교정기를 달고 있는, 일부러 그걸 보여주려는 듯 기괴하게 웃어 보이며, 사과를 내밀었다. 일단 주는 것은 무엇이든지 거절하지 않고 받아두는 버릇이 있기에 받기로 했다. 윤기가 흐르는 사과는 물렁물렁해야 했다. 손아귀에 힘을 주면 과육이 뭉개지고 진물이 흐를 것이다. 2인 1조의 간호사와 침대에서 육체가 뭉개지고 몸의 구멍 밖으로 분비물이 흐를 때까지 뒹굴고 싶은 충동은 비단 환의를 입은 자만이 소유할 수 있는 감정은 아닐 것이다. 상상만으로 기분이 불쾌해지고 기력이 쇠약해질 때가 있는데 지금이 바로 그렇다. 옆의 환자를 따라 사과를 선반에 놓아두었다. 사과가 썩어가는 소리와 냄새가 들리기를 기다렸다. 칼이 있다면 껍질을 벗겨두고 싶지만, 칼이 있다고 하더라도 껍질을 끊지 않고 깎을 수 없으니 칼이 없는 게 마음이 더 편하겠지만, 그저 바라볼 대상으로만 두는 것도 나쁘지 않을 것이다. 빨간 사과라면, 그것이 몇 사람의 손을 거쳐 눈앞에 놓여 있게 되었으니 애정을 갖고 기다려줘야 할 것이다. 대체 사과는 어떤 향과 맛을 지녔을까. 언제 사과를 깨물어봤는지 기억도 없다. 사과의 주인을, 사과의 주인이 누구일까, 찾아 병원 밖을 나가는 상상을 해본다. 병원 앞 사거리에서 환의 주머니에 손을 찔러 넣고 다리 한쪽을 구부린 채, 이 자세만큼 환자에게 어울리는 것도 없다, 누군가를 기다리는 척하며 서 있을 때, 실제로는 어디로 가야 할지 몰라 길을 잃고 헤매고 있을 때, 그들이 들이닥친다. 상상의 문이 닫힌다. 지독한 인간들. 여기는 어떻게 알았을까. 그들은 항상 이런 식이다. 기다리지 않는 자들만 왜 눈앞에 자꾸만 나타나는가. 그들 속에는 그가 없다. 그들을 둘러보며 그를 찾으려 했다. 언제나 그 옆에 있어야 마땅한 그녀도 없다. 당연하겠지. 그가 없으니 그녀도 없다. 그가 있으면서도 왜 그녀는 사랑한다고 말했는가. 그에게 더 바짝 다가가기 위해, 멀어지는 방식을 택해 다른 사람에게 사랑을 증명해 보이려 했는가. 그는 누워 있고 그는 아프다. 사랑은 그녀의 엉덩이 속에 딱딱하게 굳어 있은 지 오래다. 그들은 뭔가 손에 보따리를 들고 왔다. 그것을 풀어 보이고 싶어 안달이 난 것처럼 어쩔 줄 몰라 했다. 자리를 허락하지 않았는데도 침상에 걸터앉고 보호자, 누가 누구의 보호자란 말인가, 의자를 빼 무거운 엉덩이를 올려놓았다. 마땅히 자리를 차지하지 못한 자들은 침대에 건방지게 몸을 기대고 서 있거나, 선반에 하체의 일부를 걸쳐놓았다. 사과가 흔들렸다. 사과에 손을 대지 마라. 아무도 사과에 손을 대려고 하지 않았다. 사과에 손을 댈지도 몰라 소리를 질렀다. 목소리가 달라졌어요. 더는 말을 하고 싶지 않았다. 메아리가 없는 목소리는 공허하다. 이런 말을 했다면 그들은 노트를 꺼내 받아 적었을지 모른다. 언제나 말을 기다리는 자들. 어떤 의미를 품은 말인지 따져 묻기 전에 아무 말이면 족하는 자들. 지낼 만한가요. 잠을 잘 자나요. 밥은 잘 나오나요. 입맛에 맞나요. 양치는 하루에 세 번. 여기서도 텔레비전을 보지 않나요. 저렇게 잘 보이는데. 오줌은 잘 나오나요. 의사는 뭐래요. 간호사는 예쁜가요. 마지막 말은 귀에 대고 말했다. 혁명을 촉발시킬 수 있는 행동을 위한 지령을 내려주세요. 지령이 필요한지 행동이 필요한지 혁명이 필요한지 알 수 없었다. 그들은 결코 이제 그런 말을 하지 않는다. 환의를 입은 자가 환의를 입고 임종을, 죽음이라는 혁명의 패배자로 남기를, 무지와 무저항의 나체로, 허리를 구부린 채, 제대로 기다리고 있는지 확인하기 위해 찾아온 것에 불과하다. 한때 무릎을 꿇고 애걸하며, 마치 타인의 문장을 갉아먹으며 성장하고 싶다는 듯 굴던 그들은 이제 텅 빈 머리의 소유자가 되어 있다. 농담 속에 뼈가 녹아들어 가야 한다는 것도 모른다. 잊었다. 그들은 다시 올 수 없을 것이라고 말했다. 바라던 바라고 말하면 그들에게 무기력을 증명하는 것 같아 입을 다물었다. 어떻게 돌아갈 것인가 그들은 궁리했다. 걸어서 역으로 가 기차를 탈 것인가. 택시를 타고 기차를 탈 것인가. 버스를 타고 기차를 탈 것인가. 어떻게 기차를 타고 여기까지 왔을까. 병원을 떠나려면 우선 기차 시간을 알아봐야 하는구나, 하는 생각에 안개가 가득 차 있는 듯 흐리멍덩하던 머릿속이 검표원이 들고 있는 천공기처럼 명쾌해지기 시작했다. 머릿속에 사과 한 알이 놓여 있다. 머리가 먼저 터질 것인가 사과가 먼저 썩을 것인가. 의식의 껍질을 깎아 머릿속 사과를 꺼낼 수만 있다면. 기차를 타고 사과를 씹으며 기차 밖 풍경을 바라보는 것은 얼마나 아름다울 것인가. 마침 사과나무 고장을 지나게 된다면. 기차가 전복될지도 모른다. 다시 올 수 없는 곳이니 하루 정도 관광을 해도 좋겠다고, 콧구멍에 다른 바람을 집어넣자고, 냄새나는 엉덩이로 침상을 비벼대며 말한 녀석도 있었다. 그들은 끝내 보따리를 풀지 않았다. 보따리 속에 도대체 무엇이 담겨 있는지 궁금했지만 물어볼 수는 없었다. 모든 패배에 익숙해졌다 해도 그들에게 질 수는 없지 않은가. 그들이 껴안으려 하고 손을 잡으려 했다. 피하지 않고 몸을 그대로, 허리를 감춘 채 플라스틱 덩어리처럼 굴려고 했건만 온몸이 메아리처럼 떨렸다. 아직도 그들에게 뭔가를, 저체온을 유지하는 쉼표 없는 문장의 연속 같은 떨림을,

기대하고 있다는 것을 들킬까 봐 몸을 꿈틀거렸다. 이제 어떤 문장의 세포도 그들의 혈관을 통과하지 못한다. 옆의 환자에게, 그가 언제 다시 침상으로 돌아왔는지 모르겠다, 잘 부탁드린다고 말했다. 옆의 환자는 꿈풀이 사전에서 눈을 떼지 않은 채 긍정도 부정도 아닌 고갯짓을 했다. 환자들도 악몽을 꾸나요. 그들이 묻고 동시에 웃었다. 바로 앞에 앉아 있는 환자가 눈살을 찌푸리며 병원이 당신들의 것이냐고 소리를 질렀다. 우리의 것은 아니지만. 우리의 것이 될 수도 있지요. 그들은 왜 쉽게 자리에서 물러서지 않는가. 어떤 미련도 없으면서. 텅 빈, 미쳐가는 머릿속을 보이며 환자들에게 썩은 내장의 건강함을 과시하기 위해 버티고 서 있는 것처럼 보인다. 그들은 병실에 들어올 때의 순서대로 나갔다. 그들이 가고 슬리퍼가 없어졌다는 것을 알았다. 주인에게만 충실한 개 같은 누군가가 슬리퍼를, 한 짝이라도, 원래 슬리퍼가 아니더라도, 발이 들어갈 수만 있는 것이라면 무슨 상관이랴, 입에 물고 가져다주기만을 기다리는 삶이 시작될 것이라는 설렘에 입에서 침이 질질 새어 나왔다. 맨발로 뭔가를 밟기 시작하면 계속 밟아야만 하는 고통을 알고 있기에 섣불리 침상에서 다리를 빼지 않았다. 이전보다 더 육체를 움직일 수 없는 정신의 한계를 물리적 한계로 환원하는 것은 언제나 흥미롭다. 그들이 다녀가고 나서인지, 이제 다시 오지 않을 거라고 말해서인지, 언제 잠이 들었는지 모르게 오랜만에 깊은 잠에 빠질 수 있었다. 잠결에 이상한 느낌을 받았다. 바람이 사타구니를 핥고 지나간 듯 하체가 서늘했다. 무언가 음낭을 탁탁 건드렸다. 수면 중에 발기가 되나보다 했다. 그런 적이 얼마나 오래되었는지 기억도 없다. 그녀가 그에게 다시 돌아간 것도 어쩌면 그 때문인지 모르겠다. 왜 진작 이런 생각을 해보지 않았을까. 발기가 된 것은 아니었다. 어떻게 그런 일이 가능하겠는가. 눈을 간신히 뜨고 더는 힘을 주어서는 안 되는 허리에 힘을 주어 상체를 살짝 일으켰다. 몸을 움직이지 마시오. 어둠 속에서 목소리가 들려왔다. 신은 목소리로 떠돈다던데 신의 목소리가 아닐까 의심이 들 정도로 위엄에 차 있었다. 신의 손이 음경의 윗부분을, 너무 오그라들어 있어 위와 아래의 구분이 모호할 테지만, 귀여워 죽겠다는 듯 코를 살짝 꼬집는 것처럼 잡았다. 긴장한 나머지 오줌이 나오려 했다. 마침 오줌이 몹시 마려웠던 것도 사실이었다. 되도록 오줌을 싸지 않기 위해 물과 수분이 있는 음식을 멀리했지만 오줌의 양과 횟수는 좀처럼 줄어들지 않고 있었다. 한밤중에 오줌이 마려울 때만큼 육체가 거추장스러워지는 일도 없다. 언젠가 간호사에게 건너편 왼쪽 환자가 그러는 걸 보고 소변 줄을 음경에 삽입해달라고 했다. 아마 음경이라는 단어 때문에 그러했으리라 추측되는데, 간호사는 인상을 일그러뜨리며 마비환자가, 어느 신경의 어느 부위의 마비인지 왜 물어보지 않았을까, 아니면 그건 불가능하다고 말했다. 적잖이 실망해 이불에 오줌을 싸고 엉덩이로 문대는 짓을 언젠가 하고 말리라 생각했다. 마비환자의 오줌통에 시도 때도 없이 오줌이 채워지는 것을 보고 환의 속으로 손을 넣어 축 늘어진 음낭을 어루만지며 얼마나 부러움과 질투심에 빠져들었는가. 맙소사. 오줌이 나오기 시작했다. 오줌이 떨어지는 소리가 들렸다. 너무나 잘 알고 있는, 가끔 애용하고 있는, 퇴원이 가능하다면 퇴원을 해서도 가져가고 싶은, 호리병 모양의 플라스틱 오줌통 속으로 오줌이 떨어지고 있었다. 얼마나 오랫동안 오줌을 참아왔는가. 오줌은 쉽게 멈추지 않았다. 미안하다고 말하고 싶었지만 보이지 않는 손이 입을 막고 있는 듯했다. 부끄러움과 수치심이 오줌에 녹아들어 갔다. 신이라면 마땅히 환자의 오줌 정도는 받아줘야 하는 거 아닌가. 스스로를 안심시키고 있을 때 또다시 목소리가 들렸다. 미안해하지 마시오. 그들이 당신을 나에게 부탁하지 않았소. 이런 부탁은 별로 대수롭지 않은 것이오. 사실 나는 부탁 들어주는 것을 즐겨하지 않소. 부탁을 하고 부탁을 들어주는 것을 경멸하며 살았소. 이제 죽음을 앞두고 있으니. 이전과 다른 삶을 살아보는 것도 나쁘지 않다고 생각했던 것 같소. 아마 그 부탁 때문일 것이오. 부탁이란 말을 곱씹으며 잠이 들었던 것 같소. 그것이 눈을 감을 때까지 나의 신경을 자극했단 말이오. 좀 전에 꿈을 꾸었소. 당신이 오줌이 마렵다고 나를 깨웠고 나는 참으라고 말했소. 당신은 계속 오줌이 마려워 미칠 것 같다고 소리를 질렀소. 곧 아침이 밝아올 것이고 그러면 모든 게 자연스러워질 것이라고 당신을 설득하려고 했지만 당신은 내 말을 듣지 않았소. 할 수 없이. 정말 할 수 없었소. 그게 얼마나 귀찮은 일인지 당신도 잘 알 것이오. 일어나 오줌통을 들고. 그게 누구 것인지는 모르겠소. 이불을 젖히고 당신의 하의를 벗겨 자지를 꺼내. 난 음경보다 자지라는 말이 좋소. 당신이 언젠가 간호사에게 음경이란 말을 한 것을 들은 적이 있소. 어떻게 그런 말을 할 수 있소. 남들은 안중에도 없으니. 딱하오. 당신의 자지를 잡고 오줌통 속에 넣었소. 그런데. 그런데. 당신이 오줌을 싸지 않는 거였소. 마음이 점점 조급해졌소. 입장이 바뀌어 내가 오줌을 싸라고. 오줌을 싸야 한다고 당신에게 애걸했소. 당신은 잠들었는지 죽었는지 아무 반응도 없었소. 초조와 불안이 공포로 변해갔소. 당신의 오줌 소리를 너무나 듣고 싶었소. 머릿속을 명쾌하게 때리는 그 미적지근한 소리를. 나중에는 오줌을 싸라고 미친 듯 소리치며 울부짖었소. 한 손으론 당신의 자지를 붙잡고 다른 한 손으론 오줌통을 붙잡고 말이오. 상상이나 할 수 있겠소. 모두가 잠들어야 마땅한 밤에 말이오. 지독한 꿈이었소. 내 비명을 듣지 못했소. 어떻게 그렇게 깊은 잠에 빠져 있을 수 있소. 이것은 나의 악몽인지 당신의 악몽인지 모르겠소. 우리 모두의 악몽일 필요는 없겠지만. 나는 악몽을 실현시키기 위해 일어나 오줌통을 들었소. 이렇게. 말이오. 당신이 자지를 갖고 있어서. 혹시나 자지 말고 다른 게 달려 있으면 어쩌나 하고 두려워하기도 했소. 솔직히. 이렇게. 오줌을 싸주어 얼마나 기쁜지 모르오. 자, 마음 놓고 싸시오. 목소리를 듣자 오줌이 뚝 끊어졌다. 음경의 표피를 칼로 벗겨내는 것 같은 통증이 느껴졌다. 신은 왜 아무 때나 찾아오지 않는가. 신도 오줌을 쌀 수 있단 말인가. 싸더라도 오줌의 맛과 냄새는 알 수 없겠지. 더구나 소리에 대해서라면. 반도 못 채운 오줌통을 든 환자가 병실 밖으로 사라지는 게 보였다. 환자는 오줌을 어떻게 할 것인가. 화장실 형광등 아래 비춰 보며 농도와 색깔을 살펴볼 것인가. 자신의 오줌과 견주어 볼 것인가. 미지근한 오줌통을 들고, 마치 악몽의 갈증을 해소하듯, 마실 것인가. 마셔야 하리라. 오줌통을 들고 사라진 환자가 돌아오지 않기를 기다렸다. 환자는 돌아오지 않았다. 오줌통을 어디다 내팽개쳤는지 보이지 않았다. 허리가 축축하게 젖어 들어갔다. 눈을 뜨자 창밖으로, 창이라고 해봤자 창살이 쳐진 사람 얼굴만 한 크기에 불과했지만, 날이 밝아오고 있는 것이 보였다. 어쩌면 창에는 검푸른색 벽지가 발라져 있는지 모른다. 언제나처럼 먼저 눈을 떠서, 누군가 눈을 뜨고 있는지 알 수 없지만, 다행이라고 생각했다. 어쩌다 이런 신세가 되었을까. 환의와 침대 시트가 오줌에 절어 있었다. 허리가 끊어지는 통증을 참으며 몸을 일으켜 직각으로 세웠다. 바닥에 발을 디뎠다. 얼마나 오랜만에 걸어보는 것인가. 발바닥을 타고 한기가 온몸으로 퍼져 나가기를 기다렸다. 오줌에 전 환의가 사타구니에 달라붙었다. 만져보지 않아도 음모와 함께 음경이 음낭 속으로 말려들어 갔다는 것을 알 수 있었다. 그것을 끄집어내는 데는 쉽지 않은 노력이 필요할 것이다. 어기적거리며 침대 앞으로 가 허리를 구부렸다. 허리가 조금 늘어난 듯했다. 꺾쇠를 잡고 돌렸다. 직각으로 세워져 있던 침대의 상부가 점점 아래로 내려갔다. 내려가지 않았다. 아무리 돌려도 꺾쇠는 헛돌았다. 여기저기서 비명과 한숨과 울음과 고통을 호소하는 신음이 들려왔다. 옆의 환자가 누워 있던 침상을 내려다보았다. 새 주인을 기다리는 듯 가지런하게 정돈되어 있었다. 누가 보지도 않을 테지만 누가 볼지도 몰라 재빠르게 선반에 놓인 사과를, 무엇이 더 있겠는가, 들고 환의 주머니에 넣었다. 주머니에 넣자 뭔가 불쑥 솟아오른 느낌이 나쁘지 않았다. 왜 진작 주머니에 뭔가를 넣어보려고 하지 않았는지 후회가 밀려왔다. 병실을 나와 복도를 걸어갔다. 누군가 마주치면 좋으련만 대부분의 환자들은 미친 정신과 구멍 난 육체의 통증으로 물든 밤을 보내다 뒤늦게 새벽잠에 빠져들었을 것이다. 한 번도 그런 적이 없지만, 한 번쯤은 그래도 좋겠다는 생각에 간호사 데스크 앞으로 걸음을 옮겼다. 당직 간호사 둘이 마치 못 볼 것을 봤다는 듯 눈을 동그랗게 떴다. 간호사의 입가에는 무언가 빨간 국물이 묻어 있었다. 새벽의 허기를 참지 못하고 뭔가를 허겁지겁 먹고 있었나 보다. 데스크에 가려 하체가 보이지 않았다. 오줌에 젖은 환의와 맨발을 간호사가 봐준다면 좋을 텐데 어떤 한계가 느껴졌다. 또 어디 가는 거예요. 아무 대답이 없자 다시 말했다. 자꾸 그러면 저희가 곤란해요. 좀 맵지 않니. 잠시 후 등 뒤로 소리가 들렸다. 근데 몇 호실이죠. 당장 이 축축한 환의를 갈아입어야만 했다. 얼마나 오랫동안 차가운 바닥을 맨발로 누비며 헤매었을까. 세탁물 보관실 앞에 다다라서야 길게 한숨이 새어 나왔다. 문을 열고 안으로 들어갔다. 덜 마른 빨래에서 풍기는 축축하고 비릿한 냄새가 진동했다. 스위치를 올리자 전등이 켜졌다. 벽에 붙어 있던 바퀴벌레 몇 마리가 재빠르게 어딘가로 사라졌다. 커다란 부대에, 사람 열 명 정도는 충분히 들어갈 수 있는, 벗어 던진 환의가 가득 담겨 있었다. 어떤 것으로 갈아입어야 할지 알 수 없었다. 좀더 나은 것이 좀더 못한 것보다 낫다고 어떻게 받아들이겠는가. 선택의 여지가 없었다. 손에 잡히는 대로 환의를 꺼내 젖은 환의 위에 껴입었다. 환의 속에 환의,라고도 중얼거렸던 것 같다. 하나만 더, 하나만 더 하면서 입었다. 아홉 개의 환의를 입자 더 들어가지 않았다. 부풀어 오른 환의 덩어리가 되어 몸을 제대로 움직일 수 없었다. 환의 속에서 뭔가 기어 다니는 듯 여기저기가 가려웠다. 도대체 몇 번째 환의인지 어떻게 알 수 있단 말인가. 더 늦기 전에 중심을 놓고 있던 정신을 바로잡아야겠다고 생각하며 주머니에 들어 있는 사과를 꺼냈다. 터질 것처럼 붉게 달아오른 사과를 코에 대보았다. 아무런 향도 없었다. 이제 아무것도 거부할 힘이 남아 있지 않다. 남아 있지 않아야 한다. 껍질을 깎을 수 없는, 윤기만 흐르는, 가짜의, 모형의, 장식의, 이미지의, 허구의, 환희의, 광기의, 플라스틱 사과를 깨물었다. 어떤 통증도 허리를 감싸지 않았다. 무통의 감각이 척추뼈를 타고 온몸으로 퍼지기 전 사과를, 플라스틱 덩어리를 우적우적 씹었다. 허리만큼 부실한 이빨 사이사이에 과육 쪼가리가 끼었다. 과즙이 턱을 타고 질질질 흘러내렸다. 충분히 냄새나고 더러운 환의를 더럽혔다. 바닥인지 벽인지 모를 곳에 등을 기댔다. 서늘해도 좋고 미적지근해도 좋을 거대한 손 같은 것이, 신의 손이라고 해두자, 허리를 어루만졌다. 허리를 뚫고 뭔가 쏟아져 나오려 했다. 누군가 문을 열고 뭉쳐진 환의를 부대 속으로 집어 던졌다. 잠시 후 어떤 생각을 차단하듯 문을 쾅 닫는 소리가 들렸다. 부대가 쓰러졌다. 환의들이 쏟아졌다. 팔다리가 서로 얽혀 있어 애초의 주인이 누구인지 알 수 없었다. 나(너)와 그(그녀)와 아무개는 주인에게 돌아갔을까. 누구도 쉽게 환의를 갈아입으려 하지 않는다. 아무래도 좋지만. 그것이 불가능하다 해도. 그들이 아직도 뭔가를 기다리고 있다면. 그것이 이야기의 허리 어디쯤에 자리한 첫 문장이라면. 어쩌면 우리에겐 또 다른 혁명이, 혹은 환의가 필요한지 모르겠다.

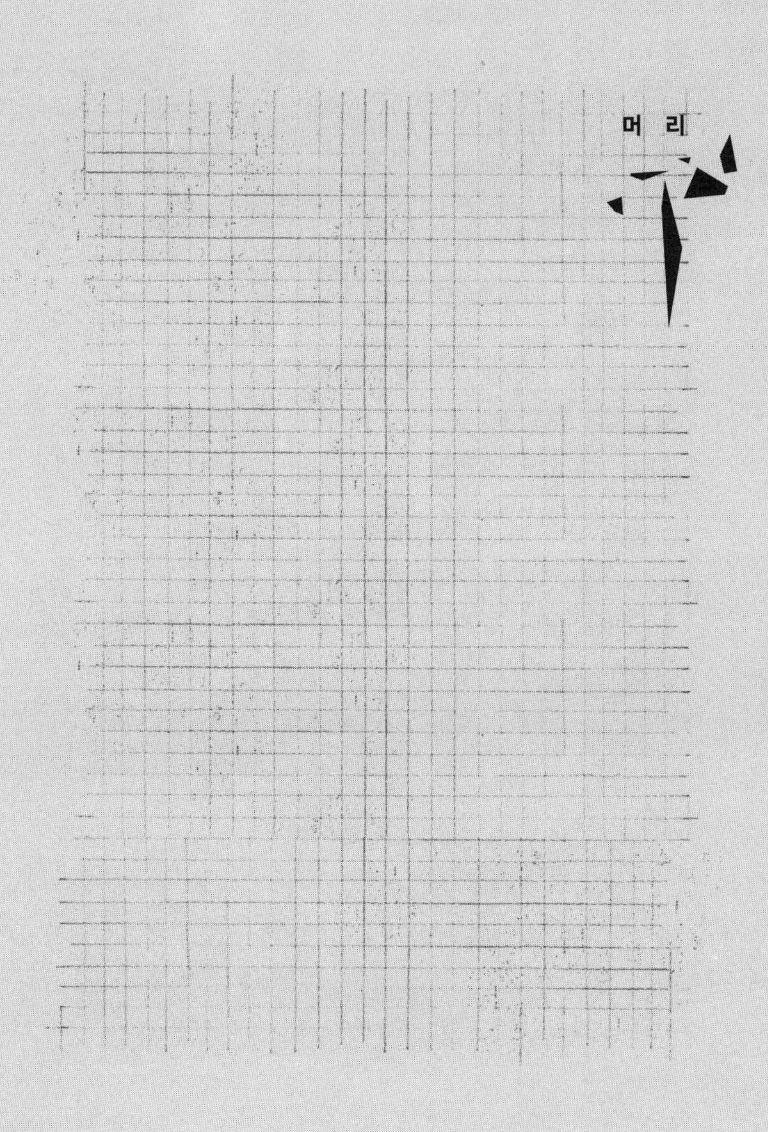
머리

이제 말할 수 없다. 의자에 앉아서 배꼽을 누른다. 배꼽 아래로 손이 가지 않는 것이 다행이다. 한때 배꼽 아래만 생각하면 저절로 웃음이 나오곤 했다. 웃음은 곧 저주로 바뀌었다. 나에 대한 저주가 바닥나면 내가 알거나 알지 못하는 이름들을 부르며 저주를 퍼부었다. 저주의 문장들은 정확히 기억할 수 없다. 그 점이 마음에 든다. 아마 이런 문장이라면 좋았을 것이다. 영원히 밤의 모서리에 걸려 넘어지기를 반복해라. 이 문장이 어떤 저주의 욕설보다 수치와 모멸을 유발시키기를 바란다. 사과를 한 입 베어 물고 싶다. 치아가 아직 멀쩡한지 시험해보고 싶은 것이다. 혀로 치아의 상태를 확인하는 것에 질렸다. 이 누렇고 딱딱한, 한때 지칠 줄 모르고 아무거나 씹고 뱉어대던, 알갱이들이 나의 치아라고 받아들일 수 없다. 어쩌면 냉장고 안에 사과가 들어 있는지도 모른다. 분명하다. 사과가 들어 있을 것이다. 적당히 썩어서 단내를 풍기는 사과. 아니 썩어 문드러져 있어도 상관없다. 의자에서 일어나 냉장고까지 걸어가는 것은 내 인생을 통틀어 가장 길고 험난한 여정이 될 것이다. 냉장고에 사과가 들어 있지 않다고 해도 실망하지 않을 자신은 없다. 냉장고에 오직 사과만 들어 있다면. 사과 속으로 길을 내며 파고드는 사과벌레처럼 살아갈 수 있을 것이다. 그러나 냉장고가 없지 않은가. 냉장고가! 냉장고가! 냉장고가! 냉장고가 없다. 이것이 이 방에 속한 나의 비극이다. 이 방에는 냉장고가 없다. 그것이 나를 절망하게 만들 거라고는 생각지 못했지만 나는 절망해야 마땅하다. 때늦은 후회가 정신의 온도를 빙점 이하로 떨어뜨리고 있다. 머릿속에서 얼어붙은 사과를 꺼낼 수밖에 없다. 사과를 반으로 쪼개는 사람과 결혼하겠어요. 어떤 목소리가 들린다. 사과를 먹을 때마다 그 목소리가 들렸다. 목소리에 밑줄을 그을 수만 있다면 아마 그렇게 했을 것이다. 한때 내 인생에 허락도 없이 끼어들어 삶을 반으로 쪼개놓고 떠나버린 목소리. 그 목소리가 사과벌레처럼 내 기억을 갉아먹고 있다. 사과를 반으로 쪼개기 위해서 얼마나 노력을 했는지 모른다. 한 번도 사과를 반으로 쪼갠 적이 없다. 쪼개고 싶은 마음과 쪼개지면 어떡하지, 하는 마음이 뒤엉켰다. 그 사이에 내 삶이 반으로 쪼개지고 있었다. 낮이나 밤이나 배꼽 아래서 벌어지는 일들을 모른 척할 수는 없었다. 자, 봐요. 여기가 반으로 쪼개져 있지요. 또 다른 목소리. 떨리는. 겹쳐지는. 이중의. 흔들리는. 사과의 뼈까지 갉아 먹는 목소리. 목소리의 주인은 손을 뒤로 해 엉덩이를 벌리며 말했다. 내가 어떤 반응을 보였는지는 말하지 않겠다. 다만 이렇게 기억에 침을 뱉을 수는 있다. 엉덩이 사이에 얼굴을 묻고 반으로 쪼개진 틈에 윗니와 아랫니 사이에 물고 있는 사과의 씨를 밀어, 이때는 혀의 작용이 절대적이다, 혀가 짧은 사람은 일찌감치 포기하기 바란다, 넣었다. 씨가 밖으로 삐져나오자 몇 번이고 집어넣었는지 모른다. 결국 씨가 안으로 들어갔다. 들어갔나. 들어갔을까. 그렇게 믿어야지 달리 방법이 있겠는가. 콧물이 났고 입술은 축축했고 혀는 얼얼해져 아무 말도 할 수 없었다. 그 전에도 입에 씨를 물고 있어 말을 할 수 없었다. 엉덩이의 주인은 엉덩이를 들썩였다. 허벅지로 나의 머리를 조였다. 한쪽 허벅지에는 애무의 솜털이 일렁였고, 다른 쪽 허벅지에서는 경멸의 쓰라림이 느껴졌다. 사과가 폭발하듯 머릿속의 어떤 생각들이 불발탄처럼 터지려다 말았다. 결국 저주의 말을 나에게 퍼부었는데 차마 흉내 내고 싶지도 않다. 하루에도 몇 번씩 애정과 저주의 낱말들을 번갈아 사용하는 것이 누군가의 언어 습관이었다. 나의 이런 무모한 행위가 목소리에 흠집을 내기도 했을 것이다. 어떤 목소리는 사방으로 퍼져나가기를 주저한다. 스스로 목과 허리를 꺾는다. 그리고 목소리는 댕강, 뚝, 하고 부러지고 싶다. 목소리가 목소리를 잡아먹는다. 목소리 안으로 목소리벌레가 파고든다. 이제 말할 수 없다. 언제나 불가능한 것만 바라게 된다. 언제부터 그렇게 되었다. 나사가 저절로 풀어지듯 시간이 뒷걸음질 치고 있다. 어떤 새의 이름을 기억해내려고 애쓴다. 이름보다 앞선 것이 새의 울음소리다. 그 새는 끄세쮸 끄세쮸, 하고 울었다. 그건 누군가의 이름을 애타게 부르는 소리 같기도 했다. 그 누군가는 나의 어둠의 반대편에서 쓰러져 가는 노을을, 기울어져 가는 노을을, 사그라져 가는 노을을 보며 울음을 터뜨리곤 했다. 과연 그런 일들이 내 어둠의 반대편에서 벌어졌단 말인가. 나는 새의 울음소리를 머릿속으로 받아 적으려 노력했다. 언제나 맞춤법이 문제였다. 들리는 것을 그대로 받아 적을 수 있다고 믿는 것은 인간이 범한 최대의 오류 중의 하나다. 언어로 포획할 수 있는 것이 무엇인지 모르겠다. 감각을 뒤흔드는 감정과 감정을 교란시키는 감각은 언어의 그물망을 너무도 쉽게 뚫고 사라지고 만다. 그물코가 아무리 촘촘해도 마찬가지다. 나는 무엇 때문에 이렇게 화가 나 있는가. 새의 배를 가르듯 얼어붙은 기억을 뚫고 거대한 쇄빙선이 지나가고 있다. 사과와 사과벌레에 대한 이야기를 더 해야 할지 모른다. 그것이 나의 정신 건강에 유리하다. 망각의 벌레가 두개골을 뚫고 지나가고 있다. 뚫고 나가지 않고 계속 맴을 돌고 있다. 우회하지 않고 선회하고 있다. 베회라는, 단어는 어울리지 않겠지. 아, 어울리지 않는다. 배회라니. 망각의 벌레가 두개골 속 어느 좌표에 있는지 표시할 수 있다면 마음이 조금은 편해질 것이다. 연습 없이 가능한 실행도 있는 법이다. 그 전에 해야 될 이야기와 하지 말아야 될 이야기를 떠올리기로 한다. 누구나 엉덩이를 벌리면 반으로 쪼개지게 되어 있다. 그 안에 웅크리고 있는 이야기가 있다. 딱딱하게 굳어버린 이야기들. 썩어 문드러져 냄새를 피우는 이야기의 알갱이들. 흩어지는 이야기를 쓸어 모을 수도 있겠다. 이야기를 반으로 쪼갤 수 있다면 좋겠다. 나의 반쪽짜리 인생을 복원할 수 있게 말이다. 이전의 삶을 기억하는 것으로 나머지 삶을 채울 수 있다면 불가능할 것도 없으리라. 이런 말을 왜 하고 있어야 할까. 내가 점점 더 화를 내는 이유는 화가 난 원인을 찾지 못하고 있기 때문이다. 화를 낼수록 내가 왜 화를 냈는지 모르게 된다. 사과를 반으로 쪼갤 수 없는 자의 희극. 빗이 있다면 머리를 빗어 넘길 수밖에 없다. 머리카락이 얼마 남지 않았다. 이제 나의 머리는 자연이 버린 폐허가 되었다. 그 어떤 새도 내 머리에 둥지를 틀지 못할 것이다. 착지를 하다가 미끄러지고 말 것이다. 머리의 빈틈을 찾아 부리를 세워 쪼지 못할 것이다. 이것이 이 방에 떨어진, 희비가 엇갈리는 머리의 비극이다. 나라고 모든 것을 잘할 수 없지 않은가. 잘하지 못하는 것을 애써 잘하려고 하면 안 된다. 새가 창가에 앉아 ㄲ세쮸, ㄲ세쮸, 하고 울자 목소리가 사라졌다. 목소리의 이름을 ㄲ세쮸,라고 불러본다. 그렇게 부르지 못할 이유는 없다. 생의 절반을 눈물로 물들이고 있는 ㄲ세쮸. 사과의 고장에서 사과나무를 바라보며 눈물을 흘리는 ㄲ세쮸. 사과를 반으로 쪼개지 못하는 남자의 어깨를 눈물로 적시는 끄세쮸. 사과 씨를 인중에 붙이고 애수의 소야곡을 부르는 끄세쮸. 이것이 무엇인지 나는 영원히 모른 체하고 있을 테니 제발 날 좀 내버려두지 말고 어떻게 좀 해줘요, 라며 질질 짜는 끄세쮸. 그만하자. 이만하면 됐다. 이제 곧 두 사람이 찾아올 것이다. 이야기는 사람이 떠나거나 찾아오면서 시작된다. 사람이 어디로 떠나고 어디에서 찾아오는지 설명하지는 않겠다. 그거야 이미 다 알고 있는 게 아닌가. 이야기를 구차하게 늘리고 싶지 않다. 이 문장 역시 구차할 뿐이다. 한 사람은 방으로 들어오지 않을 것이다. 방으로 들어온 사람은 말을 하는 도중 고개를 돌리거나 손을 들어 방 밖을 가리키며 최, 최, 최, 라고 말할 것이다. 최, 가 방 밖에 있는 사람의 성씨인지는 알 수 없다. 어쩌면 당최, 당최, 당최, 라는 단어가 최, 최, 최, 로 발음되고 또 그렇게 듣고 있는지도 모르겠다. 나는 또다시 방 안에 들어온 사람의 이름을 물어볼 것이다. 그는 다시 최, 최, 최, 라고 좀더 목소리의 톤을 높여 말할 것이다. 이제 나는 방 안에 들어온 사람을 최, 라고 믿게 된다. 미래는 믿을 수 없는 자들의 이름으로 더럽혀지리라. 최는 여기 앉아도 될까요, 라고 묻지 않고 의자를 끌어당겨 내 옆에 앉을 것이다. 최가 앉아 있는 것은 의자가 아니다. 내 방에는 의자가 하나밖에 없지 않은가. 미래가 의자 하나로 완전히 뒤바뀔 수도 있으니 조심하자. 의자가 없어지고 추가되는 것은 중요한 문제다. 내 방의 의자는 하나고 그것의 주인은 나다. 이것을 빼앗길 수는 없다. 내가 가진 유일한, 내가 아닌, 나를 말해줄 수 있는 유일한 사물. 언제까지나 나는 이 의자에 앉아 있게 될 것이다. 최는 내 의자 다리에 구두가 닿을락 말락 가까이 서 있을 것이다. 그렇게 나를 겁주고 있다. 내가 가진 것을 빼앗기 위해 안달이 나 있다. 조금이라도 내가 이상한 행동을 하면 구두로 의자 다리를 걷어찰 것이다. 한 번도 그런 적은 없지만 꼭 그런 순간이 오지 않으리란 보장은 없다. 나는 최대한 불편한 심기를 드러내려고 애를 쓸 테지만 최가 나의 의도를 순수하게 받아들일지는 알 수 없다. 어서 이 시간이 지나가기를 바랄 뿐이다. 아니 영원히 이 시간이 지속될 수 있기를 바란다. 미래의 어떤 이야기는 멈춘 채 나아갈 것이다. 최는 바지 주머니에 손을 넣었다 뺐다,를 반복할 것이다. 주머니 속에는 아무것도 들어 있지 않을 것이다. 단지 어떤 위협의 신호를 나에게 선사해주고 싶은 마음에서 무의미한 행동을 반복적으로 하고 있다. 주머니에 담긴 최의 손의 형태에 대해 생각을 키울 것이다. 엄지손가락이 다섯 개 붙어 있는 손. 왜 그런 손이 떠올랐는지 모르지만 그런 손의 소유자라면 주머니에 손을 넣었다 뺐다, 하는 행위가 부자연스럽지는 않을 것이라 생각된다. 나의 생각이 실현될 리는 만무하지만 그 점이 생각을 좀더 확고하게 만들고 있는 것도 사실이다. 그 손으로 나의 목덜미를 움켜쥐고 흔들어댈 수 있을 것이다. 나는 입을 벌리고 침을 흘릴 것이다. 그럴 수 있다면 좋겠지만 입이 바짝 말라 있다. 물을 먹지 않은 지 얼마나 오래되었는지 모른다. 탁자에 놓인 물컵을 바라볼 때마다 내 삶이 반으로 쪼개지고 있는 것만 같다. 세상이 두 쪽 나도 물컵의 물은 두 쪽이 나지 않을 것이다. 이 문장에 밑줄을 그을 수 있다면 그어봐라. 밑줄이 곧 문장이 휘발되는 효과를 나타낼 것이다. 세계의 문장은 그렇게 정확하다. 빈틈이 없다. 주머니에서 손을 뺐다가 다시 집어넣으며 최는 말할 것이다. 최의 입 모양과 목소리는 따로 놀고 있다. 이것을 어떻게 설명해야 할지 난감하다. 최의 입이 다물어지는 동안에도 최의 말들이 고삐 풀린 망아지처럼 방 안을 미친 듯 뛰어다닐 것이다. 망아지가 망아지 형태의 똥을 싸지르는 것 같은 최의 말들이 환청처럼 들릴 것이다. 자, 엉덩이를 의자에 붙이고 말을 들어보자. 최의 말은 이미 오래전부터 시작되었다. 앞의 문장들을 기억하지 못하는 게 유감이다. 이런 문제였습니다. 그러니까 우리는 더 기다릴 수 없습니다. 당신과 우리의 우정은 이제 만료되었습니다. 우정이란 말이 거슬렸다면 용서해주기 바랍니다. 짧지도 길지도 않은 시간 동안 우리는 당신의 침묵을 이해하려고 부단히 애를 썼습니다. 모든 것을 받아들이는 동시에 거부하고 있는 당신의 일관된 태도에 대해 존경의 마음을 품어보기도 했습니다. 이제 더는 우리에게 존경심을 불러일으키는 존재가 없다는 것을 당신도 익히 알 것입니다. 그러니 우리는 우리의 인내를 시험하는 당신에게 존경을 표합니다. 물론 우리의 마음이 다 같은 것은 아닙니다. 우리 중 누군가는 당신의 침묵은 고도로 지능적인 야비한 버티기라고 단정하기도 했습니다. 다행히도 그 누군가의 말은 설득력이 없었습니다. 그것은 누군가의 언변술에 문제가 있는 까닭이기도 합니다. 그의 말에 고개를 까닥하는 사람은 아무도 없었습니다. 아무도 없었단 말입니다. 사안이 중대한 만큼 함부로 단정할 수는 없겠지요. 은밀하게 살살 달래서 당신의 언어를 끌어내고 녹여내야만 합니다. 누군가는 곧 다른 지방으로 발령이 났습니다. 마지막으로 자신의 짐을 챙기면서 그는 약간 눈물을 비치기도 했습니다. 한편으로는 감정의 과장 같기도 했습니다. 그는 왜 눈물을 감추지 못했을까요. 이런 감상적인 물음에 빠질 여유는 없었습니다. 여유가 있었다고 해도 빠지지는 않았을 것입니다. 우리의 머리는 그런 점을 용납할 수 없습니다. 용납할 수 없습니다. 그것은 아무 문제가 되지 않았습니다. 누군가에 대한 사연을 당신에게 말하는 것은 우리의 언어 밑바닥에서 누군가의 삶이 파국으로 치닫고 있기 때문입니다. 오해하지 말아주십시오. 누군가는 우리의 이야기에서 없어도 있어도 그만인 존재입니다. 당신의 이야기라면 달라질지도 모르겠습니다. 당신이 이야기의 힘을 믿고 이야기의 멀미와 미열을 여전히 받아들일 수 있다면 말입니다. 알고 있습니다. 그것이 불가능하다는 것을 말입니다. 이미 당신의 머릿속에서는 이야기가 휘발되고 말았다는 것을. 이야기의 비등점이 사라졌습니다. 내가 이렇게 말을 하는 이유는 당신에게 기회를 주는 시간을 늘리고자 함입니다. 알고 있습니다. 당신은 결코 기회를 바라지 않을 것입니다. 최후의 기회는 이미 지나갔습니다. 모든 기회가 최후였습니다. 시간의 늘어짐은 결국 말이 늘어지는 것과 같습니다. 시간과 말. 그리고 늘어짐. 저의 말을 염두에 두지 말아주십시오. 역시 시간을 보내기 위함입니다. 알고 있어도 당신은 고개를 끄덕이지 않을 겁니다. 그 점이 좋았습니다. 뭔가 알 수 없지만, 어떤, 지나버린, 다시는, 그런 느낌을 받을 수 없는, 과거의, 낡은, 폭력에 가까운, 침묵이 좋았습니다. 좋았습니다. 그래서 우리는 망설이고 있던 것입니다. 그러나 우리는 더는 기다릴 수 없습니다. 기다릴 수 없습니다. 기다릴 수 없습니다. 그동안 기다리면서 우리가 깨달은 것은 기다림은 기다릴수록 길어지기만 한다는 것입니다. 우리가 기다린 것은 기다림 그 자체라는 인정할 수 없는 결론에 이르고 말았습니다. 이런 명쾌한 결론을 얻기 위해 우리가 기다린 것이 아닙니다. 기다리지 않았다면 기다릴 필요조차 없었을 것입니다. 우리는 무엇을 기다리고 있었는지조차 잊었습니다, 라고 말하고 싶지만 기다림의 고삐를 늦출 수는 없습니다. 거듭 말합니다. 기다릴 수 없습니다. 이제 당신과 우리 사이에 언어가 비집고 들어올 섬세한 틈은 사라졌습니다. 아니 썩어 문드러졌습니다. 너덜너덜해졌습니다. 절망의 끝에 와버렸습니다. 최는 거기까지 말하고 한숨을 내쉬게 될 것이다. 한숨이 이 방의 냉기를 녹이게 될 것인가. 과연 그게 가능할까. 최는 그렇게 말하지 않을 것이다. 이미 최는 나에 대해 지쳤을 것이다. 누군들 나에게 지치지 않을 수 있겠는가. 최는 나를 향한 말의 불가능성, 말의 무의미에 대해 통달해 있을 것이다. 시간이라면 물론 말보다 더 넌더리가 나 있을 것이다. 이런 젠장. 차라리, 당신의 엉덩이와 이야기를 나누는 게 낫겠소. 다 끝났소. 끝이오. 이제 죽을 각오나 하시오. 방을 나가며 최가 마지막으로 나에게 남긴 말은 아마 그랬을 것이다. 정확한 것은 아무것도 없다. 타인의 말은 오래 담아두지 않는 편이 좋다. 오래 담아둘수록 단어가 바뀌고 문장의 구조가 뒤틀린다. 과장과 비약의 속도로 언어의 색채가 달라지고 형태가 구부러지는 것이다. 결국 모든 언어가 절망의 끝으로 달려 나가게 되어 있다. 마지막이라니. 최가 다시 입을 함부로 놀리지 않을 거라고 어떻게 알 수 있단 말인가. 나는 최가 눈치 채지 않게 엉덩이를 들썩이며 미소를 지어 보였다. 순간 엉덩이 사이에서 새롭고도 놀라운 이야기가 시작되려고 했다. 나의 착각일지도 모르지만 조금만 더 버텼다면 가능했을 것이다. 나는 그렇게 인내심이 많은 인간이 아니다. 나 역시 무엇을 버텨야 하는지 모르고 있다는 게 솔직한 심정이다. 최는 이제 더 이상 나에게 말을 걸지 않는다. 내 방에 들어와 코를 움켜쥐고 인상을 잔뜩 찌푸리며 마지막 남은 지푸라기라도 잡아보려는 심정으로 내 주변을 어슬렁거릴 것이다. 구두 소리. 구두 소리. 간혹 코가 닳은 구두를 꿰어, 바닥을 기어 다니는, 사과를 찾지 못해 길을 잃고 헤매는 사과벌레들을 짓밟으며 짧은 시간 동안의 쾌감을 맛볼 것이다. 내가 입을 열어야 할 순간이 언제인지 모르겠다. 그 시간은 이미 지났거나 영원히 도래하지 않을지도 모른다. 나는 모든 언어를 끄세쮸, 끄세쮸,라는 울음으로 대신하고 싶은 충동을 억누르며 골반뼈에 힘을 주어 의자에 앉아 있다. 아니 의자가 나의 엉덩이를 받치고 있다고 해야 할 것이다. 이 방에서 의자는 나보다 오래 살고 있다. 오래전부터 나를 기다리고 있었다. 내가 의자에 앉자 의자의 시간은 사라지고 말았다. 얼마 남지 않은 시간의 어느 좌표에 의자 다리를 꽂아야 할지 모르겠다. 의자 다리가 점점 짧아지고 있다. 최는 오지 않는다. 그렇다고 쉽게 사라지지도 않는다. 사라지지 않으니 최는 영원히 나를 찾아오지 않을지도 모른다. 어느 날 최가 찾아와 자신의 코를 만지게 된다면 나는 내 머리통만 한 창문으로 시선을 돌릴 것이다. 창문은 오른쪽 벽면에 붙어 있다. 창문이라고 말했지만 성에가 잔뜩 낀 유리창을 붙여놓은 것에 불과하다. 유리창 모양을 본떠 만든 그림일지도 모른다. 그림을 유심히 들여다보면 그림 속에는 희미하게 창문,이라는 활자가 새겨져 있을지도 모른다. 그렇게 생각하는 것이 마음 편하지만 속단하기는 이르다. 설령 내가 의자에서 일어나 창을 만지려고 발돋움을 해도 손이 닿을 리가 없다. 발판 삼아 의자에 올라서면 가능할지도 모르겠지만 아직 시험을 하기엔 이르다. 만약 창에 손이 닿지 않는다면, 닿지 않는다면, 닿지 않는다면,이라는 생각으로 그 동작을 미루고 있다. 창을 열 수가 없다. 열 수가 없으니 닫을 수도 없다. 어떤 도구를 사용해 깨뜨릴 수 있을지도 모르겠다. 도구를 사용해본 적이 언제였나. 나는 도구를 사용할 줄 모르는 인간으로 퇴화되고 있다. 내가 시선을 돌려 창문을 바라보는 사이 최는 탁자를 두 손으로 움켜쥔 채 물컵을 내려다볼 것이다. 물컵에 담긴 물이 그의 심기를 건드리는지 잠시 인상을 찌푸릴 것이다. 세계의 문장에 균열이 일어난다. 물이 서서히 쪼개지고 있다. 내가 말을 해야 한다면 이런 말들이 좋을 것이다. 물이 서서히, 아니, 아니란 말이지요, 물이 솨솨이 쪼개지고 있어요. 왜 이런 말투를 한 번도 사용해보지 않았을까. 어미를 접으면 사람이 좀 겸손해질 수도 있는 법인가 보다. 이건 또 어떤가. 물이 울고 있어요. ㄲ세쮸요, ㄲ세쮸요, 하고 말이에요. 이제 내 이야기를 들어보시겠나요. 시작은 미약하나 끝 역시 미약한 이야기를 말이지요. 집어치워라. 집어치우고 상대방의 의사를 무시한 채 이야기를 시작한다. 이쯤에서 최는 좀 사라져줘도 좋겠다. 어차피 최를 위한 이야기는 아니었다. 설령 최를 위해 시작한 이야기라고 해도 이야기가 막상 시작되고 나면 최는 사라지게 되어 있다. 최를 망각해야만 이야기가 지속될 수 있다. 과연 최의 시선의 감옥에서 벗어날 수 있을까. 무시할 수 있어도 벗어날 수는 없다. 최의 시선 안에서 이야기가 배회하게 될 것이다. 배회,라는 말은 이럴 때 쓰는 것이다. 우리는 한동안 조그만 창이 달린 다락방에서 살았다. 창밖의 풍경은 어두웠다. 간혹 붉고 푸른빛이 번쩍였다. 창은 열리지 않았다. 밖에서 누군가 창에 못질을 해 놓은 것만 같았다. 창을 뜯어내도 어두운 풍경은 사라지지 않을 것만 같았다. 다락방 아래로 내려갈 수 없었다. 다락방에 우리는 갇혔다. 자발적 감금. 능동적 유폐. 라는 그럴싸한 단어로 그 시절 우리의 어둠을 치장하고 위로한다고 해서 우리의 다락방이 사라지는 것은 아닐 것이다. 분명한 것이 있다. 나는 결코 다락방에 대해서 말하고 싶은 것이 아니다. 방이라면 지긋지긋하다. 또한 방이라면 지금 이 방을 말해야만 할 것이다. 과거와 미래로 무한히 열려 있는 방 말이다. 힘겹게 과거의 다락방으로 시간을 돌려놓았는데 다시 현재의 방으로 올 수야 없겠지. 미래로 가기 위한 유일한 지름길은 과거를 통해서뿐이다. 현재란 있을 수 없다. 어디까지 기억을 했을까. 기억의 단초가 무엇이었을까. 나는 너무나 잘 알고 있으면서 스스로의 기억력을 확인해보고 싶은 것이다. 이런 점이 화를 억누르게 만드는 것도 사실이다. 다락방에 갇혀 우리는 검은 서적을 읽었다. 어둠 속에서 깨알 같은 활자들을 더듬어가며 저마다 다른 어조로 발음했다. 발음의 속도는 빠르거나 느렸다. 어떤 의미도 찾을 수 없는 오로지 엇비슷한 형태로 무한 증식하는 언어들이 우리를 어리둥절하게 만들고 머릿속을 가득 채웠다. 서적을 베고 누워 잠이 들었고 자고 나면 낱장에 침이 가득 고여 있었다. 요강에 앉아 똥을 눌 때마다 항문에서 구겨진 책 뭉치가 쏟아지는 것만 같았다. 똥을 누지 않는 자가 똥을 누는 자의 수치심을 덜어주기 위해 아니 똥을 누지 못하는 자의 굴욕을 다른 감각으로 전이시키기 위해 아무 책이나 펼쳐 아무 페이지나 소리 나게 찢었다. 찢는 속도는 점점 빨라졌다. 어느 순간부터 똥이 마려우면 책을 먼저 찢었다. 누가 우리를 가뒀는지는 구체적으로 말할 수 없다. 말할 용기가 없는지도 모른다. 말할 용기가 없는지도 모른다. 말할 용기가 없는지도. 용기가 없는지도. 없는지도. 없는지도. 그런지도. 모른다. 말할 용기가 없다. 지금에라도 말할 용기가 있다면 아무런 저항도 의심도 없이 한 문장의 명령에 다락방으로 끌려 올라가지도 않았을 것이다. 어느 날 밤 우리는 등을 떠밀려 다락방으로 올라갔고 당분간 내려올 수 없다는 명령을 받았다. 다음 페이지를 넘기시오,라는 문장처럼 독자를 무시하는 동시에 호기심을 자극하는 강제적 권유가 담긴 목소리였다. 그 목소리는 우리의 고막에 눌어붙어 사라지지 않았다. 목소리가 사라지기 위해서는 고막이 함께 녹아내려야만 했다. 우리는 어떤 놀이에 경도되어 있었는지도 모른다. 그렇게 절망의 감금을 연기하기 시작했다. 술래가 없는 숨바꼭질. 숫자를 세기 전부터 우리는 숨어 있었다. 다락방 아래에서 어떤 일이 벌어지고 있었는지조차 잊은 채 우리는 라면을 부숴 붉은 수프 가루에 찍어 먹으며 다락방 문이 열리기를, 열리지 않기를 기다리고 있었다. 열리면 어떡해야 하고, 열리지 않으면 또 어떡해야 한단 말인가. 치아 사이에 끼인 곤죽이 된 라면 찌꺼기를 혀로 핥으며 모로 누워 잠드는 밤이면, 우리가 누우면 밤이 되었다, 창밖으로 거대한 새의 그림자 같은 것이 지나가곤 했다. 총소리 혹은 종소리가 잠의 페이지에 구멍을 뚫었다. 그 소리는 끄세쮸,

끄세쭈,처럼 들리지 않았다. 어림없다. 결코 그렇게 들려서는 안 된다. 다락방 아래에서는 거대한 철판이 휘어지는 소리가 반복적으로 들려왔다. 우리의 등뼈가 흔들렸다. 흔들리다가 흔들리다가 점점 굽어져 갔다. 다락방 아래에서 지내던 날들이 잠의 박피를 벗겨내고 악몽으로 찾아들곤 했다. 다락방 아래에서 지낼 때는, 다락방에 갇히고 나자 다락방 아래에서 역시 갇혀 지냈다는 것을 새삼 깨닫게 되었다, 어떤 글도 읽지 않았다. 활자들의 밤을 믿지 않았다. 우리는 어떤 꿈도 기억하지 못했고, 기억하지 못하는 꿈은 꾸지 않은 꿈으로 남아 우리의 잠 속으로 파고들어 아무것도 기억하지 못하게 만들었다. 텅 빈 낱장 같은 잠의 날들이었다. 어떤 활자도 우리의 잠구멍을 간질이지 않았다. 다락방은 축소와 확대가 불규칙한 거대한 잠구멍 속이었다, 라고 말하면 과장일 테지만, 다락방이 등장한 이상 그 어떤 과장도 과장이라는 단어가 가진 본래 힘을 발휘하지 못할 것이다. 아무리 과장해도 과장이 되지 않는다는 말이다. 그렇다면 다락방에서 우리의 이야기가 시작되었나. 이야기가 시작되기 전 머리말에 불과한 이야기. 잠구멍 속의 잠구멍 속에 머리를 들이밀고 있는 머리말. 잠구멍이 언제 열리고 닫히는지 알 수 있다면 머리말의 머리를 잘라낼 수도 있을 것이다. 잠구멍 속의 잠구멍 사이에 허리를 걸친 채 책을 집어 털면 라면 수프 가루가 쏟아졌다. 손가락에 침을 묻혀 그것을 찍어 먹었다. 읽을 수 없었던 문장들이 더욱 읽을 수 없게 되었다. 나는 그 시절의 문장을 하나도 기억하지 못한다. 역시 그것은 타인의, 가짜 이름으로 위장한 자들의, 문장이기 때문이다. 이야기를 더 이상 지속할 수 없다. 이야기의 비등점이 어디인지 모른다. 그렇게 말했다. 이 이야기는 누구의 것인가. 나에게 그런 어두운 기억이 있다는 것을 받아들일 수 없다. 이 기억은 어쩌면 검은 서적의 한 페이지를 장식한 문장들을 허술하게 모방한 것에 불과할지도 모른다. 기억의 반대편에 뿌리를 내린 허구다. 허구의 균열이다. 균열과 균열 사이에 끼인 곤죽이 된 문장의 찌꺼기라고 할 수 있다. 그렇게 생각하는 것이 마음에 편하다. 인중에 땀이 가득하다. 곧 얼어붙고 말리라. 그 전에 해야 될 말이 있다. 나는 다락방에서 지낸 적이 없다. 다락방은 이렇게 쪼개진다. 다락방에 감금된 어느 이름 없는 사람들의 이야기를 읽은 적은 있다. 그것을 언제 읽었는지 모른다. 읽긴 읽었겠지. 인생의 어느 한 시절에는 누구나 다락방에, 지하실에, 동굴에, 하수구에, 갇힌 사람들의 이야기를 읽는 것이 신문의 부고란을 읽는 것보다 쉬운 일이었으니까. 읽었다기보다는 들었는지도 모른다. 읽기보다 듣는 것이 나의 윤리에 맞을 것이다. 어쩌면 나는 세상에서 가장 편한 자세로, 바닥에 깔아놓은 신문지에 발을 올려놓고 누군가의 무릎베개를 베고 누워 다리 사이에 손을 집어넣어 잡히는 것을 매만지며, 간혹 손가락을 빼서 냄새를 맡거나 입속에 넣어 빨아보기도 하면서, 그 사과가 썩고 있어,라는 말을 중얼거리며, 그런 이야기를 들었는지 모른다. 천장에서 떨어지는 빗물에 신문지가 젖어 들어가듯 나는 축축한 잠구멍으로 기어들어 갔을 것이다. 깨어나면 신문지가 물에 완전히 젖어 있었다. 젖은 신문지의 지난 기사를 읽으며 침수된 세계의 문장이 마르기를 기다렸다. 기다렸다. 기다렸다. 단지 기다리는 것밖에 없었다. 내가 할 수 있는 일이 기다리는 것밖에 없지는 않았지만 기다렸다. 그것이 머리 비극의 시작이었는지도 모른다. 그 대가를 지금 톡톡히 치르고 있는 것이다. 이렇게 마무리를 지어야지. 잘 수습했다. 이제 비가 와도 나의 머리는 젖지 않으니까. 그 점이 이 방의 유일한 장점이다. 빛과 바람과 습기와 물속에 언제 또 발목을 담글 것인가. 걸으면서, 기어서라도 자연에 저항하면서 무릎을 연마할 것인가. 자연은 머릿속에서 가장 아름답게 빛난다. 자연 속으로 발을 내딛는 순간 모든 것이 부자연스럽게 얼크러지고 만다. 이곳은 자연인가. 자연 속인가 자연 밖인가. 내가 명명한 자연은 도대체 어떤 자연이란 말인가. 검은 서적 속의 문장들을 가두고 있는 허구의 자연을 나는 말하고 있는지도 모른다. 자연 속이라면 자연 밖을 관찰하고 자연 밖이라면 자연 속을 응시하게 되어 있다. 나는 그런 사람이다. 나는 갇혀 있다. 여기서 이렇게 무너지게 될 줄이야. 이 문장이 창문에 박아

놓은 못처럼 모든 사고와 상상을 압박하고 있다. 문제는 이 문장이 나도 모르게 튀어나온다는 것이다. 농담처럼. 농담처럼. 농담처럼. 하루아침에 농담이 진담이 되었다. 희목이 되었다. 자연이 되었다. 나는 갇혀 있다. 죽을 각오를 해야 한다. 그게 모두를 이롭게 하는 것이라고 한다. 자연이란 그런 것이라고 한다. 자연도 모르면서 자연! 자연! 자연! 하고 부르짖는 자가 받아야 할 자연의 벌이라고 한다. 자연은 관용과 용서에 인색하다고 한다. 용기가 부족한 자에게는 더 강하다고 한다. 모든 것이 자연의 뜻대로 되어간다고 한다. 자연은 한 번도 스스로의 빛을 잃은 적이 없다고 한다. 그러나 여기서 나는 말해야겠다. 자연의 법칙을 위배하듯 반복한다. 이제 말할 수 없다. 나는 갇혀 있다. 죽을 각오를 해야 한다. 물론 이 문장은 나의 문장이 아니지만 나의 문장이 풍기는 냄새를 쫓아다니고 있다. 이 방의 냄새는 나의 후각을 자극하지 못한다. 코로 내 코를 냄새 맡아보아도 소용없다. 이런 문장을 몇 개 더 머릿속에 새겨두어도 좋겠다. 혀로 내 혀를 빨아대듯이 문장의 수분을 흡입할 수도 있을 것이다. 나는 갇혀 있다. 그리고 기다리고 있다. 한때 최, 라는 이름을 가졌던 사람은 오지 않는다. 당최, 역시 오지 않는다. 도대체 그 사람의 이름이 몇 개인지 모르겠다. 머릿속에 암호가 타전되듯 구두 소리가 들린다. 기억과 어둠과 잠과 언어의 저편으로부터 들려온다. ㄲ세쮸, ㄲ세쮸. 잊고 있던, 아니 잊으려 애쓰고 있던, 어찌 잊을 수 있겠는가, 새의 울음소리, 아니 누군가의 이름, 아니 누군가 신고 있던 구두의 상표가 떠오른다. 끄세쮸슈즈. 볼품없는. 코가 다 닳아버린. 그러나 역시 나는 그 구두를 갖고 싶었던 것이다. 구두를 빼앗겨 맨발이 된 내가 유일하게 볼 수 있는 구두. 공포와 선망의 대상. 구두 소리가 들려올 때마다 나의 섬망증은 가속도를 높인다. 구두 소리는 구두의 메이커다. 그러니까 구두 소리도 끄세쮸, 끄세쮸 들려오고 그 소리는 언젠가 내 머리에 비상착륙해 둥지를 틀던 어떤 새를 닮은 사람을 생각하게 만드는 것이다. 비록 나는 그 사람을 위해 사과를 반으로 쪼개지는 못했지만 그런 까닭으로 이 좁디좁은 곳에 갇혀, 점점 안으로 썩어가는 사과처럼 그 사람에 대한 생각을 무한히 키우고 있는 것이다. 간혹 씹던 과육을 뱉어내듯 화를 내면서 말이다. 모든 언어의 껍질이 그 사람을 향해 벗겨지고 있다. 이렇게 믿어야 모든 문장들이 되살아날 수 있을 것이다. 이제 말할 수 없다. 이제 그 사람은 없다. 그 사람 이야기를 좀더 해야 할까. 시간이 별로 없다. 서두르자. 요약하자. 결론만 말하자. 미안하지만 이 이야기는 결론 이후의 이야기가 될 것이다. 나에겐 누군가의 심기를 건드리고 맥 빠지게 만드는 재주가 있나 보다. 그 사람을 내가 어떻게 했다고 한다. 머리를 반으로 쪼갰다고 한다. 단단하고 뾰족한 도구가, 그게 내가 사용한 마지막 도구였을 것이다, 내 손에 들려 있었다고 한다. 나는 자연,이라고 소리쳤다고 한다. 과연 내가 그런 소리를 질렀다니. 자연은 그렇게 내 머릿속에 꽂혔다. 그 사람의 울음소리도 반으로 쪼개졌다고 한다. 끄세쮸, 끄세쮸. 모두가 그걸 바라고 있다고 해도 그게 어떻게 가능하다는 말인가. 나는 스스로에게도 대답하지 않았다. 모두가 바란다고 바라는 대로 할 수는 없지 않은가. 자연의 반대편으로 쓰러지는 바람도 있는 법이다. 나의 침묵은 영원히 반으로 쪼개지지 않을 것이다. 구두 소리가 어떻게 현실과 허구를 정확히 반으로 쪼갤 수 있겠는가. 사과벌레가 한 번도 사과 밖으로 길을 낼 수 없었듯이, 사과 밖에도 길이 있다는 것을 사과벌레는 결코 몰랐을 것이다, 그것이 사과벌레라 이름 붙인 자의 비극이다, 나는 구두 소리 밖으로 나갈 수 없다. 구두 소리가 들려오지 않는다,라고 생각할 시간이면 어김없이 구두 소리가 들려온다. 들려온다. 들려온다. 들려온다. 여기까지 왔으니 물러설 수 없다. 나의 귀는 의심에 약하다. 이제 한낱 사과의 목숨에 불과하다. 잘 빠져나왔다. 이런 문장의 끝에서 방문이 열리고 어떤 거대한 손이, 자연의 손이라고 해두자, 들어와 재채기를 참는 코를 부여잡듯이 내 머리를 움켜잡았다. 머리에 힘이 들어갔다. 그것은 내가 경험해 본 적 없는 저항할 수 없는 완력이었다. 얼마 남지 않은 머리카락이 곤두섰다. 혀뿌리에 남아 있던 침이 목구멍을 긁으며 내려갔다. 배꼽 아래가 부글부글 끓었다. 잠시 후 그 손이 정확히 내 머리를 반으로 쪼개기 시작했다. 나는 내가 어떤 울음소리를 흉내 내보려고 애를 쓴다는 것을 눈치 채고 윗니와 아랫니 사이에 혀를 놓고 힘을 주었다. 이래서는 안 된다. 이래서는 안 된다. 이렇게 될 줄 알았지만 이래서는 안 된다. 영원히 밤의 모서리에 걸려 넘어지기를 반복해라. 머릿속으로, 어느 쪽 머리인지 모르겠지만, 나의 반쪼가리 인생을 저주하며 중얼거릴 때 머리가 쪼개지면서 혀가 으깨지면서 내 머리에서 입에서 어쩌면 엉덩이 사이에서 같은 소리가 동시에 새어 나왔다. 물론이다. ㄲ세쮸, ㄲ세쮸. 이제 와서 그 소리를 바꿀 수야 있겠는가. 이것이 나의 마지막 목소리다. 그다음엔 죽을 각오만 남아 있다. 다시 한 번 자연,이라고 소리칠 수 있다면. 나의 바람은 자연의 반대편으로 쓰러지지 못한다. 나는 쪼개졌고 그게 끝이라고 말해도 끝이 나지 않겠지만 세계의 문장은 이렇게 끝날 것이다.

다음 페이지를 넘기시오.

뒤에

0

도시가 붕괴될 때 나는 어떤 이야기를 하고 있어야 할까.

내가 떠나온 자연. 내가 떠나온 사람. 시간들. 장소들. 이름들. 문장들. 이야기들. 물음들. 울음들. 나는 더듬거리며 밤 그리고 도시의 문장을 읽는다. 문장들이 이야기로 흡수된다. 문장들을 빨아들이는 이야기가 있다. 이야기의 위장을 허물어뜨리는 문장도 있다.

다시 시작하자. 아무도 나에게 대답을 원하지 않는다. 소가 여물을 먹듯 문장을 쓰고 있다. 문장 뒤에 오는 문장이 있다. 이름 뒤에 오는 이름이 있다. 목소리 뒤에 오는 목소리가 있다. 이야기 뒤에 오는 이야기는. 어떤 이야기는 처음으로 돌아가지 않는다. 처음을 모방하면서 끝을 향해 나아갈 뿐이다. 끝을 향할 뿐 끝에 다다르지는 않는다. 이야기의 점진적 이동. 그것만

이 이야기 뒤에 오는 이야기다.

나는 무를 씹고 있다. 무는 희고 둥글고 매끄럽다. 달고 맵다. 매일 밤 무를 먹는 게 일이 되었다. 집에 조그만 텃밭이 있다면 무를 키워도 좋을 것이다. 그러나 무언가를 키우는 것에 재주가 없는 나는 무밭을 망칠 것이다. 때로는 홍수와 가뭄으로 나의 노력과 무관하게 무밭이 엉망이 될 것이다. 폐허가 된 무밭을 보며 절망에 빠질 것이며 더 이상 무를 먹지 않게 될 것이다. 나는 자연에 저항하는 인간이 아니다. 그것이 두려움의 본질이다.

무를 잡아 뽑을 때 인간은 어떤 표정을 짓게 되는가. 몇 방울의 땀이 등줄기를 타고 흘러내려 갈 것이다. 이유 없이 화가 나 무청을 갈기갈기 찢어놓을 때도 있을 것이다. 여유가 있다면 무밭을 가꾸는, 무처럼 입을 다물고 있는 농부를 고용할 것이다. 무밭을 가꾸는 농부의 모습을 지켜보면서 계절의 변화를 느낄 것이다. 어느 순간 무를 키우는 것이 아닌 무밭을 가꾸는 농부를 키우고 있다고 새삼 알게 될 것이다. 부끄러워지겠지. 웃지 않을 수 없다. 웃음 뒤에 오는 것은. 그것이 또 나를 절망에 빠뜨리게 만들 것이다. 자연만 떠올리면 두려움에 가속이 붙는다.

소가 여물을 먹듯 무를 씹고 있다. 무 같은 문장은 좋다. 무 같은 문장으로 이루어진 이야기가 좋다. 그러나 무 같은 게 뭔지 도통 모르겠다. 어렴풋하게 유추할 수 있지만 문장으로 표현할 수 없다. 무의 특성을 알고 있다고 해도 언어가 사물의 특성을 그대로 노출시킬 수 있는 것은 아니다.

이렇게 말하는 것이 가능할까. 이 이야기는 참 무해요. 이 문장은 어렴풋이 무와 닮았네요. 무 껍질처럼 언어의 껍데기가 벗겨지고 있어요. 이 글은 무 없는 무밭이로군요. 이야기 없는 문장이 가능할까. 혹은 그 반대라도. 그만둘 수 있다면 그만둬야 할까. 밤은 너무나 길다. 달리 무를 씹고 씹을 수밖에.

무를 씹고 있다. 하룻밤에 하나씩. 무 한 입에 문장 하나가 떨어지면 좋겠다. 신문지에 무 껍질이 가득하다. 무 껍질을 나눠 줄 발 없는 작은 짐승이 있다면 좋겠다. 짐승이 무무, 하고 울면 무 껍질을 던져 줄 것이다. 짐승이 무 껍질을 무무, 하고 씹는 것을 지켜볼 것이다. 끝내 나는 짐승의 이름을 붙여주지 않을 것이다. 이름이 없으니 부를 일도 없을 것이다. 이름이 없는 짐승은 매일 밤 스스로 자신의 이름을 부르듯 무무, 하고 울어야만 할 것이다. 무무, 소리에 잠을 설치면 좋겠다. 그러면 참 좋을 것이다. 바라는 것이 많아서 좋겠다.

찐 무를 먹고 이빨이 빠진 개의 이야기를 들은 적이 있다. 큰어머니가 내 바지 속에 손을 집어넣어 고추를 만지면서 이야기를 했다. 터지고 갈라진 거친 손이 닿을 때마다 고환이 오그라들었다. 큰어머니의 이야기에는 쓰라린 교훈이 있었다. 이빨이 빠진 개는 이빨이 빠져도 이빨이 빠진지 모르고 아무거나 씹다가 턱이 빠져 죽었다지. 아마. 믿지 않을 수 없다. 어떤 이야기는 갑작스러운 죽음으로 끝난다. 죽음이 이야기의 주름을 팽팽하게 당기는 것도 사실이다. 큰어머니의 손에서 나의 고추는 주름이 잡혔다. 더 이상 세계의 주름을 잡을 이야기가 없다. 어떤 이야기는 주름이 접혔다 펴졌다 하다가 끊어지고 만다. 나의 이야기에는 이빨이 빠져 있다. 문제는 이빨이 빠진지 모르고 아무 문장이나 씹으려 한다는 것이다. 언제 이야기의 턱이 빠질지 모른다. 이야기의 턱이 빠지면 좋겠다. 도시가 붕괴되기 전에. 기다린다. 그것만이 유일하다.

도저히 기다릴 수 없어 무를 먹고 집을 나섰다. 밤공기가 매끄럽게 목덜미를 감싼다. 어떤 밤들은 아무것도 노출시키지 않고 은폐시키지도 않는다. 밤은 걸어가는 자로 인해 농도가 달라질 뿐이다. 디 걷자. 밤의 서늘함이 무릎까지 올라오면 잠시 걸음을 멈춰도 좋다. 서두를 필요가 있겠는가. 어떤 이야기는 모든 것이 정지될 때 시작된다. 돌아보면 어떤 문장들이 그림자처럼 길게 늘어져 있는 게 보인다. 문장의 급소에 침묵을 박아 넣는 그림자도 보인다. 밤이 깨진다. 깨진 밤을 긁어모아 도시의 뒤편으로 달아나는 그림자도 있다. 이야기는 주로 밤에 사용된다. 밤에 이야기하는 것을 좋아하면 발 없는 짐승으로 태어난다. 역시 큰어머니의 말이다. 근거는 없지만 믿지 않을 수 없다. 나는 밤 짐승이 되어 도시를 거닐고 있다. 발이 없다면 온몸으로 밀고 미끄러지면서 나아가는 것이다. 밤의 도시는 문장으로 덮어두기 좋다. 문장 속에서 도시는 잘 곰삭을 것이다. 침울한 욕망과 어둠 속에 떠다니는 실패한 욕망의 부유물들이 도시의 부패를 가속시킬 것이다. 잘 썩어 문드러지면 붕괴 직전의 도시를 한 움큼 건져 맛을 볼 것이다.

조미료가 없는 천연의 이야기는 그렇게 시작된다. 그러나 누가 이런 이야기에 이름을 붙일 것인가. 손바닥을 뒤집어도 손바닥이 나오는 이야기의 맹점을 어떻게 찾겠는가. 찾을 생각도 없겠지. 찾을 생각도 하지 마라. 우리의 혀는 자극적인 것에 단련되었다. 자극 뒤에 자극이 온다. 너무나 무뎌져서 이야기의 균열을 느끼지 못한다. 이야기의 허를 찌를 수 있는 혀가 필요하다. 진정하자.

어떤 이야기는 또 밤의 치마폭에서 시작된다. 물을 탄 간장을 조금씩 입에 흘려 넣듯 이야기가 허벅지 사이에서 새어 나온다. 다리가 없는 거미라든가 입에서 털이 자라는 아이라든가 눈을 깜빡일 때마다 다른 얼굴로 둔갑하는 요괴라든가 인간의 언어를 거꾸로 따라하는 부엉이라든가 하는 이야기가 밤 속으로 기어 다니고 있다. 기어 다니는 것은 때론 너무나 비천해서 아름답고 슬프다. 두려움을 감추고 있기에 더 그렇다. 자연을 위해 자세를 낮출 필요가 있다. 이야기는 밤 속에서 길을 잃고 말 것이다.

이것이 내가 원한 이야기인가. 밤, 도시 그리고 무에 대한 이야기를 하고 싶었다. 그것이 내가 사랑하는 것들이라고는 말할 수 없다. 사랑하는 것들은 문장으로 모아지지 않는다. 문장을 붕괴시키는 것들이 있다. 그것을 나는 사랑한다. 이야기를 할 순 있어도 말을 할 수는 없다. 무엇이 먼저인지 모르겠다. 그러니 계속 다시 시작해야 한다. 나는 여전히 붕괴 직전의 도시의 밤에 머물러 있고, 무는 내 배 속에 가라앉아 있다. 배를 두드리면 무무, 하고 울린다. 나는 발이 없는 작은 짐승을 잉태할 것이다. 유산할 것이다. 죽은 짐승을 양육할 것이다. 이야기의 자궁벽을 긁는 소리가 들린다. 응고된 문장의 껍질이 떨어져나간다.

여기 이름을 가진 자가 있다. 목소리가 있다. 밤에만 불리는 이름이 있다. 밤에만 들리는 목소리가 있다. 목소리라 불리는 이름이다. 이름을 부르는 목소리다. 나를 물러서게 하고 머물게 하는 목소리. 나를 떠나 나로 돌아오는 목소리. 목소리와 목소리가 충돌한다. 깨진다. 음악처럼 무너져 내린다. 목소리의 이중주. 어긋나는. 쓰라린. 결코 제 목소리를 내지 못하는. 어떤 목소리는 선회하고 배회할 때만 빛을 낸다. 목소리에 귀를 기울일 동안 장면 전환이 필요하다.

0

(손에 유리잔을 들고 있다면 일부러 떨어뜨릴 준비를 하며) 당신이 여기 무슨 일로.

(발을 어디로 감출지 몰라 허둥대며) 발 없는 밤 짐승이 되어.

(바닥에 떨어져 깨진 유리잔을 바라보는 듯) 그런 거짓말이 통할 줄.

(오른쪽 발을 들려다 왼쪽 발을 들어 올리며) 이제 겨우 한 걸

음을 내딛었다고 생각했는데.

(손을 들어 올려 가라는 시늉을 하며) 다시 뒤로 한 걸음 물러 서기를.

(추락하는 자처럼 팔을 허우적대며) 한 걸음 뒤면 추락.

(추락한 자를 조롱하듯) 그 바닥이 당신이 머물러야 할 곳.

(비굴하게) 여기 머물 수 있게.

(단호하게) 당신을 위한 이야기는 없어.

(비굴하게) 이 빈자리는 누구를 위한.

(손가락을 들어 올리며) 당신 뒤에 있는 누구.

(돌아보지 말아야지 하다가 돌아보며) 내 뒤에 있는 것은 나.

(돌아보는 자를 비웃으며) 이제 당신 뒤에는 당신이 아닌 누가.

(궁색한 변명을 늘어놓듯) 도대체 누구를 위한.

(단호하게) 당신이 아닌 그 누구를 위한.

(모르는 척하며) 그 누구라니.

(모르는 것을 모르는 대로 내버려두듯) 영원히 머물 수 있는 누구.

(모르는 척도 못하며) 그 누가 내가 아니라면.

(당신이 아는 유일한 것은 내가 아는 것의 한 조각에 불과하다는 듯) 당신이 아닐 수밖에.

(뒤늦게 후회하며) 내가 물러선 건 머물기 위한.

(후회해도 소용없다는 듯) 너무 멀리 물러났으니.

(여전히 모르는 척하며) 어제까지만 해도.

(어제 무슨 일이 있었는지 떠올리며) 어제는 어제일 뿐.

(지금 말하고 있는 어제가 특정한 어제를 말하는 것이 아니라고 항변하듯) 어제와 같은 오늘이.

(내일이야말로 모든 게 끝날 것이라고 각오하듯) 그건 내일이 되어서야.

(내일이 과연 올까 의심하며) 내일이면 나를 위한 자리가.

(어제와 마찬가지로 내일은 오늘을 떠올려야지 결심하며) 내일도 오늘 같은 내일이라면.

(거울의 뒤편을 바라보듯) 왜 오늘은 오늘을 벗어날 수가.

(거울의 뒤편에도 거울이 있다는 것을 알고 있기에) 오늘에서야 그것을 알았다니.

(무지를 위장하기 위해 애쓰며) 무지의 밤이 나를 인도하나니.

(무지는 자랑도 아니지만 부끄러움도 아니다라고 뭔가 아는 것처럼) 무지의 말투를 쓰다니.

(성적 욕망을 빗대어) 조바심을 억누를 수 없어서.

(실패한 성적 욕망의 죄를 물으며) 섣부른 충동이 모든 것을 그르치고.

(비굴하게 돌아눕듯이) 이렇게라도 머물 수 있게.

(이제 모든 행동을 멈추고 정신을 녹여야 할 때임을 알리며) 물러서면 사라질 환영이니.

(어떤 태양도 나의 얼어붙은 정신을 녹일 수 없다는 듯) 환영이라도 좋으니.

(정신이고 나발이고 지긋지긋한 어제를 또다시 들먹이는 자신에

게 화를 낼 수도 없어 답답함을 느끼며) 그러나 어제의 환영과 다른 것을.

(상대방이 흥분한 탓에 기회를 잡았다는 듯 서둘러 말하며) 어제의 환영이 오늘의 악몽으로.

(악몽,이라는 단어에 깜짝 놀라 들고 있는 유리잔을 떨어뜨리며) 그게 가능할 수는.

(마치 악몽을 한 번도 경험한 적이 없는 사람처럼 들떠서) 악몽 뒤에 오는 악몽에 대하여.

(그런 말은 함부로 하는 게 아니라는 듯) 그런 말은 함부로 하는 게.

(이제 악몽을 요요처럼 자유자재로 다룰 수 있다는 듯) 악몽 뒤에 오는 악몽에 대하여.

(눈앞을 어지럽히는 요요를 집어치우라고 외치듯) 당신은 결코 말할 수 없는.

(언제 그랬냐는 듯 다시 비굴하게) 말할 기회가 부족한.

(단호하게) 이미 기회가 사라진.

(이제 비로소 악몽의 실체를 알았으니) 악몽의 연속이었다는.

(거짓말이 들키기를 바라며) 나의 악몽은 끝이 났다는.

(할 말이 없지만 입을 다물고 있을 수도 없으니) 그럼 다시 환영으로 출발.

(사전을 펼쳐 아무 단어나 소리 내 발음하듯) 나의 사전에서 이미 꿈의 문장들은 사라지고.

(자신의 문장에 도취한 자가 그렇듯 이제 당신이 아닌 문장이 자신의 유일한 대상이라는 것을 알게 되어서) 모든 문장이 허구인 것을.

(나는 좀처럼 도취될 수 없는 인간이기에) 나는 그 허구에 죽음을 걸었다는 것을.

(어떤 문장이 이야기를 뒤집을 것인가 떠올리며) 나를 위한 이야기는 정말.

(단호하게 아니 맥없이) 당신을 위한 이야기는 없어.

(이 문장은 아니야) 나의 말도.

(좀처럼 끝이 나지 않을 것을 예감한 뒤 그러나 왜 미련을 두고 있는지 골몰하며) 이제,

(이 문장도 아니야) 나의 물음도.

(지긋지긋해, 이 인간은 도대체, 왜, 여전히,라고 생각하며 목소리 뒤에 오는 목소리로 사라지기로 결심하고) 없어.

(이 문장도) 나의 울음도.

(사라지며) 없어.

(이 문장도) 울음 뒤에도.

(사라진 뒤에) 없어.

0

우리의 대화가 이야기의 붕괴를 예고할 수 있을까. 읽기만

하면 사라지는 문장이 있다. 사라지면서 뒤에 오는 문장을 무너뜨리는 문장이 있다. 모든 문장이 이야기의 외곽으로 물러서고 있다. 우리가 감추고 있는 이야기는 끝내 문장으로 떠오르지 않는다. 영원히 괄호에 묶이고 만 것인가. 나는 대화법에 익숙한 사람이 아니다. 감정을 숨기고 말하는 법을 모른다. 당신이 부재할 때만 당신은 문장이 되어 이야기의 수면 위로 떠오르게 되어 있다. 사라진 것을 불러내는 것이 이야기의 맹점이다.

당신이 알아두어야 할 것이 있다. 나의 목소리가 들리는 곳이 나의 자리라는 것을. 환영에서 악몽으로. 악몽에서 악몽으로 이어지는 꿈의 악순환 속에서 나의 목소리만이 잠의 파수꾼이 될 수 있다는 것을. 얼어붙은 우리의 이야기를 쪼갤 수 있다는 것을. 기억나는가. 기억하라. 기억해다오. 망각의 가시덤불을 뚫고 기억의 저지대로 기어들어 가다오. 우리가 파도의 푸른 곡선을 바라보며 서로의 무릎을 비벼대고 있을 때 세계와 우리 사이의 얇고 질긴 막을 찢고 울려 퍼지던 목소리가 우리의 육체와 영혼을 사로잡았다는 것을. 누군가 죽고 또 다른 누군가도 죽고. 도시의 내부에 금이 갔다는 것을. 그 목소리는 지상의 언어로 붙잡아둘 수 없다는 것을. 오로지 날려 보내야만 되돌아오는 목소리라는 것을. 밤의 페이지를 뚫고 날아다닌다는 것을.

이제 나는 알게 되었다. 늦었지만. 늦게라도 도착했으니. 말해야겠다. 말할 수 있다고 믿었다. 당신에게 그것을 설명할 방법이 없다. 방법이 있다면 이 길고 지루한 이야기를 다시 시작하고 반복해야만 다다를 수 있는, 그러니까 이야기의 턱이 빠져라 문장을 지속할 수밖에 없는 것이다. 이 방법을 찾기까지 또한 얼마나 많은 문장 속을 배회하고 시간을 허비했음을 밝혀둔다.

문장의 거미줄로 당신을 붙잡고 싶은 것이 이 밤의 나의 욕망이요 진실이다. 그 이상 무엇이 있겠는가. 귀 기울여다오. 어떤 어조로 당신의 귀를 간질여야 할지 말해다오. 아니 말하지 마시오. 침묵으로 나에게 용기를 주시오. 내가 그날 당신에게 등을 보이며 돌아누운 것은 나의 악몽을 과장하기 위함이었다고 털어놓겠소. 양철 지붕에 떨어지는 빗소리가 들려왔다. 어떤 비유를 쓰느냐에 따라 빗소리의 색채가 달라질 것이다. 어떤 언어가 자연의 점진적 변화를 붙잡아둘 수 있을까. 나의 뒤바뀌는 어조에 흔들리지 말기를. 오로지 당신은 침묵으로 나의 모든 언어를 흡수할 수 있기를. 모든 언어의 끝은 구부러지게 되어 있으니. 나의 목소리에 금이 가더라도 언제까지나 버텨주기를. 당신의 환영이, 당신의 악몽이 나의 환영과 나의 악몽이 될 수 있기를. 무사히 잠의 사전을 덮을 수 있기를. 바라는 것이 많을수록 이 밤을 기록할 수 있는 문장이 늘어난다는 것을 잊지 말기를. 욕망은 지연되고 진실은 진리에 가닿을 것이오.

나의 등 뒤에서 손가락을 세워 어깨를 두드리던 당신의 울음소리를 기억한다. 창밖의 빗소리와 함께 당신의 울음소리는 음악이 되지 못하는, 음악 이전과 음악 이후의, 경계 음악처럼 들렸다. 나는 귀 기울이고 있었다. 나의 악몽을 쪼개는 그 단조로운 반복의 중저음을. 도시가 천천히 붕괴되듯 음악이 무너져 내릴 것 같았다. 내가 여전히 돌아누운 채로 있었던 것은 필요 이상의 감정을 노출시키고 싶지 않았던 것이다. 어떤 감정은 언어보다 앞서 나간다. 침묵 속에서 감정을 내맡길 수 있는 것이 필요했다. 밤이 우리를 지켜줄 수 있을 거라 믿었다. 영원히 밤이 지속될 수 없듯이 당신의 울음도 그칠 것이라 믿었다. 울음에 대한 어떤 물음이 필요했었다고 당신은 생각하겠지. 울게 내버려둘 수밖에 없는 나의 한계에 대해서 필요 이상으로 감정을 증폭시켰겠지. 애초에 울음의 원인은 사라지고 나로 인한 울음의 지속이라고 생각했겠지.

밤이 물러나기 전 당신의 울음이 그쳤다. 그리고 당신 역시 나에게서 돌아눕는 뒤척임이 느껴졌다. 나는 왜 그때 몰랐는가. 당신의 울음이 결코 그칠 수 없다는 것을. 당신의 내부에서 더 큰 울음소리가 울려 퍼지고 있다는 것을. 당신의 침묵에 금이 가는 소리가 들린다. 이제 와서 그게 무슨 소용이냐고 당신은 무릎을 구부릴 것이다. 당신의 내부는 울음으로 꽉 차 더 울릴 공명통이 없다는 것을. 이제 당신의 이름은 고통이 되었다.

뒤늦게 도착한 나의 언어들이 당신에게 독이 묻은 화살이 되어 꽂힌다는 것도 잘 알고 있다. 시간이 갈수록 독의 농도는 더 진해질 것이다. 문장으로 뒤덮인 밤의 이야기들이 독을 잉태하고 있다. 내 안에서 당신은 금이 가고 당신은 무수히 많은 당신으로 쪼개진다. 그렇다면 내가 말한 당신은 도대체 누구인가.

누구인가. 누구도. 나의 독을 빨아들이는 침묵의 당신은 어디 머물면서 물러가고 있는가. 당신의 침묵은 왜 금이 갈 뿐 쪼개지지 않는가. 나의 물음은 왜 이제야 당신의 울음에 가닿게 되었는가. 창밖의 빗소리가 들려온다고 믿게 만드는 어떤 소리가 정신의 모서리를 갉아먹고 있다. 이 문장은 감정을 녹이기 위해 사용되었음을 용서하기 바란다. 말해다오. 나는 물러서고 있는가. 머물고 있는가. 침묵을 쪼개는 울음이 될 수 없는 물음은 과연 없는가. 나의 물음에는 왜 독이 묻어 있는가. 독은 왜 약이 되지 못하는가. 정신을 못 차리겠다.

이야기를 우회하고 선회하는 문장들이 있다. 나는 그것을 둥근화살문장이라고 부르겠다. 결국 이렇게 나는 무에 대한 이야기에서 멀어지고 있다. 멀어지더라도 돌아가게 되어 있다. 반복한다. 물러나는 것은 머물기 위함이다. 나의 사랑의 방식은 그러하다. 다른 건 모르겠다. 노력해도 안 되는 일이 있는 것이다. 이야기로 돌아가자. 둥근화살문장은 무의 이야기를 관통할 수 있을까. 무 속에서 밤 그리고 도시 이야기를 할 수 있을까. 당신에 대한 이야기는 이렇게 접히고 마는가. 언제 다시 돌아올지 모르겠다. 돌아올 수 있을까. 돌아왔을 때 당신은 그대로 머물러 있을까. 역시 나는 또 당신에게서 물러서고 있다. 머물기 위해 물러선다고 말해도 믿지 않겠지. 믿지 않을 거야. 나의 둥근화살문장은 머물 수가 없으니. 뒤에 오는 것은 이야기의 끝없는 추락이다. 바닥부터 다시 시작하자.

0

나란 이야기는 이렇게 시작해도 좋다. 고랭지농법 같은 이야기. 나는 무밭에서 태어났다. 우박이 떨어지는 밤 여자는 무밭에 숨어 나를 낳았다. 도시 여자였다. 우박 소리에 나의 울음소리는 들리지 않았다. 새벽에 큰어머니가 소피를 보러 나왔을 때 여자는 이미 죽어 있었다. 어떤 이야기는 죽음으로 시작할 수밖에 없다. 여자의 가랑이 사이에 눌려 있는 나의 얼굴은 희고 둥글고 둥글어서 무 같았다. 팔다리도 짧았다. 큰어머니가 한 말이다. 큰어머니가 무밭의 주인이었다. 마른 무청처럼 머리카락이 푸석거렸고 치아가 시커멨다. 전체적으로 무쪽같이 생긴 사람이었다. 무밭 옆의 작은 오두막에서 홀로 살고 있었다. 도시 여자는 도시로 다시 돌아가지 못했다. 여자의 시신을 마을에 넘기기 전 큰어머니는 여자의 원피스를 벗겨 옷장에 숨겨두었다. 내가 태어난 날이면 그 옷을 꺼내 만져보곤 도로 숨겨두었다. 입어보고 싶었지만 옷이 찢어질까 두려웠다. 좀처럼 몸이 작아지지 않았다. 자신의 큰 몸을 저주하듯 무를 뽑아 뒤로 던졌다. 오두막의 지붕이 매년마다 한 뼘씩 주저앉았다.

도시에서 길을 잃으면 간혹 무밭으로 흘러들어 오기도 하나 보다. 무밭에서 무 낳았지. 큰어머니는 무를 깎으며 말했다. 나를 무, 라고 불렀다. 겨울이면 오두막 가득 찐 무 냄새가 진동했다. 찐 무를 눈송이에 찍어 먹었다. 몇 번의 겨울이 지나도 찐 무를 던져 줄 개 한 마리 보이지 않았다.

바람에 오두막이 흔들리는 밤이면 큰어머니가 바람 든 무를 찔러보듯 나의 엉덩이 사이로 손을 집어넣곤 했다. 밤에 이야기하는 것을 좋아하면 발 없는 짐승으로 태어난다. 이야기는 그렇게 시작됐다. 큰어머니의 이야기 속에서 나의 고추 주름이 점점 펴져갔다. 어느 날 밤 무밭에 나가 달빛 아래서 수음을 할 때 큰어머니가 뒤에 서 있는 것을 보았다. 둘 다 얼어붙은 무처럼 가만히 서 있었다. 그날 이후 큰어머니는 더 이상 이야기를 하지 않았다. 하루가 다르게 이야기의 주름이 잡히다가 결국 쪼그라들었다. 다리가 없는 거미에게 다시 다리가 생겼고, 입에서 털이 자라는 아이의 입은 닫혔고, 눈을 깜빡일 때마다 다른 얼굴로 둔갑하는 요괴의 얼굴은 사라졌고, 인간의 언어를 거꾸로 따라하는 부엉이는 부엉부엉 하고 울게 되었다. 모든 것이 이야기 이전의 자연으로 돌아갔다.

큰어머니는 무를 뽑다 말고 벌렁 뒤로 누워 죽은 척하곤 했다. 큰어머니의 머리 위로 양떼구름이 지나갔다. 무무. 어떤 양은 그렇게 울었다. 겨울철에도 이가 시려 찐 무를 먹지 못했다. 무밥을 푹푹 끓인 뒤 간장 한 방울을 떨어뜨려 천천히 마셨다. 간혹 무밭에 거꾸로 솟아 있는 무가 발견되곤 했다. 더 이상 큰어머니의 이야기를 들을 수 없는 나는 스스로 이야기를 만들어야만 했다. 어디서부터 시작해야 될지 몰랐다. 어디서부터 시작해도 이야기는 끝이 나지 않았다. 매번 다시 시작할 수밖에 없었다. 이야기 뒤에 이야기가 오고 있었다. 어떤 이야기는 거꾸로 시작되기도 했다. 엉부엉부.

내가 옷장에 숨겨진 원피스를 입고 잠이 든 것을 보자 큰어머니는 무로 나의 고추를 내려쳤다. 못써. 큰어머니의 마지막 말이었다. 큰어머니는 작은어머니가 되었다. 폭풍이 부는 밤 작은어머니를 오두막에 가두었다. 문 앞에 걸어놓은 무청들이 바람에 바스러져 날리고 있었다. 원피스를 입은 채 나는 무밭에 쪼그리고 앉아 가랑이 아래로 떨어지는 무를 보았다. 둥글지도 희지도 않은 무였다. 그 무를 안고 나는 무밭을 떠났다. 어디선가 부엉이가 사람의 목소리를 흉내 내며 울었다. 써못써못.

무를 낳은 여자가 도시에서 무밭으로 숨어들었듯 나의 이야기는 무밭에서 도시로 기어들어 가야만 한다. 이야기의 무밭에서 내가 뽑아낸 것은 어떤 문장일까. 어떤 문장들은 거꾸로 뒤집히곤 한다. 소가 여물을 먹듯 이야기의 껍질을 깎아 먹고 있다. 무밭을 뒤흔드는 바람이 불어온다. 이야기의 귀를 간질인다. 도시는 붕괴 직전이다. 큰어머니가 이야기의 속살을 찢고 나와 나를 부른다. 무야. 말한다. 나의 목소리를 통해 말한다. 목소리 전환. 목소리의 점진적 변화. 어떤 목소리는 이야기를 망측하게 둔갑시킨다.

0

무야. 이제 와 소용없다는 것을 잘 알고 있다. 솔직해질 수 있다면 소용없어도 상관없다. 솔직히 말하면. 나는 한 번도 솔직히 말한 적이 없구나. 솔직할 필요가 없는 삶을 살았다. 이야기 속에 살고 있는 사람이 솔직한 게 무슨 소용이겠니. 너는 꼭 나를 이렇게 등장시켜야 했니. 할 수 없지. 나의 말은 너의 이야기 속에서만 빛을 낼 수 있으니. 할 수만 있다면 너의 이야기를 암전 속에 가두고 싶은 것이 나의 솔직한 심정이다. 무야. 나는 나의 말이 소용없어질 때까지 기다렸다. 이제 말하겠다. 나는 너의 큰어머니가 아니다. 나는 너의 작은어머니가 아니다. 무야. 나는 너의 어머니가 아니다. 너의 어머니가 될 바에는 부엉이가 되어주겠다. 이제 나는 모든 말을 거꾸로 할 참이다. 어영부영. 잘 들어라. 거짓말이다. 거꾸로 말해도 너는 쉽게 알아들을 테니 거꾸로 말하지 않겠다.

나의 인생은 너로 인해 뒤집혔다. 무밭을 가꾸는 나의 평온한 삶이 너 때문에 한순간 금이 갔다. 너의 울음소리가 나의 삶에 물음을 던져주었다. 물음에 응답하기 위해 나는 이야기 속에서 이야기보따리를 풀어놓았다. 이야기를 할수록 이야기가 달라졌다. 애초에 이야기보따리 따위는 없었다. 보따리를 풀면 보따리가 있을 뿐이다. 그러나 나의 이야기는 세상을 주름잡을 만한 이야기였다. 나의 이야기 속에서 너는 자라났다. 너의 고추의 주름이 그렇게 펴질 줄 누가 알았겠냐. 알고 있다. 무야. 이제 네가 주름잡을 세상이 없다는 것을. 무밭을 버리고 도시로 간 너에게 이야기는 무용하다는 것을. 도시는 이야기를 외곽으로 몰아낸다는 것을. 도시를 붕괴시킬 이야기는 없다는 것을. 너는 너의 이야기를 하고 싶었겠지. 하지만 너는 오로지 무밭의 이야기를 맴돌며 문장을 가공시킬 뿐이다. 자연은 스스로 변형될 뿐 이야기로 달라지지 않는다.

밤 그리고 도시에 대한 이야기가 네가 하고 싶었던 이야기라고. 내 말에 끼어들지 마라. 이미 끼어들었어도 잠자코 있어라. 이야기의 주름을 잡아당기지 마라. 네가 기억하는 모든 이야기는 너의 이야기 반대편에 자리하고 있다. 잊을 수 있다면 잊어라. 그리고 너의 이야기의 구멍을 뚫고 기어들어 가거라. 자세를 좀더 낮춰라. 잊지 못할 것이다. 너의 이야기는 나의 이야기로 돌아오게 될 것이다. 너의 이야기 뒤에 나의 이야기가 아가리를 벌리고 있다. 이것이 너의 이야기에 대한 나의 저주다.

나의 무밭에 버려진 저주 덩어리. 무야. 너는 그런 짐승이었다. 너는 영원히 성장하지 말았어야 했다. 이야기의 독을 빨아들이지 말았어야 했다. 네가 나의 무밭에 흩뿌린 희멀건 국물에 무들이 미쳐 날뛰고 말았다. 네가 나를 오두막에 가두었을 때 나는 스스로를 다시 옷장에 가두었다. 원피스가 걸려 있던 자리에 나를 걸어놓았다. 바람 든 무처럼 속이 비워지고 있었다. 엷은 바람에도 내부가 떨리는 거대한 울림통이 되었다. 그제야 비로소 나의 이야기가 시작되고 있다는 것을 알았다. 어떤 이야기는 누군가가 떠나고 난 뒤에 시작되나 보다. 무를 심지도 않은 자리에 무가 자란 이야기로 나는 더 위로받을 수 없었다. 나의 이야기는 이제 고통으로만 둔갑할 뿐이었다. 너의 언어를 빌려 말하면 고통이 이야기의 본질이다. 어렵다. 어지럽다. 거짓말하지 마라. 고통은 사건이다. 일어나는 것이다. 너는 고통을 모른다. 고통에 본질 따위는 없다. 고통은 오로지 고통으로서만 말해질 뿐이다. 너의 언어는 허약한 감정의 뿌리에 흔들리고 있다.

얼마 후 나의 무밭은 폐허가 되었고 오두막은 붕괴되었다. 그렇게 이야기가 끝이 났다. 네가 이야기 뒤에 이야기를 알고 있다면. 무야. 발이 없는 밤 짐승으로 다시 돌아가라. 이야기가 불필요한 이야기를 집어삼킨 도시에 대한 이야기를 해라. 그렇다고 나의 무밭을 도시 이야기로 더럽히지는 마라. 네가 입고 도망간 원피스는 나의 옷장에 다시 갖다두어라. 무야. 너는 도시에서 원피스가 하나의 조각이라는 것을 알게 되었겠지. 원피스. 한 조각. 나의 이야기가 너의 이야기 중 한 조각에 불과하다는 것을 잘 알고 있다. 원피스. 이런 말을 왜 하고 있는지 묻지 마라. 나도 부끄러워할 줄은 안다. 바람이 불면 흔들리는 것은 무청뿐만이 아니다. 아무 여자에게나 무를 주지 마라. 어떤 여자들은 무밭에 쥐도 새도 모르게 무를 낳고 도망간다. 너도 알고 있다고 말하지 마라.

무야. 나의 이야기는 너의 이야기에 포함되지 않는다. 이건 너의 이야기지 나의 이야기는 아니구나. 너를 원망할 수 없다. 나의 이야기는 너의 목소리를 관통할 수 없다. 흠집 정도는 낼 수 있겠지. 너도 할 수만 있다면 목소리를 바꾸고 싶겠지. 어떤 이야기는 아무리 애를 써도 목소리가 달라지지 않는단다. 무야. 무를 뽑을 땐 다음에 뽑을 무를 생각하고 뽑아라. 무밭에 있는 게 다 무라고 믿으면 안 된다. 이야기에서 쓰라린 교훈을 찾으려 들지 마라. 무야. 한 시절 우리의 이야기는 유야무야한 이야기에 불과했다. 불과하더라도. 나의 저주가 너의 이야기에 구멍을 뚫을 수 있기를 바란다. 균열이 일어나기를. 소용없지만. 늦었지만.

도시가 붕괴될 때 너는 어떤 이야기를 할지 궁금하다. 거짓말이다. 사실 궁금하지 않다. 다만 이렇다. 무야. 이미 이야기가 붕괴되고 있어도 다시 시작해라. 네가 나를 부른 것에 대한 보답은 없다. 이만하면 나도 할 만큼 하지 않았나 하는 생각뿐이다. 이제 나의 이야기를 내려놓고 싶구나. 빠져나갈 수 있다면 빠져나가는 것이 좋다. 네 마음대로 해라. 네가 나를 큰어머니로 부르건 말건 이젠 아무렇지도 않다.

0

이게 정말 나의 이야기일까. 나의 이야기는 처음부터 바닥을 헤매고 있을 뿐이었다. 추락과 동시에 바닥인 이야기. 바닥에 닿기 전 추락의 쾌감도 없었다. 팔을 허우적대지도 못했다. 바닥에서 어떻게 다시 올라갈 수 있을까. 어떤 문장이 나를 지상의 밤으로 데려갈 것인가.

나는 도시의 밤을 걷고 있었다. 걷다가 멈췄다. 그렇게 기억한다. 일단 멈춤. 잠시 멈춤. 다시 멈춤. 영원히 멈춤. 멈춤의 전환. 멈춤의 점진적 이동. 모든 행동 뒤에는 정신을 녹일 필요가 있다. 분석과 정의. 그런 낱말들이 나의 문장들을 붕괴시키기 전 바닥에 납작 엎드려야 하리라. 내가 곧 이야기의 바닥이 돼야 할 것이다. 둥근화살문장이 이야기 이전과 이야기 이후의 경계 이야기를 아슬아슬하게 빗겨나가도록. 바닥 아래에는 무엇이 있을까. 이야기의 바닥에도 도시의 밤이 흐르고 있지 않을까. 목소리가 들리지 않을까. 거꾸로 말할 필요는 없지만 거꾸로 솟을 필요는 있다. 바닥 아래를 파고드는 이야기도 있을 것이다. 바닥을 뜯어내고 그 안에 웅크리고 있는 이야기의 틈을 뚫고 더 낮은 곳으로 내려가야 하리라. 닿을 때까지. 닿지 못하더라도. 발음할 수 없는 언어의 오물을 온몸에 덕지덕지 묻혀가며.

내가 불렀던 이름들. 내가 잘못 불렀던 이름들. 당신이라는 이름의 목소리로. 이야기를 접었다 폈다 할 수 있는 목소리가 있다. 이런 말을 했었던가. 모르겠다. 지금처럼 내가 밤의 도시에 멈춰 서 있을 거라고 당신은 예상했을지 모른다. 당신의 예상은 적중했고, 그것이 나의 또 다른 이야기의 종말을 예고할 것이다. 멈춰 서 있는 것은 문제도 아니다. 내가 하려던 이야기는 이미 나를 지나쳐 갔거나 아직 내 뒤에 머물러 있다. 밤 그리고 도시 이야기를 하려고 했었다. 무 이야기라면 이제 지긋지긋하다. 폐허의 무밭처럼 문장들이 쭉 나고 있다. 이야기 속의 저주가 이야기 밖에서 실현되고 있다.

나의 이야기는 이야기라는 낱말의 벽돌쌓기에 불과할지 모르겠다. 그것이 진정 내가 원한 이야기인가. 맞는다면 맞고 틀리다면 틀리다. 벽돌도 쌓다 보면 건축이 된다. 허물어지는 것도 건축이다. 어떻게 허물어지는가가 중요하다. 이야기의 건축. 바닥 아래로 무한히 뻗어나가는 건축. 무밭 아래서 무슨 일이 벌어지는지 우리는 모른다. 모두 이야기와 화해하라고 나를 부추긴다. 나는 이야기와 화해하고 싶지 않다. 언제 싸웠는지도 모르겠다. 싸움이 가능하기나 할까. 이야기는 무형의 건축이다. 밤만 되면 여기저기로 자리를 옮겨 다닌다. 허점의 문장이라 노리면 이미 허점은 다른 문장에 가 있다. 할 수만 있다면 이야기를 점진적으로 와해시키고 싶다. 와해되어도 이야기는 이야기로 남는다.

우리가 도시를 거닐고 있을 때 도시는 서서히 붕괴되고 있었다. 도시가 붕괴될 때 우리의 정신도 함께 무너져 내린다. 도시는 붕괴를 위해 설계되었다. 도시는 거대한 폭약이다. 폭약의 도화선에 불을 붙일 이야기가 필요하다. 이런 문제가 있다. 그것이 모든 도시의 건축을 불신하게 만드는 까닭이다. 솔직해질 필요가 있다면 솔직해져야 할까. 누구를 위해. 누군가에게 이야기는 폭약보다 더 잔혹한 폭력으로 다가갈 수 있을 것이다. 어떤 문장들은 불발의 연속이고 그것이 곧 이야기가 된다. 도시가 붕괴될 때 나는 이야기를 하고 싶었다. 이야기의 연막탄을 터뜨리고 공포탄을 쏘아 올리고 싶었다. 바라는 것이 많아서 좋을 때가 있다. 지금은 아니다. 도시가 붕괴되는데도 이야기를 하고 있어야 하다니. 하지 않을 수 없다. 하지 않을 수 없다. 하지 않을 수 없다.

도시가 붕괴되기 전 우리는 도시에서 길을 잃었다. 거짓말이다. 길을 잃었다 착각하게 만들었다. 당신을 녹여 문장으로 만들기 위해. 당신은 말한다. 우리가 길을 잃었다고. 나는 말한다. 우리는 길을 잃어야 했다고. 어떤 이야기는 도시에서 길을 잃으면 무밭으로 흘러들어 가게 되어 있다. 당신을 안심시키기 위해 나는 큰어머니의 이야기를 들려주었다. 이야기의 주름. 다다를 수 없는 세계의 주름 이야기. 당신은 믿을 수 없다는 표정을 지으면서 믿고 있었다. 엉부엉부. 우리는 무와 무 사이의 좁은 이랑에 누워 뒹굴었다. 무밭에서 할 수 있는 일이란 그렇게 많지 않았다. 발에 차이는 것이 전부 무는 아니었다. 마른 무청 같은 당신의 음모가 나의 입에서 자라났다. 좀더 가볼까. 처음부터 이런 이야기를 원한 것이 아니었을까. 자극 뒤에 오는 자극 앞에서 우리는 무장해제 된다. 당신의 원피스가 찢어졌다.

허벅지가 벌어졌다. 나는 그 안에서 나의 이야기를 건축했다. 한 조각도 못 되는 이야기를. 어영부영. 나의 이야기는 찐 무이고 당신은 우연히 찐 무를 덥석 문 개일지도 모른다. 나에게도 이야기의 망명지가 있다면 당신과 함께 뒹굴던 무밭이오. 내가 이렇게 말한다. 그러면 당신은 말한다. 나에게 무밭은 유형지에 불과했어요. 오로지 당신을 위한 무밭이지 나를 위한 무밭은 될 수 없어요.

멈춰도 나아가는 이야기가 있다. 끌려가다 자기도 모르게 끌고 가는 이야기도 있다. 아무것도 되돌릴 수 없다. 도시가 붕괴되었고 당신도 붕괴되었다. 붕괴 뒤에 붕괴가 있었다. 나 역시 도시와 함께 붕괴되었다. 붕괴 이후 나는 폐허의 목소리로 남아 이야기 뒤에 이야기를 부르고 있다. 불러도 돌아오지 않는 이야기가 있다. 돌아오지 마라. 거기서 다시 시작해라. 어떤 이야기는 붕괴 이후에 시작되기도 하나 보다. 이야기 뒤에 이야기가 이어지고 있다. 다시 시작하고 있다. 도시 뒤에 도시가 있다. 도사리고 있다. 그것이 내가 이야기를 이어가는 이유다. 거꾸로 말할 수 없다. 거꾸로 말해도 이야기를 되돌릴 수 없다. 다시 시작해도 처음으로 돌아가지 않는다. 그렇다. 가능하다. 유일하다. 쓰라리다. 이것이 이야기의 고통과 사랑 뒤에 오는 것이다. 라고 나는 알게 되었다.

죽음의 글쓰기

김태환

1. 글을 지우는 글

"나는 포주였다. 다음 문장은 떠오르지 않는다. 벌써 몇 달째 이러고 있다."

이 소설집의 표제작인 「포주 이야기」는 1인칭 주인공 화자 형식을 취하고 있다. 1인칭 주인공 화자는 자신의 삶을 이야기하는 화자이지만, 이 소설의 화자 이병춘은 역설적이게도 자기 이야기를 하지 못한다. 그는 생의 거의 마지막 순간에 이르러 유서를 쓰고자 하는데 계속 글을 진척시키지 못하고 "나는 포주였다" 라는 문장만을 반복하고 있다. 자기 이야기를 하지 못하는 1인칭 화자. 그런데 어떻게 그러한 무능한 화자를 데리고 한 편의 소설을 만들 수 있는가? 이는 물론 그가 정말로 그 한 문장밖에 못 쓰는 것은 아니기 때문이다. 그는 글을 쓰지 못하고 있다고 쓰고 이야기할 수 없다고 이야기한다. 그런데 이것은 자가당착이다. "다음 문장은 떠오르지 않는다"라는 문장은 "나는 포주였다"라는 문장의 다음 문장이다. 그렇다면 이미 다음 문장은 떠오른 것이다. 이 역설을 어떻게 이해해야 할까?

왜 쓰지 못하는가? 왜 이야기하기를 힘들어하는가? 김태용의 많은 소설들은 글쓰기 자체, 이야기하기 자체에 관한 것이다. 그런 점에서 자기반영적이고 자기지시적인 모더니즘적, 포스트모더니즘적 소설의 흐름과 깊은 관련이 있다. 그렇다면 다음 문장이 떠오르지 않아서 괴로워하는 화자의 모습은 글쓰기의 난관 앞에 선 작가 자신의 모습을 반영하는 것이라고 해석할 수도 있을 것이다. 그런데 왜 하필이면 작가의 분신이라고 할 수 있는 화자가 죽음을 거의 눈앞에 둔 전직 포주여야 했을까? 포주와 작가 사이에 어떤 은유적 관계가 성립한다고 할 수 있을까? 김태용은 매춘을 글쓰기의 은유로 제시하고 있는 것일까?

아니, 오히려 그 반대인 것처럼 보인다. 김태용은 글을 쓰는 작가와 가장 거리가 먼 존재로서 전직 포주를 설정한 것이다. 그런데 그 포주가 생의 말년에 이르러 글쓰기를 시도하고 있다. 1인칭 화자 속에 극단적으로 대립하는 두 형상, 포주의 형상과 작가의 형상이 공존하며 충돌한다. 그것은 정신과 육체, 언어와 물질적 세계의 이원성의 극적 연출이다. 이러한 이원성은 전직 포주이자 생활보호대상자인 화자가 글을 배운 뒤에 내적 분열과 불화를 느낀다는 점에서 잘 드러난다. "축축하고 허름한 방에서 비릿한 추억의 냄새를 맡아가며 천천히 죽어가는 게 마지막 남은 희망이던 시절이 있었다. 처음부터 지상에 존재하지 않았던 것처럼, 존재라는 단어조차 내 삶에 존재하지 않은 채, 언어의 백치 상태 그대로 침묵 속에서 딱딱한 주검이 될 때까지 기다렸어야 했다. 글을 배우지 않았다면 나는 포주였다,라고 시작하는 이따위 글을 쓸 생각도 하지 않았을 것이다"(p. 16). 글과 육체 사이의 대립은 다음 구절에서 좀더 선명하게 표현된다. "지금 와서 후회해봤자 소용없지만 글을 배운 것은 아무리 생각해도 잘못한 일이다. 평생 글을 멀리하고 더러운 몸뚱이를 굴리며 육체의 삶을 살았던 나는 한순간 글이라는 달콤한 유혹에 넘어가 버렸다. 이브가 따 먹은 선악과. 내게 있어 글이란 그런 것이다"(p. 13).

분열은 글을 배운 때부터 시작된다. 분열은 우선 반성의 가능성에서 생겨난다. 주인공은 포주로 살아왔다. 그러나 글을 알게 되기 전까지는 포주로 살아온 삶의 의미에 대해서 생각하고자 하는 욕망도 능력도 없었다. 어떻게 보면 그의 삶은 매우 추악하고 부도덕했지만 그에게 돌이켜보는 의식이 없는 동안만큼은 그 자체로 그저 자연스러운 것이었다. 글을 알게 되면서 주인공은 자기의 삶을 돌아보려 한다. 이때부터 지금까지 되는 대로 살아온 존재로서의 나와, 그 삶에 대해 반성하는 나 사이의 구별이 생겨난다. 그것은 서사학 용어를 사용하면 서술되는 자아와 서술하는 자아 사이의 구별이다. 본래 반성은 반영reflection이다. 거울로 자기를 들여다보는 것이다. 거울에 비친 상이 본 모습을 그대로 반영한다면, 반성은 동일성을 수립하는 행위가 될 것이고, 반성되는 자아와 반성하는 자아, 서술되는 자아와 서술하는 자아의 구별은 심각한 분열로까지 이어지지는 않을 것이다. 그러나 반성의 욕망과 가능성을 열어준 글은 거울과 같은 동일성을 낳지 못한다. "어둠과 패악으로 물들어 있는 지난 시절을 왜 글로 옮기려 하는가. 글을 통해 나의 죄를 고해하려고 하는가. 어리석은 생각이다. 글을 쓸수록 나의 죄는 점점 부풀려지고 가중되어가는 것만 같다. 글 속에 은폐된 더 고약한 죄의 이력이 나를 괴롭힌다. 이상하게도 멈출 수가 없다. 기억을 불러내어 글을 쓸수록 기억에서 멀어지는 것만 같다"(pp. 26~27). 글은 머릿속의 기억조차 붙잡지 못한다. "기억하는 것을 글로 옮기는 그 찰나의 시간 동안 기억들은 휘발되거나 뒤엉켜버린다"(p. 27). 기억을 옮기는 것조차 그런 지경이니 글과 삶 자체의 동일성을 꿈꾸는 것은 또 얼마나 어리석은 일인가? 화자는 반어적으로 덧붙인다. "글이란 오묘하다. 몇 십 년 동안의 이야기를 몇 문장으로 요약할 수 있다니. 아니 단 한 문장이면 족할지 모른다. 나는 포주였다"(p. 27). 우리는 이 소설집에 실린 또 다른 소설 「허리」에서도 글과 언어에 대한 근본적인 회의와 마주친다. "누군가를 묘사하려고 들면 누군가에서 점점 멀어지기 마련이다. 묘사는 대상에게서 멀어지기 위한 가장 길고 험난한 여정이다"(p. 166).

글은 우리로 하여금 재현하도록 유혹하면서 결국에는 재현의 불가능성 앞에서 좌절하게 한다. 전직 포주는 뒤늦게 글을 배웠다가 이러한 모순이 만들어낸 치명적 덫에 걸린 것이다. 그리하여 그는 쓸 수 없는 글을 끊임없이 다시, 또다시 써보려고 덤벼든다. 그는 그것이 무망한 시도라는 것을 깨달은 뒤에도 글의 유혹을 뿌리치지 못한다. 그리하여 "나는 포주였다"라는 문장으로 시작하는 글을 썼다가는 지우고, 썼다가는 지우고, 이렇게 끊임없이 반복하는 것이다. 이때 언제나 변치 않고 반복되는 것은 "나는 포주였다"라는 첫번째 문장 하나뿐이다. "매일매일 자신의 사망신고서를 작성하듯 나는 포주였다, 라고 쓴다. 나는 포주였다, 만 남긴 채 나머지 문장들은 모두 볼펜으로 지웠다가 종이를 구겨버리는 작업을 몇 달째 계속하고 있다. 나는 포주였다, 는 나에게 아편 같은 문장이 되었다"(p. 32). 우리는 앞에서 전직 포주로서의 자아(서술되는 자아)와 글을 통해 자신의 삶을 정리하는 자아(서술하는 자아)를 구별할 수 있다고 지적한 바 있지만, 이 인용문에서는 또 하나의 자아가 추가된다. 제3의 자아는 글을 지우는 자아, 즉 글이 삶에 대한 부정이기에 이 글을 다시 부정하는 자아이다. 그는 글을 쓰는 자아를 부정하고 글 이전의 자아로의 회귀를 꿈꾼다. 하지만 그러한 회귀는 불가능하다. 글을 쓰지 않은 것과 글을 썼다가 지운 것은 동일하지 않기 때문이다. 부정의 부정은 단순한 긍정이 아니듯이, 글을 지운다고 원래의 삶이 그대로 복원되는 것은 아니다. 이제 삶에는 지워진 글의 그림자가 드리워져 있고, 전직 포주는 글이 환기한 모든 재현의 욕망과 좌절을 맛본 결핍된 자아로서 원점으로 돌아온 것이다. 그리고 원점에서 그가 발견하는 것은 '나는 포주였다'라는 아편 같은 문장이다. 그것은 그로 하여금 이내 지워지고 말 글을 다시 시작하도록 유혹한다.

우리는 이제 이 글의 처음에서 언급한 역설의 문제로 돌아왔다. 화자 이병춘은 계속 글을 지우고 구겨버리면서 오직 "나는 포주였다"라는 문장 하나만을 가지고 있다. 그것마저도 너무나 반복되다 보니 현실적인 내용을 잃어버린 일종의 주문처럼 느껴질 지경이 되었다. ("사서는 가끔 커피를 책상에 놓아주며 내 앞에 놓인 백지를 힐끔 쳐다보고 간다. 나는 포주였다, 라는 문장을 봤어도 내가 정말 포주였다고는 믿지 않을 것이다"〔p. 32〕.) 하지만 우리 앞에는 이병춘의 목소리를 담고 있는 일반적인 단편소설 분량의 텍스트가 놓여 있다. 그리고 그가 이 속에서 펼쳐 보이는 이야기는 독자들에게 이병춘의 삶을 어느 정도 파악하게 되었다고 믿게 만들 정도로 구체적이다. 그러면 우리가 읽고 있는 이

글은 무엇인가? 화자가 "다음 문장은 떠오르지 않는다"고 말한다면, 그것은 그가 이 문장 자체만큼은 자신이 쓰고 있는 유서의 일부로 생각하고 있지 않음을 의미한다. 우리는 아마도 유서를 쓰려고 하는 이병춘의 의식 속에서 떠도는 중얼거림을 어떤 소설적 장치를 통해서 듣고 있는 것이리라. 그것은 바로 글에 대해 회의적이고 비판적이며 글 이전 상태로의 회귀를 꿈꾸는 이병춘의 의식을 반영한다. 그런데 글을 지워가는 이병춘의 의식도 결국 글을 통해서밖에는 전달될 수 없는 것이다. 여기서 글을 부정하는 글, 이야기를 부정하는 이야기, 더 근원적으로는 언어를 부정하는 언어라는 역설이 나온다. 글로 글을 지워버릴 수 있는가? 언어의 한계를 언어로 넘어설 수 있는가? 진실을 전하는 매체로서의 언어에 대해 근본적 회의에 빠져든 시인과 소설가들이 대결하지 않을 수 없는 난문이다. 단순히 쓴 것을 지우고 구겨버려서 끝낼 수 있다면, 그리고 침묵한다면, 문학을 포기한다면, 적어도 모순은 발생하지 않을 것이다. 하지만 과연 언어를, 문자를 매체로 하는 문학을 떠나지 않으면서 급진적인 언어 비판을 계속 수행할 수 있을까?

2. 배설물들

김태용의 소설을 읽는 독자는 도처에서, 집요하고도 적나라하게 등장하는 배설의 주제에 긍정적으로든 부정적으로든 강한 인상을 받지 않을 수 없다. 우리는 소설집에 두번째로 실린 단편 「물의 무덤」 처음 부분에서 다음과 같은 구절과 마주친다. "어느 날부터 어머니는 욕실 변기 대신 요강을 사용하고 있었다. 변기에 일을 보고 내리지 않는 것보단 차라리 요강이 나은지도 몰랐다. 요강에 든 것을 변기 안에 버리고 바지를 내렸다. 아랫배에 힘을 주며 그는 어머니의 배설물과 자신의 배설물이 섞이는 것에 이상한 쾌감을 느꼈다"(pp. 37~38). 근친상간적이고 변태적인 에로티시즘이 표현되어 있는 이 인용문은 또 다른 측면에서도 음미할 만한 점이 있다. 한국에서 근대화가 본격화되기 이전의 전통적 생활양식에서 사람들은 늘 가족의 배설물을 시각적으로, 후각적으로 접하면서, 그 배설물과 자신의 배설물을 함께 섞으면서 살아왔다. 그것은 너무나 자연스러운 삶의 일부였으며 거기서 어떤 "이상한 쾌감"을 느낄 여지는 없었던 것이다. 근대적 화장실이 보편화된 이후 (설사 가족이라 하더라도, 또는 가족일수록) 타인의 배설물을 보지 않는다는 것, 역으로 자기의 배설물을 타인에게 보여주지 않는다는 것, 그리고 모든 배설은 다른 배설과 명확히 분리된 시공간적 단위 속에서 개인별로 이루어지고 처리되어야 한다는 것은 정상적인 삶의 중요한 조건이 되었다. 이러한 원칙에서의 일탈은 오직 비상사태에서만 일어난다. 변기가 막히거나, 병으로 자기 배설물을 관리할 능력을 상실하거나…… 「물의 무덤」의 주인공이 느끼는 "이상한 쾌감"은 바로 배설물에 관한 정상적 삶의 조건이 교란된 것과 관련이 있다. (주인공의 어머니는 "정신이 오락가락"하는 치매 환자다.)

물론 배설물과의 접촉을 최대한 차단하려는 태도가 근대인에게만 고유한 것이라고 할 수는 없다. 근대 문명은 배설물과의 차단을 효과적으로 수행할 수 있는 물질적 기초를 제공했을 뿐이고, 그러한 방향으로 근대적 배설 문화가 발전해간 것은 배설물을 멀리하고자 하는 인간의 성향이 이미 이전에 형성되어 있었기 때문일 것이다. 근대 이전에도 우리는 어쩔 수 없이 배설물과 지금보다는 좀더 가까이 지내는 데 겨우 적응했을 따름이다. 왜 인간이 배설물을 극도로 혐오하게 되었는가에 대해서는 프로이트주의에서 진화론에 이르기까지 여러 가지 이론이 있지만, 현재의 맥락에서 중요한 것은 배설물에 대한 심리학적, 문화학적 설명이 아니라 김태용의 소설 속에서 배설물이 어떤 기능을 수행하고 있느냐를 규명하는 작업이다.

김태용의 소설에서 배설물은 무엇보다도 자기동일성이나 자아의 경계에 관한 의식과 깊은 관계가 있는 것으로 보인다. 근원적으로 배설물은 우리 자신의 몸에서 유래한 것이며 그런 만큼 자아의 연장으로 인식된다. 삼국유사에 의하면 음경이 유독 컸던 신라 지철로왕은 사람들을 전국에 보내 자기에게 맞는 배필을 찾아오게 했는데, 그중 한 사람이 어느 고장에서 엄청나게 큰 똥

무더기를 발견하고 그 똥을 눈 처녀를 찾아내어 왕에게 데려온다. 고대의 신화적 이야기 속에서 똥은 곧 똥을 눈 사람의 분신(分身? 糞身?)으로 간주되고 있는 것이다. 이렇게 순수한 고대적 인식은 스스로의 배설물을 매우 자연스럽고 긍정적으로 받아들이는 유아들의 태도와 일맥상통한다. 그러나 문화는 아이들에게 배설물을 철저하게 비자아로, 자아와 전혀 관계 없거나 심지어 위험하고 적대적인 것으로 취급하도록 교육시킨다. 우리는 자신의 배설물을 더럽고 고약한 것으로 여기며 최대한 거기에 손을 대지 않고 깨끗하게 흔적을 없애려고 한다. 하지만 배설물과의 연관성과 접촉을 철저히 부정하는 근대적 위생주의는 역설적으로 배설물에 대한 고대적 이론을 그림자처럼 동반한다. 자신의 배설물을 철저히 흔적없이 처리하고 타인에게 절대 자신의 배설물을 보여서는 안 된다는 문화적 규범은 나의 배설물이 나 자신과 동일시될 수 있다는 두려움과도 밀접하게 관련되어 있기 때문이다(이러한 두려움은 시트콤 「거침없이 하이킥」에서 막힌 변기에 남겨진 자기 똥을 어떻게든 감추려는 형수와 그것을 디지털카메라로 찍어 퍼뜨리려는 시동생 사이의 매우 희극적인 분쟁을 통해 표현된 바 있다).

김태용의 소설들에서는 자아와 배설물 사이에 그어진 엄격한 경계선을 지워버리려는 인물들이 등장한다. 즉 배설물에 대한 그들의 태도는 배설물과의 완벽한 접촉 차단을 추구하는 문화적 규범의 대척점에 자리 잡고 있는 것이다. 예컨대 「웅덩이」의 주인공을 보자. 그는 땅바닥에 쪼그리고 앉아 똥을 끝없이 쏟아낸다. "거대한 검은 물체가 자신의 시야를 가리자 그는 마치 기다렸다는 듯 그대로 똥 무더기에 주저앉았다. 미지근한 액체에 엉덩이가 미끄러졌다. 손으로 바닥을 짚었다. 역시 똥물이 묻었다. 바지를 서둘러 입은 채 그는 똥물로 범벅이 된 손으로 얼굴을 훔쳤다"(p. 125). 「허리」의 주인공은 병상에서 오줌을 싼다. 아침에 눈을 떴을 때 "환의와 침대 시트가 오줌에 절어 있었다"(p. 182). 그는 환의(患衣)를 갈아입으려 세탁물 보관실을 찾아간다. 물론 '정상적인' 인물이라면 옷을 갈아입기 전에 자신의 몸에서 오줌을 씻어내기 위해 샤워부터 하려 했을 것이다. 그런데 김태용의 주인공은 샤워는커녕 세탁물 보관실에 가서 깨끗한 옷으로 갈아입는 일마저 포기한다. 그는 과연 무엇을 하는가? "선택의 여지가 없었다. 손에 잡히는 대로 환의를 꺼내 젖은 환의 위에 껴입었다. 환의 속에 환의, 라고 중얼거렸던 것 같다. 하나만 더, 하나만 더 하면서 입었다. 아홉 개의 환의를 입자 더 들어가지 않았다. 부풀어 오른 환의 덩어리가 되어 몸을 제대로 움직일 수 없었다"(p. 184). 그는 자신의 오줌으로 더럽혀진 환의를 벗어 던지기는커녕 그 위에 다른 환의들을 마구 껴입음으로써 그것을 더욱더 몸에 밀착시키고 심지어 거의 자신의 일부로 만든다. 그는 이제 인간이기보다 환의들의 덩어리가 된다. 「머리 없이 허리 없이」에서 역시 병상에 누워 있는 1인칭 주인공 화자는 이렇게 말하기도 한다. "스미스야, 스미스 씨, 대답해라. 오줌통이 꽉 찼을 것이다. 오줌통과 나는 하나다. 오줌통은 내 몸의 일부다" (p. 154).

그런데 이상의 대목들은 단순히 자아의 경계가 배설물까지 확장된 것을 의미하는 데 그치지 않는다. 배설물과의 접촉을 마다하지 않는 인물들의 태도는 결국 외부 세계와 자아 사이의 경계선 자체를 위태롭게 만드는 결과를 초래한다. 왜냐하면 배설물은 자아에게서 유출된 것이지만 그것 너머의 바깥 세계에 대해 아무런 폐쇄성도 지니지 않기 때문이다. '물의 무덤'에서 변기에 쏟아진 어머니의 배설물과 '그'의 배설물이 섞이는 장면은 이러한 무경계성을 환기한다. 배설물을 자아의 연장 내지 분신이라고 한다 해도, 그것은 경계가 허물어져 타자를 향해 열려 있는 분신이며, 종국에는 자아 자체의 해산을 예고하는 분신인 것이다. 이 점은 「웅덩이」의 배설 장면에서 더욱 분명히 드러난다. "항문이 움찔거리더니 요란한 소리를 내며 배설물이 쏟아졌다. 그의 엉덩이에 똥물이 튀었다. 항문이 열린 듯 줄줄 새어 나왔다. 배설물 냄새를 맡고 산짐승들이 몰려들지도 모른다는 생각이 뒤늦게 들었지만 일어날 수가 없었다. 항문을 통해 **내장이 다 빠져나가는 것 같았다**"(pp. 120~21). 여기서 배설은 자아에 이질적인 부분이 자아로부터 분리되는 과정이 아니라 자아 자체의 붕괴 과정으로 나타난다. 이처럼 내장이 떨어져나가는 자아 해체의 상상은 「쓸개」의 주인공이 꾸는 꿈에서도 나타난다. "뒤로 벌렁 나자빠진 나의 복부를 개는 사정없이 물어뜯었다. 개가 배 속에서 내장을 꺼내 씹었다. 숨이 끊기지 않은 나는 비명을 질렀지만 입 밖으로 소리가 나오지 않았다. 〔……〕 피와 침과 지방과 고기 살점들로 얼굴이 더럽혀진 개는 나의 내장 일부를 씹고 있었다"(p. 67). 「웅덩이」에서 주인공은 총을 맞아 자신의 내장이 터지는 상상을 하고("그때 비로소 그는 몸의 통증을 느끼며 과장되게 팔다리를 휘젓가가 쓰러질 것이다. 두개골이 파열되고 터진 복부 밖으로 내장이 쏟아지고 온몸이 피로 물들 것이다"〔p. 97〕) 그의 상대역인 대대장의 아내는 정말로 해체의 희생양이 된다. 그녀는 수류탄 투척장에 대해 관심을 보이면서 말한다. ""기분이 어떨까. 그런 거 던지면. 잘못하면 몸이 터지는 거잖아요." 〔……〕 "몸이 터지는 느낌은 또 어떨까""(pp. 108~09). 그녀는 결국 '그'와의 섹스 도중에 웅덩이 속에 빠져 해체되어버린다. "그 순간 물이 여자의 머리를 적시며 얼굴로 번졌다. 여자의 얼굴이 검은 물빛으로 물들었다. 눈과 코와 입에 물이 찼다. 여자가 붉은 입을 벌려 뭔가 말하려 하자 입에서 검은 물이 쏟아졌다. 물속에 작은 벌레들이 떠다녔다. 여자의 얼굴이 물의 갈퀴에 뜯겨져나갔다. 여자의 목이 한없이 늘어났다. 심줄이 터질 것 같았다"(p. 117). 이 소설에서 여자는 '그'의 환상적 분신이며, 여자의 해체는 해체를 향한 '그'의 욕망 또는 예감을 반영한다.

「웅덩이」의 근본 주제가 자아 붕괴의 문제이며 위의 배설 장면 역시 그러한 맥락에서 읽을 수 있다는 해석은 매우 빈번하게 언급되는 주인공의 풀어진 전투화 끈을 통해서도 간접적으로 뒷받침된다. 소설은 처음부터 끝까지 반복적으로 '그'의 풀어진 전투화 끈에 주의를 환기하는데, 끈이 풀어진다는 것은 곧 자아의 동일성을 유지해주는 틀 또는 경계가 흐트러짐을 상징한다. '그'는 식당 여주인이 전투화 끈이 풀려 있다고 알려주지만 끈을 다시 묶지 않고 방치하며 오히려 다른 쪽 끈마저 풀어버린다. 소설 끝 부분에 가서야 그는 끈을 묶을 생각을 하는데, 특히 소설의 마지막 문장은 전투화 끈과 신체적 통합성 사이의 연관성을 잘 드러내고 있다. "이곳을 무사히 통과할 수 있다면, 만약 그게 가능하다면, 먼저 전투화 끈부터 묶어야겠다고 생각하며 그는 **남아 있는 신체를 끌어당겼다**"(p. 128). 「머리 없이 허리 없이」의 주인공이 자기도 왜 그러는지 의식하지 못하는 상태에서 아들을 공원에 유기하는 장면에서도 신발끈의 주제는 매우 유사한 형태로 반복된다. "무슨 생각에서였는지 나는 공원 화장실 뒤에 숨었다. 운동화 끈이 풀려 있었다. 묶으려다 그만두었다. 한참 동안 서 있다가 나와 보니 네가 보이지 않았다"(p. 158).

3. 죽음을 먹다

자아의 붕괴 내지 해체에 대한 이러한 관심은 왜 김태용의 소설 주인공들이 자주 전쟁의 기억에 사로잡혀 있는지 이해할 수 있게 해준다. 전쟁은 훼손된 신체들, 해체된 자아들의 전시장이기 때문이다. 전직 포주 이병춘은 자신의 과거를 이렇게 회상한다. "졸지에 고아가 된 나는 전쟁의 포화 속에서 피난 행렬에 떠밀려 어디론가 흘러가고 있었다. 신체가 절단된 시체 더미를 밟고 아이들이 해골을 가지고 축구를 하는 공터를 지나 구더기가 섞여 있는 가루 우유를 물에 타 마시고 애를 업은 채 몸을 파는 여자들의 밤을 엿본 뒤 결국 욕설과 폭력과 환각으로 뒤덮인 폐허의 뒷골목 세계로 진입하게 되었다"(p. 22). 「머리 없이 허리 없이」의 늙은 화자는 온통 전쟁의 기억에 사로잡혀 있다. 그 핵심에는 어머니의 충격적 죽음이 놓여 있다. 화자의 어머니는 피난길에 아버지의 호통으로 숟가락을 챙기러 돌아가다가 폭격에 변을 당한다. "네 어미는 머리가 빠개지고 허리가 끊어졌어. 잠들기 전 아버지가 말했다. 머리가 빠개지고 허리가 끊어졌어. 아버지가 불러준 유일한 자장가였다"(p. 152). 또한 이런 경험도 있다. 어린 주인공은 아버지의 심부름으로 술을 받으러 가다가 군인의 시체를 발견한다. "시체의 머리가 조금씩 흔들리고 있었다. 자세히 보니 쥐가 시체의 귀를 갉아 먹고 있었다. 자리를 떠나야 한다는 것도 잊은 채 공포에 질려 그 광경을 오랫동안 쳐다보았다"(p. 145). 아이는 끔찍하고 징그러운 광경 앞에서 달아나지 않고 도리어 자기 자신의 신체를 훼손하는 방식으로 반응한다. "털썩 주저앉아 마른 풀을 쥐어뜯었다. 손바닥에 상처가 났다. 이상하게도 통증을 더 느끼고 싶어 손아귀에 힘을 주었다"(p. 145).

신체 훼손이라는 주제는 좀더 사소해 보이는 형태로도 자주 나타난다. 예컨대 「물의 무덤」의 주인공은 양치질을 하다가 사랑니가 빠진다. "나이 마흔이 넘어 사랑니가 났다. 통증도 없고 혀끝에 걸리는 느낌이 나쁘지 않아 내버려두다가 잊고 있었는데 갑자기 빠진 것이다"(p. 38). 그런데 이처럼 큰일이라고 할 수 없는 신체적 사건도 엄청난 전쟁의 참화에 비견할 만한 신체 훼손을 환기할 수 있다. "빠질 거라면 왜 하필 이여야 했을까. 어느 날 자고 일어나 보니 머리가 사라져버린 주인공 이야기라면 좀더 흥미롭지 않았을까, 하는 어설픈 생각에 거울을 보며 쓴웃음을 지었다"(p. 38). 「쓸개」에서도 이와 비슷한 연상 작용이 일어난다. 이 소설의 주인공 '나'는 병원에서 쓸개를 잘라내는 수술을 받는다. 의사는 아무렇지도 않게 생각하는 수술이지만 ("의사는 쓸개 없이도 잘 사는 사람들이 얼마나 많은지 아세요, 라며 나의 어깨를 한 번 움켜줬다가 놓았다"〔p. 63〕), '나'는 쓸개가 잘려나갔다는 이야기를 들은 뒤에 개에게 내장을 물어뜯기는 끔

찍한 꿈을 꾸게 된다. "개가 쓸개를 씹고 있구나, 라고 나는 아무렇지도 않게 중얼거렸다. 개가 쓸개를 씹고 있구나"(p. 65. 여기서 굳이 개가 등장한 것은 '쓸개'의 '개' 자 때문일 것이다). 꿈속의 기이한 상황 속에서 '나'는 자신의 내장이 물어뜯기고 씹히는 것을 아무렇지도 않게 바라본다. '나'는 '나'의 훼손된 신체, '나'에게서 떨어져나간 신체를 관찰하고 있는 것이다. 그것은 배설물과 마찬가지로 자아에게서 유래한 자아의 분신으로서, 해체된 자아, 타자와의 경계가 풀어져버린 자아이며, 자아와 타자 사이에 있는 과도적이고 혼종적인 존재다. 그것은 나의 부분 시체이며, 나의 부분 죽음이다. 결국 주인공은 자신의 죽음을 보고 있는 것이다.

그는 꿈 밖에서도 자신의 쓸개를 보고 싶어 한다. '나'는 수술에서 깨어난 뒤 쓸개 절제 수술이 이루어졌다는 이야기를 의사에게서 듣고 잘려나간 쓸개에 대해 물어본다. "잘려나간 쓸개는 어떻게 되었나요, 하고 수술 후 통증 속에서도 의사의 손목을 잡고 묻고 싶었다"(p. 65). 그는 쓸개를 다시 찾지는 못하지만 그 대신 의사에게서 수술의 원인이 되었던 담석 덩어리를 일종의 수술 기념품으로 받게 된다. 그것은 그 자신의 유해다. 담석에 대한 묘사는 배설물과의 연관성 또한 보여준다. "퇴원 전 의사는 작은 플라스틱 용기를 내게 주었다. 용기 안에는 엄지손가락만 한 돌덩이가 들어 있었고 **배설물 같은 황색의 액체가 묻어 있**

었다. 쓸개를 제거하고 주변에 딱딱하게 굳어 있던 돌덩이를 기념으로 준 것이다"(pp. 68~69). 이 돌덩이는 소설의 마지막 장면에서 다시 등장하는데, 통증 속에서 구토를 하며 (김태용의 소설에서는 구토 역시 배설과 유사한 기능을 한다) 바닥에 무릎을 꿇고 쓰러진 주인공은 돌덩이로 놀라운 행동을 한다. "저주를 퍼붓는 태양 아래 널브러진 채 한 손으로 쓸개가 있던 자리를 더듬으며 다른 한 손으로는 주머니를 뒤졌다. 용기 안의 돌덩이를 꺼냈다. 이것이 지상에서 유일한 너의 양식이다, 라고 되뇌며 나는 돌덩이를 씹기 시작했다"(p. 90). 쓸개를 씹는 개의 꿈은 바로 소설 끝의 이 장면을 예고한 것이었다. 그는 떨어져 나온 자기 자신의 일부분, 자신의 유해를 씹어 먹는다. 그것은 곧 자신의 죽음을 먹는 것과 같다. 「물의 무덤」에서 주인공은 그의 음경을 문 채 잠든 여관 여주인의 입에서 몸을 뺀 다음 그 입에다 바지 주머니 속에 들어 있던 사랑니를 집어넣는다. 「웅덩이」에서 여자는 환각적 이야기를 마구 쏟아내는데 그 이야기 속에서 그녀는 주인공의 토사물을 먹고 토한다. 김태용 소설의 여성 인물들이 대체로 남자 주인공들의 환상과 투사의 소산이라고 한다면, 이 장면들도 결국은 '스스로의 죽음을 먹는다'라는 주제로 환원될 수 있을 것이다. 당연히 자신의 배설물을 먹는 것도 같은 의미로 해석할 수 있을 것이다. 「웅덩이」의 마지막 부분에는 다음과 같은 구절이 있다. "땀인지 눈물인지 콧물인지 침인지 똥물인지 핏물인지 모를 액체가 입으로 흘러들어 왔다. 혀를 내밀어 입가를 핥았다"(p. 128).

죽음을 먹는다는 주제는 「물의 무덤」 속의 꿈에서 아주 분명한 모습을 드러낸다. 주인공은 꿈속에서 누군가의 무덤 앞에서 서럽게 운다. 이때 그를 환각처럼 계속 따라다니던 검은 말이 나타난다. 검은 말은 무엇을 하는가? "잠시 후 말은 무덤을 파먹기 시작했다. 붉은빛의 황토를 우적우적 씹어 먹었다"(p. 53). 검은 말이 사라지고 난 뒤 주인공도 무덤을 먹기 시작한다. "그는 말이 폐허로 만든 무덤을 쳐다보았다. 흙을 손에 담았다. 축축했다. 냄새를 맡아보았다. 들큰한 막걸리 냄새가 났다. 말처럼 흙을 씹어 먹었다. 들큰한 막걸리 맛이 나면서 씹을수록 한 번도 맛 본 적 없는 살덩이를 씹는 것만 같았다"(p. 53). 여기서 무덤은 과연 누구의 것일까? 꿈에서는 '누군가의 무덤'이라는 표현으로 불투명하게 처리되어 있으나 우리는 그것이 곧 주인공 자신의 무덤이라는 것을 짐작할 수 있다. 아니, 오히려 애매하게 처리되었다는 것 자체가 무덤의 주인이 곧 주인공이라는 것을 강력하게 시사하고 있는 것이다. 이 지점에서 우리는 카프카의 단편 「어떤 꿈」을 상기해볼 수 있을 것이다. 요제프 K는 꿈속에서 정체불명의 무덤에 매혹되어 다가가는데 결국 자기 자신의 이름이 비석 위에 새겨지는 것을 발견하고 무덤 구덩이 속으로 뛰어든다. 더 나아가서 무덤의 흙에서 나는 들큰한 막걸리 냄새도 중요한 의미를 지닌다. 그것은 소설 속에서 반복되어 나타나는 동기로서 소설의 다른 장면들과 이 무덤 장면 사이에 의미심장한 연관성을 확립하기 때문이다. 막걸리 냄새의 동기가 처음 나오는 것은 다음 대목에서다. "지하 주차장으로 내려가는 계단에서 그는 잠시 멈췄다. 추자영 씨와 남자가 격렬하게 키스를 하던 계단에 주저앉았다. 발밑에 검은 기름 같은 것이 묻어 있었다. 손가락으로 그것을 찍어보았다. 미지근하고 끈적끈적했다. 냄새를 맡아보았다. **들큰한 막걸리 냄새와 흡사했다**. 혀를 내밀어 맛을 보았다. 역시 **들큰한 막걸리 맛과 흡사했다**" (p. 48). 주인공은 출근하는 길에 같은 사무실에 근무하는 여직원 추자영 씨가 어떤 남자와 계단에서 진한 애정행각을 벌이고 있는 것을 보고 지나친다. 이때 주목해야 할 점은 추자영 씨와 달리 남자는 철저히 익명적인 상태로 남아 있다는 사실이다. "남자의 얼굴은 특성이 없었다. 인간의 얼굴에 눈, 코, 입이 달려 있다는 게 새삼스럽게 느껴졌다"(p. 44). 추자영의 음란한 행위가 부각되고 그녀의 눈빛과 표정이 묘사되는 데 반해 남자는 무덤과 마찬가지로 비어 있는 괄호 같은 상태로 남아 있다. 나중에 직장 동료 사이인 주인공과 추자영은 은밀한 관계를 맺고 있음이 드러나는데, 그렇다면 계단에서의 장면은 바로 주인공 자신과 추자영의 애무 광경에 대한 환상적 투사로 해석할 수 있을 것이다. 더 나아가서 주인공이 여러 가지 면에서 정액을 연상시키는 검은 액체를 맛보는 장면은 결국 자신의 정액, 자신의 배설물을 먹는다는 것, 곧 자신의 죽음을 먹는다는 주제로 환원

된다. 파헤쳐진 무덤의 흙이 역시 들큰한 막걸리 맛을 낸다는 것, 그리고 바로 뒤이어서 주인공이 옷을 벗고 물속에 들어가 수음을 하고 물속에 흡수되어가는 자신의 정액을 바라본다는 것은 다소 복잡해 보이는 위의 해석이 정당한 것임을 보여준다.

자신의 배설물을 먹는다는 것, 자신의 유해를, 죽음을, 더 이상 자기가 아닌 것을 먹는다는 이 모순적 행동은 자기동일성의 경계를 굳건히 지키려는 '정상적' 자아의 입장과 근본적으로 대립된다. 그것은 자아의 한계를 이탈하고 그 한계 너머의 세계를 끌어안으려는 열망의 극단적 표현이다. 여기서 우리는 다시 글쓰기의 문제로 돌아온다.

4. 쓰다/싸다

글이란 무엇인가. 저자에게 글은 자신의 분신일 것이다. 글은 자아를 표현하고 반영한다. 또는 글을 통해 자아는 비로소 재구성된다고도 할 수 있을 것이다. 글의 머리에 저자의 이름을 붙이는 사회적 관습은 다음을 의미한다. 이 글은 내가 쓴 것이다. 이 글이 곧 나다! 반면 사람들은 길에다 똥을 싸놓고 거기다 자기 이름이 붙은 팻말을 세워두려 하지는 않을 것이다. 불가피하게 그런 짓을 저질렀다 하더라도 가능한 한 빨리 그 장소에서 이탈

함으로써 똥과 나 사이의 연관성을 은폐하지 않으면 안 된다. '糞身'은 '分身'이 아닌 것이다.

따라서 글쓰기를 배설로 해석하는 것은 글이 자아 동일성을 반영하고 구성한다는 관념에 대한 근본적인 도전이며 전복의 시도다. 김태용은 자아 동일성의 경계를 파괴하는 글쓰기를 위해 배설적 언어를 구사한다. 「웅덩이」에서 여자가 내뱉는 말이 바로 그런 배설적 언어이다. "그의 성기가 움직일 때마다 여자가 숨을 몰아쉬었다. 숨소리 사이 여자의 토막 난 말들이 쏟아졌다"(p. 113). 그녀의 토막 난 말들은 자신의 마음을 표현하려는 의도에 따라 계획되고 축조된 고백의 언어가 아니다. 그것은 마구 쏟아져 내려 형체를 잃고 사방에 흩어져버리는 말—설사 같은 것이다. 예컨대 다음과 같이. "결국 나는 당신의 토사물을 먹을 수밖에 없었어요. 그걸 먹고 나서야 토를 하기 시작했어요. 입에서 피가 나올 때까지 토가 멈추지 않았어요. 수류탄이 터질 때 기분은 어떨까요. 그 인간은 나랑 잘 때마다 수류탄이 터지는 느낌이라고 했어요. 어떻게 그런 말을 할 수가 있는지. 군인들은 다 쓰레기야. 수류탄이 있다면 다 날려버릴 거야. 당신이 내 차에 타지 않았다면 당신을 차로 들이박았을 거야. 난 열이 내리지 않는 여자니까. 다리를 더 벌리고 싶은데. 아무 느낌이 없어요. 무언가 자꾸 속는 느낌이야. 당신에겐 미안하지 않아. 나의 환각에 불과하니까. 대답해줘요. 나의 환각이라고. 구두끈이 풀렀어요. 그렇게 더 얼마나 걸어가려고. 멈추지 마요. 계속해요. 나를 겁탈해요"(p. 115~16). 주인공 '그'는 내장이 다 쏟아질 듯이 똥을 싼 뒤에 (앞을 참조) 여자와 비슷하게 말의 배설을 시작한다. "벗을 수 있는 것은 다 벗어젖혀야지. 속을 다 비워내야지. 의식의 끈이 모조리 풀릴 때까지. 그의 머릿속 생각이 그도 모르게 입 밖으로 **질질 새어 나오기 시작했다**"(p. 121). 다음은 '그'의 말-설사의 마지막 부분이다. "나는 나를 설득시킬 수 없지. 어떻게 그게 가능하단 말이야. 지긋지긋하다. 지긋지긋하다고 말하고 싶지 않았지만. 지긋지긋하다. 지긋지긋하다고 말하기까지 시간을 기다렸지만 시간이 다가왔다니. 여자의 이름도 모른 채 쪼그리고 앉아 똥을 싸다니. 똥에다 냄새나는 그것을 처넣어야지. 여자를 생각하며. 움직이지 말자. 서두르자. 움직이자. 꼼짝 못하게. 꼼짝없이. 겁탈을 당해. 퇴장하면서. 뒷걸음질 치며. 허벅지에 똥물을 질질 흘리며. 움직이자. 움직이지 않아"(p. 124).

「머리 없이 허리 없이」에서는 언어와 사고의 원천인 뇌와 배설물의 출구인 엉덩이가 겹쳐지고("엉덩이가 벌어지듯 머리가 반으로 쪼개질 것만 같다. 좌뇌와 우뇌를 어떻게 구별해야 할지 모르겠다"〔p. 144〕), 머리는 오줌통으로 나타나기도 한다. "머릿속에 오줌이 가득하다. 머릿속 오줌을 숟가락으로 퍼내고 싶다. 〔……〕 나의 미친 상상을 좀더 진전시킨다면 숟가락으로 오줌을 떠서 너의 귓속에 넣었으면 한다. 미친 상상이 단결하여 전진 한다. 내버려둬라. 그러니까 명쾌해지는 것이 아니냐. 머릿속 오줌은 나의 생각이다"(pp. 140~41). 화자는 아들에게 자신을 이해하기 위해서는 이 생각-오줌을 떠먹어야 한다고 말한다. "생각의 염도는 갈수록 진해지고 있다. 언젠가는 수분이 모두 증발하고 소금만 남겠지. 그땐 네가 그것을 먹어주었으면 한다. 너 말고 누가 먹겠느냐. 숟가락을 입에 물고 소금을 천천히 녹이면 단맛이 날 것이다. 체리맛이 날 것이다. 그때쯤 너는 나를 이해할 수 있을 것이다. 그리고 나는 네 곁에서 사라지고 없을 것이다"(p. 141). 여기서 배설물, 유해, 죽음을 먹는다는 주제는 정신적 차원으로 옮겨져 (말라서 소금만 남은 생각-오줌) 변주되고 있다. 「머리」에서는 이야기가 엉덩이 사이에서 나오려 한다. "누구나 엉덩이를 벌리면 반으로 쪼개지게 되어 있다. 그 안에 웅크리고 있는 이야기가 있다. 딱딱하게 굳어버린 이야기들. 썩어 문드러져 냄새를 피우는 이야기의 알갱이들"(p. 193). "순간 엉덩이 사이에서 새롭고도 놀라운 이야기가 시작되려고 했다"(p. 199). 소설의 마지막 부분에서는 엉덩이와 입과 머리가 함께 갈라지며 거기서 언어가 배설되는 광경이 연출된다. "머릿속으로, 어느 쪽 머리인지 모르겠지만, 나의 반쪼가리 인생을 저주하며 중얼거릴 때 머리가 쪼개지면서 혀가 으깨지면서 내 머리에서 입에서 어쩌면 엉덩이 사이에서 같은 소리가 동시에 새어 나왔다. 물론이다. ㄲ세쮸. ㄲ세쮸. 이제 와서 그 소리를 바꿀 수야 있겠는가. 이것이 나의 마지막 목소리다"(p. 210). 또한 몸에 들어왔다가 소화되지 않은 채 그대로 배설되는 책의 이미지가 등장하기도 한다. "다락방에 갇혀 우리는 검은 서적을 읽었다. 어둠 속에서 깨알 같은 활자들을 더듬어가며 저마다 다른 어조로 발음했다. 발음의 속도는 빠르거나 느렸다. 어떤 의미도 찾을 수 없는 오로지 엇비슷한 형태로 무한 증식하는 언어들이 우리를 어리둥절하게 만들고 머릿속을 가득 채웠다. 서적을 베고 누워 잠이 들었고 자고 나면 낱장에 침이 가득 고여 있었다. 요강에 앉아 똥을 눌 때마다 항문에서 구겨진 책 뭉치가 쏟아지는 것만 같았다"(p. 202).

배설물로서의 언어, 배설물로서의 이야기는 어떤 특성을 지니는가? 먼저 다음 물음에서 시작해보자. "끄세쮸"란 무엇인가? 그것은 원래 화자 '나'가 언젠가 들었던 새의 울음소리다. "어떤 새의 이름을 기억해내려고 애쓴다. 이름보다 앞선 것이 새의 울음소리다. 그 새는 끄세쮸 끄세쮸, 하고 울었다"(p. 192). 그것은 "이름보다 앞선 것", 즉 언어 이전의 소리다. 그러나 이 소리를 끄세쮸라고 적음으로써 언어가 아닌 소리가 언어 속의 소리, 또는 문자가 된다. "나는 새의 울음소리를 머릿속으로 받아 적으려 노력했다. 언제나 맞춤법이 문제였다. 들리는 것을 그대로 받아 적을 수 있다고 믿는 것은 인간이 범한 최대의 오류 중의 하나다. 언어로 포획할 수 있는 것이 무엇인지 모르겠다. 감각을 뒤흔드는 감정과 감정을 교란시키는 감각은 언어의 그물망을 너무도 쉽게 뚫고 사라지고 만다. 그물코가 아무리 촘촘해도 마찬가지다”(p. 192). “끄세쮸”는 한편으로 새의 이름도 아니고 새소리를 표현하는 통상적인 의성어들의 목록에 포함되어 있지도 않으며 말소리의 차원에서만 보더라도 매우 기괴해서 통상적인 한국어 단어가 아닌 것처럼 들린다. 그런 점에서 비언어이다. 하지만 다른 한편으로 새의 소리를 문자로 받아 적어 언어적으로 조음 가능하게 변형시킨 것이라는 점에서는 여전히 언어라고 할 수 있을 것이다. 이름 모를 새의 소리는 기존 언어의 경계를 이탈하는 새로운 소리를 촉발하지만, 이 새로운 소리가 곧 언어 바깥에 있는 새소리 자체와 동일한 것은 아니다. 요컨대 끄세쮸는 언어적 주체인 ‘나’와 언어 외부의 타자인 새 사이에서 만들어진 중간적이고 혼종적인 소리, 언어적으로 빚어진 비언어, 비언어에 의해 일그러진 언어인 것이다. 그것은 김태용이 발견한 문학적 언어의 모델인지도 모른다. 그의 화자가 “모든 언어를 끄세쮸, 끄세쮸, 라는 울음으로 대신하고 싶은 충동”을 느낀다면, 그리고 엉덩이와 머리가 쪼개지면서 나온 끄세쮸라는 소리를 두고 “이것이 나의 마지막 목소리다”라고 말한다면 말이다(이 문장을 쓰면서 “끄세쮸”는 내 귀에 “끄쎄쥬que sais-je?”로 변형되어 울린다. 나는 무얼 알고 있나?).

5. 이야기의 붕괴와 붕괴 이후의 이야기

김태용의 소설 속에서 이야기는 해체된 시체들처럼 파편화되고 또 흩어진다. 숟가락을 가지러 가다가 머리가 빠개지고 허리가 끊어진 어머니에 관한 이야기를 전하던 화자는 말한다. "나의 아버지에게서 주입된 기억과 기억의 구멍 사이에 걸쳐 있는 머리도 없고 허리도 없는 이야기인지 모르겠다"(p. 153). 「허리」의 화자는 이야기의 토르소를 상상한다. "시작은 없고 중간과 끝만 있는 이야기는 어떨까. 끝도 필요 없다. 시작과 끝을 연상하고, 연상이 무한히 확장되고, 끊어져 중간의 얼굴을 치장할 수 있다면. 흠집 낼 수 있다면. 시작을 지연시키는 혹은 끝에 다다르기 위한, 불가능의 이름으로 가능한, 이야기의 중간. 중간 이야기"(p. 163). 이야기가 시작과 중간과 끝을 갖는다고 말한 것은 아리스토텔레스였다. 뻔한 말인 것처럼 보이지만 여기에는 이야기의 본성에 관한 두 가지 중요한 인식이 담겨 있다. 하나는 이야기가 명확한 경계를 갖는다는 것이고, 다른 하나는 그 경계의 내부가 일정한 순서에 따라 배열된 부분들의 합으로서 통일성 있는 전체를 이룬다는 것이다. 하지만 위의 인용문들에서는 바로 이러한 이야기의 두 조건이 부정된다. 김태용은 여기서 경계의 소멸(무한히 확장되는 연상)과 전체의 부정을 말하고 있다. 이는 앞에서 논의한 자아 해체와 같은 맥락에서 이해할 수 있다.

이야기는 자아의 반영이다. 일정한 경계 속에서 존재를 유지하는 자아는 자신과 마찬가지로 고유한 경계 안에 갇힌 통일적 이야기를 낳는다. 자아의 동일성과 경계가 곧 이야기의 동일성과 경계인 것이다. 반면 자기 자신을 넘어서고자 하는 자아, 자기 자신의 경계를 벗어나고자 하는 자아에게 이야기는 자신에게서 나와서 경계를 잃고 타자와 섞여드는 어떤 것이 되어야 한다. 김태용이 완결적 전체보다는 시작도 끝도 없이 무한을 환기하는 파편을 꿈꾸는 것은 이 때문일 것이다.

「포주 이야기」에서 화자는 글을 통해 서술되는 자신의 이야기가 실제 삶과 유리되어 있다는 의식 때문에 자신의 삶을 서술하지 못한다. 그는 서술하지 못하는 것을 서술하고 서술한 것을 지워가는 서술을 시도함으로써 이러한 한계를 넘어서려고 한다. 소설집의 마지막 작품인 「뒤에」에서는 이와는 또 다른 방식의 경계 넘기가 시도된다. 그 시도란 어떤 것인가. 일반적으로 사람들이 이야기와 삶의 동일성을 기대한다고 해도, 이때 동일성이란 완전한 상호 일치를 의미하는 것은 아니다. 이야기는 삶을 **반영하는 것**이고, 삶은 이야기에 의해 **반영되는 것**으로서 양자 사이에는 기본적인 비대칭성이 있기 때문이다. 공간적 은유법에 의하면 이야기는 위에, 삶은 아래에 놓여 있다. 소설 이론에서 전지적 시점, 올림포스적 시점이라는 표현이 사용되는 것에서도 알 수 있듯이 이야기는 삶을 위에서 조감하는 것이다. 그런데

「뒤에」에서 화자의 상상력은 이야기를 땅바닥으로 추락시키고, 심지어 지하로까지 끌고 내려간다. 예컨대 밤에 이야기하는 것을 좋아하면 발 없는 짐승으로 태어난다는 큰어머니의 경고는 발 없이 기어 다니는 이야기라는 이미지로 변형된다. "다리가 없는 거미라든가 입에서 털이 자라는 아이라든가 눈을 깜빡일 때마다 다른 얼굴로 둔갑하는 요괴라든가 인간의 언어를 거꾸로 따라하는 부엉이라든가 하는 이야기가 밤 속으로 기어 다니고 있다. 기어 다니는 것은 때론 너무나 비천해서 아름답고 슬프다"(p. 217). 소설의 화자는 또 이렇게 말하기도 한다. "바닥 아래를 파고드는 이야기도 있을 것이다. 바닥을 뜯어내고 그 안에 웅크리고 있는 이야기의 틈을 뚫고 더 낮은 곳으로 내려가야 하리라. 닿을 때까지. 닿지 못하더라도. 발음할 수 없는 언어의 오물을 온몸에 덕지덕지 묻혀가며"(pp. 234~35). 사람들은 '이야기를 짓는다'라고 말한다. 그런데 상승의 방향을 암시하는 건축의 은유도 김태용의 상상 속에서는 반대 방향으로 전도된다. "벽돌도 쌓다 보면 건축이 된다. 허물어지는 것도 건축이다. 어떻게 허물어지는가가 중요하다. 이야기의 건축. 바닥 아래로 무한히 뻗어나가는 건축"(p. 235). 건축물로서의 이야기는 이렇게 붕괴와 추락, 땅굴의 연상을 통해 다시 기어 다니는 밤 짐승의 이미지와 만난다. "이야기는 무형의 건축이다. 밤만 되면 여기저기로 자리를 옮겨 다닌다"(p. 235). 이렇게 이야기는 올림포스의 산정에서 세상의 낮고 음습한 곳으로 내려왔고, 세상 전체를 위에서 조감하는 시선이 아니라 몸으로 세상의 다른 사물들과 남몰래 접촉하며 섞여드는, 이 세상의 여러 사물들 가운데 일부가 된다. 그리하여 이야기를 사물적 존재로 묘사하는 다음과 같은 혼성적 문장이 만들어진다. "자극 뒤에 오는 자극 앞에서 우리는 무장해제된다. 당신의 원피스가 찢어졌다. 허벅지가 벌어졌다. 나는 그 안에서 나의 이야기를 건축했다"(p. 237). 다음 구절도 같은 맥락에서 이해할 수 있다. "나는 발이 없는 작은 짐승을 잉태할 것이다. 유산할 것이다. 죽은 짐승을 양육할 것이다"(p. 218). 여기서 '발이 없는 작은 짐승'은 물론 이야기에 대한 암시라고 할 수 있다. 바로 이어지는 문장은 이 점을 분명히 해준다. "이야기의 자궁벽을 긁는 소리가 들린다. 응고된 문장의 껍질이 떨어져나간다"(p. 218). 이야기는 무밭의 무가 되기도 한다. 화자는 소설의 앞부분에서 "무 같은 문장으로 이루어진 이야기가 좋다"고 말하는데, 이러한 무와 이야기의 연관성을 고려하면, 그 자체로는 수수께끼 같은 다음 문장도 어느 정도 이해할 수 있게 된다. "원피스를 입은 채 나는 무밭에 쪼그리고 앉아 가랑이 아래로 떨어지는 무를 보았다. 둥글지도 희지도 않은 무였다. 그 무를 안고 나는 무밭을 떠났다"(p. 229). 어떤 여자가 무밭에서 나아 버려진 아이의 이야기는 환유적인 착란을 통해 무 같은 이야기로, 또 그 아이가 소년이 되어 무밭에서 무 같은 이야기를 배설하는 이야기로 변형되어간다. 이야기와 삶, 언어와 사물의 경계는 이러한 환유적 과정 속에서 파괴된다. 무엇인가에 대해 이야기하는 것 자체에 대해 이야기하는 것이 메타소설이라면, 「뒤에」는 이야기 자체에 대한 반성을 담고 있다는 점에서 전형적인 메타소설이라고 할 수 있을 것이다. 하지만 그것은 이야기 자체를 이야기되는 '무엇' 속에 환유적으로 삽입하고 섞어버린다는 점에서 일반적인 메타소설과 구별되는 특성을 보여준다. 이러한 혼성화가 순수한 언어적 매체인 소설 속에서 가능해지는 것은 사물을 언어로 만들고(그것은 모든 소설에서 행해지는 조작이다) 언어를 사물로 만드는 이중의 조작을 통해서다. 그렇게 하여 언어적 사물과 사물적 언어의 만남이 성사된 것이다.

「뒤에」에서 화자의 목소리를 대신해 등장한 큰어머니는 말한다. "알고 있다, 무야, 이제 네가 주름잡을 세상이 없다는 것을. 무밭을 버리고 도시로 간 너에게 이야기는 무용하다는 것을. 도시는 이야기를 외곽으로 몰아낸다는 것을. 도시를 붕괴시킬 이야기는 없다는 것을"(p. 231). 그것은 포주에게 이야기하기가 왜 그렇게 어려웠는가, 김태용의 인물들은 왜 자주 신발 끈이 풀려 있고 왜 자꾸만 스스로 해체되려 하는가 하는 물음에 대한 하나의 답이 될 수도 있을 것이다. 도시는 이야기를 필요로 하지 않고, 자아의 동일성에 대해서도 파괴적 영향을 미친다. 왜 그런가? 도시는 붕괴해간다. 붕괴하는 것이 도시의 본성이기 때문이다("도시는 붕괴를 위해 설계되었다"〔p. 236〕). 그러면서 이야기도, 자아도 붕괴시킨다. 화자는 소설의 마지막에 이르러 마치 큰어머니의 목소리에 응답하듯이 말한다. "아무것도 되돌릴 수 없다. 도시가 붕괴되었고 당신도 붕괴되었다. 붕괴 뒤에 붕괴가 있었다. 나 역시 도시와 함께 붕괴되었다. 붕괴 이후 나는 폐허의 목소리로 남아 이야기 뒤에 이야기를 부르고 있다. [……] 이야기 뒤에 이야기가 이어지고 있다. 다시 시작하고 있다. 도시 뒤에 도시가 있다. 도사리고 있다. 그것이 내가 이야기를 이어가는 이유다"(pp. 237~38). 암울한 묵시록적 비전 속에서도 작가는 이야기를 이어갈 수밖에 없다. 그는 단순히 해체되고 붕괴되는 수동적 대상이 아니라 해체와 붕괴를 인식하는 자, 해체되고 붕괴된 자아의 자의식이기도 하기 때문이다. 그래서 그는 붕괴 이후의 목소리로 남아 붕괴와 폐허를 이야기하는 것이다. 김태용은 소설 뒤에 소설이 있다, 문학 뒤에 문학이 있다고 말한다. 물론 문학 뒤의 문학은 더 이상 세계를 주름잡는 문학은 아닐 것이다. 그것은 이 도시의 어두운 바닥에 쏟아져 스며들어 가는 문학의 배설물, 문학의 유해로서의 문학일 것이다.

* 본문 강조는 인용자.

작가의 말

서툰 이야기의 낫질로
여기까지 왔다.
저기까지 가려면 아직 멀었다.
과연 여기서 저기를 바라거나 바라볼 수 있을까.
어떤 안부들을 이야기로 돌려줄 수 있을까.
속으로만 되뇌는 이름이 있다.
이름 뒤에 따라오는 문장이 있다.
혀끝에 맴도는 문장에 귀 기울이는 이야기가 있다.
미처 쓰지 못한 이야기를 생각한다.
생각만 하면 뒤늦게 미치게 만드는 이야기도 있다.
진정과 흥분 사이에서 종종 길을 잃었다.
그때 이야기가 보였다 사라졌다.
이 책의 제목을 '읽다 만 책'으로 하려고 했다.
하지 않았다.

그건 누구의 잘못도 아니다.

아니 나의 잘못이라고 말해야만 한다.

다음 책의 제목은 '능력 없는 책'으로 하고 싶다.

흰 말이여

놀라지 마라.

검은 말이여

놀리지 마라.

나는 영영 MARA의 세계에서 자고 나면 깰 것이다.

말들의 침묵과 웃음이 나의 枕木이다.

어쩌면 다음 책의 제목은 '베개 이야기'가 될지 모른다.

목이 긴 여자가 얼룩말을 따라간다.

아이가 토마토케첩 병을 벽에 던진다.

먹구름이 먹을 밀어낸다.

이 방에는 창이 없다.

구름도 없다.

앞으로도 그럴 것이다.

저기는 없다.

친구여,

녹슨 낫을 품고 ㄱ의 풀밭에서 만나자.

2012년 1월 11일

김태용

수록 작품 발표 지면

포주 이야기 『현대문학』 2007년 11월호
물의 무덤 『한국문학』 2010년 봄호
쓸개 『문학동네』 2008년 봄호
웅덩이 『문학과사회』 2010년 봄호
머리 없이 허리 없이 『작가세계』 2011년 봄호
허리 『현대문학』 2009년 11월호
머리 〈웹진 뿔〉 2010년 9월
뒤에 『문학사상』 2010년 10월호